MICHAEL GERWIEN

Letztes Busserl im Hofbräuhaus

MORD IN DER MÜNCHNER BUSSI-BUSSI-GESELL-
SCHAFT

Ein lauschiger Freitagabend Anfang August. Franz Wurmdobler feiert seine bevorstehende Pensionierung im Biergarten am Hauptbahnhof mit seinen engsten Freunden und Kollegen. Dabei kommt ihm eine
Meldung in der Abendzeitung sehr ungelegen, in der behauptet wird, dass er
in seinen Studentenjahren eine gewisse Rosi Steininger vergewaltigt haben
soll, die Frau eines verstorbenen Promianwaltes. Der Artikel stammt von
Harry Meiser, einem windigen Schreiberling – und ist gelogen. Nachdem
Rosi bekanntmacht, dass sie den Artikel aus schlechtem Gewissen widerrufen
möchte, wird sie umgebracht und Franz von Harry beschuldigt, ihr Mörder
zu sein, obwohl er ein Alibi für die Tatzeit hat. Jetzt sind Hauptkommissar
Bernd Müller und Max Raintaler gefordert, den wahren Täter zu finden. Die
Spur führt sie direkt in die Münchner Bussi, Bussi-Gesellschaft. Wird es den
beiden gelingen, den Fall vor ihrer bevorstehenden Doppelhochzeit zu lösen?

*Michael Gerwien lebt in München. Er schreibt dort Kriminal-
romane, Thriller, Kurzgeschichten und Romane.*

MICHAEL GERWIEN

Letztes Busserl im Hofbräuhaus

KRIMINALROMAN

GMEINER

Immer informiert

Spannung pur – mit unserem Newsletter informieren wir Sie
regelmäßig über Wissenswertes aus unserer Bücherwelt.

Gefällt mir!

Facebook: @Gmeiner.Verlag
Instagram: @gmeinerverlag

MIX
Papier | Fördert
gute Waldnutzung
FSC
www.fsc.org   FSC® C083411

Besuchen Sie uns im Internet:
www.gmeiner-verlag.de

© 2024 – Gmeiner-Verlag GmbH
Im Ehnried 5, 88605 Meßkirch
Telefon 0 75 75 / 20 95 - 0
info@gmeiner-verlag.de
Alle Rechte vorbehalten
1. Auflage 2024

Lektorat: Claudia Senghaas, Kirchardt
Herstellung: Mirjam Hecht
Umschlaggestaltung: U.O.R.G. Lutz Eberle, Stuttgart
unter Verwendung eines Fotos von: © exclusive-design / stock.adobe.com
Druck: CPI books GmbH, Leck
Printed in Germany
ISBN 978-3-8392-0611-9

Riesengroßen und ganz lieben Dank an meinen Sohn Patrick und an meine langjährige Lektorin Claudia Senghaas für die tolle Mitarbeit an all meinen Max-Raintaler-Büchern und für die großartige Unterstützung. Ohne euch beide wäre dieses umfangreiche Krimireihen-Projekt so nicht möglich gewesen.

1

Selten war ein Biergartenabend so lauschig gewesen wie an diesem ganz besonderen Freitag Anfang August, an dem der kleine dicke Hauptkommissar Franz Wurmdobler seine besten Freunde zu seiner Abschiedsfeier vom Polizeidienst an einen extragroßen Tisch geladen hatte. Der Himmel in tiefes Rot und Orange gefärbt, ging die Sonne hinter den Häuserfassaden im Westen unter, ein laues Lüftchen wehte, und das bunte Münchner Völkchen ringsumher feierte essend und trinkend fröhlich ins Wochenende hinein. Überall war lautes Lachen, eifriges Diskutieren und Gläserklirren zu vernehmen.

Der blonde Ex-Kommissar Max Raintaler, Franz' engster früherer Kollege und sein Kindergartenfreund, kam gerade noch rechtzeitig an den großen runden Tisch, um die kurze und prägnante Ansprache des baldigen Ex-Chefs der Münchner Abteilung für Mord und Gewaltverbrechen zu hören. Er setzte sich neben seine Teilzeitlebensabschnittsgefährtin, die attraktive dunkelhaarige Monika Schindler, und hörte zu.

»40 Jahre schuften sind genug, jetzt kommt die Zeit zum Genießen«, rief Franz mit erhobenem Maßkrug in die Runde. Zur Feier des Tages hatte er seine geliebte Trachtenlederhose und ein weißes Hemd samt Weste angezogen. »Und damit meine ich nicht nur die fröhlichen Abende in unserem schönen Biergarten hier am Hauptbahnhof. Lasst es euch alle schmecken. Die Rechnung geht heute auf mich.«

Begeisterter Applaus. Kurze Reden wurden in Bayern schon immer gern gehört. Man konzentrierte sich hier bei den Feierlichkeiten lieber auf das Wesentliche: essen und vor allem trinken.

»Gibt es denn noch etwas anderes als Biergärten und Kneipen, das du genießt, Franzi?« Der athletisch gebaute Bernd Müller, Franz' langjähriger Kollege, der wegen seiner gelegentlich recht harten Verhörmethoden von allen im Revier »der scharfe Bernd« genannt wurde, lachte, und alle anderen am Tisch lachten mit.

»Natürlich.« Franz würdigte ihn kaum eines Blickes. »So einiges. Man hat schließlich eine Kultur. Fußball und die Spielfilme im Fernsehen zum Beispiel, Schwimmen und Bergwandern und so weiter.« Er trank einen großen Schluck von seinem Bier.

»Vor allem Bergwandern. Ich gangad auf die Kampenwand, wenn ich mit meiner Wampen kannt, oder?« Josef Stirner, langjähriger schnauzbärtiger Freund von Franz und Max, konnte sich den uralten Kalauer anscheinend nicht verbeißen. »Nicht bös gemeint, Franzi«, fügte er noch kopfschüttelnd hinzu. »Aber du und Bergwandern? Wirklich nicht. Eher geht eine Herde Elefanten durch ein Nadelöhr.«

Die ganze Runde lachte und kicherte erneut. Franz mochte tatsächlich alles Mögliche gewesen sein, aber auch nur annähernd sportlich war der langjährige Kettenraucher, Biertrinker und Gourmand ganz gewiss nicht. Jedermann am Tisch kannte seine sprichwörtliche Bewegungsallergie, und sein riesiger Kugelbauch war selbst beim besten Willen nicht zu übersehen.

»Aber schwimmen tut er wirklich gern, unser Franzi«, warf Max ein. »Sogar von selbst.« Monika stieß ihm daraufhin kräftig ihren Ellenbogen in die Seite.

»Muss das sein?«, zischte sie. »Seid halt nicht so g'schert.«

»Genau, Fett schwimmt oben«, prustete Franz' geliebte

Frau, die schlanke und durchtrainierte Sandra im selben Moment heraus. »Tut mir leid, Franzi, aber es stimmt ja.« Sie kriegte sich nicht mehr ein vor Lachen, was sonst gar nicht ihre Art war. Bestimmt hatte sie bereits etwas tiefer ins Glas geschaut.

Wieder lautes Gelächter der anderen. Sogar Monika musste grinsen.

»Ja, wollt ihr mich jetzt alle verarschen?«, beschwerte sich Franz halb amüsiert, halb leicht eingeschnappt. Sicher bekam auch er, wie jeder andere, lieber Komplimente als Sticheleien zu hören, wusste Max, auch wenn diese gerade ganz bestimmt nicht so giftig gemeint waren, wie sie sich anhörten.

»Logisch wollen wir dich verarschen. Weil wir dich lieben.« Max nickte augenzwinkernd. »Servus übrigens, Franzi. Gratuliere zum baldigen Ruhestand. Kannst ja dann bald bei mir im Detektivbüro einsteigen.«

»Auch Servus, Max. Schön, dass du da bist.« Franz nickte ihm fröhlich zu. »Das mit dem Detektivbüro überleg ich mir tatsächlich. Ich geb dir Bescheid.«

»Prost auf unseren allseits geliebten Franzi!«, meinte Max und hob seinen Maßkrug. Irgendwann musste es auch wieder gut sein mit den frechen Sprüchen. Schließlich war Franz immer ein guter und verlässlicher Freund gewesen und ein verdienter Kripobeamter obendrein. »Herrschaftszeiten, wenn es dich nicht gäbe, müsste man dich glatt erfinden, oida Spezi. Viel Glück für die Zukunft wünsch ich dir.«

»Du bist der Beste, Franzi«, rief Monika, sichtlich erleichtert darüber, dass nicht mehr gestichelt wurde. Max wusste, dass sie das nicht mochte. Sie verstand immer einen guten Spaß, aber nicht auf Kosten anderer.

»Ein Prosit auf Franzi und alles Gute!«, schloss sich Josef an, und anschließend ließ der ganze Tisch den angehenden Pensionär gemeinsam hochleben.

Als da außer den bereits Genannten anwesend waren: Annie, Monikas beste Freundin und gleichzeitig Bernds Freundin, sowie Josefs Freundin Marion. Das war dann insgesamt der engste und wichtigste Kreis. Die offizielle große Verabschiedung mit den Kollegen vom Revier würde noch kommen, hatte Franz Max am Telefon erzählt.

»Das kann doch nicht wahr sein«, meinte Bernd auf einmal kopfschüttelnd und mit bleichem Gesicht. Er winkte den Zeitungsverkäufer, der an den Tischen vorbeilief, zu sich her, kaufte ihm eine *Abendzeitung* ab und hielt die Schlagzeile auf der ersten Seite in die Runde. Daneben erkannte man unschwer Franz, wie er gerade jemandem Handschellen anlegte.

»Das ist sicher nur ein schlechter Witz«, meinte Josef abwinkend.

»Natürlich.« Max nickte.

»Will dir jemand schaden, Franzi? Hast du Feinde, von denen wir nichts wissen?« Bernd hielt Franz die Zeitung hin. Der las flüchtig.

»Jetzt ist es aber wieder gut mit euren schrägen Scherzen«, erwiderte er sichtlich erschrocken. Er wusste offensichtlich nicht, ob er nur so dasitzen oder lostoben sollte. »Das ist jetzt nicht mehr witzig.«

»Finde ich auch«, sagte Sandra, die mitgelesen hatte, und nahm ihn in den Arm. »Das ist geschmacklos.«

»Was steht denn da?«, fragte Monika, die bisher noch nichts lesen konnte.

Bernd hielt ihr die erste Seite hin.

»Chef der Münchner Mordkommission hat junge Frau vergewaltigt«, las sie laut vor. »Das ist nicht wahr, oder?« Sie sah Franz fragend an.

»Spinnst du? Natürlich nicht«, erwiderte er aufgebracht.

Monika las weiter laut vor: »Hauptkommissar Franz

Wurmdobler, der kurz vor der Pensionierung steht, hat vor vielen Jahren eine frisch verheiratete Frau vergewaltigt. Die Geschädigte, Rosi Steininger, geborene Demplinger, ist erst jetzt mit der Wahrheit herausgerückt, weil sie bisher Angst gehabt hatte, der Karriere ihres erst kürzlich bei einem Autounfall verstorbenen Mannes, dem angesehenen Strafverteidiger Herbert Steininger, mit einer solchen Geschichte zu schaden.«

»Wer schreibt denn einen solchen unbewiesenen Dreck«, echauffierte sich Max. »Und vor allem hat der Steininger damals sicher noch gar keine große Karriere gehabt. Es sei denn, er ist ein gutes Stück älter als wir gewesen.«

»Geschrieben hat das Ganze ein gewisser Harry Meiser«, erwiderte Moni. »Da bist du sprachlos.«

»Aber der spinnt doch komplett!« Franz' Stimme hatte schlagartig nichts mehr von der vorherigen Fröhlichkeit an sich. »Wann und wo soll denn das überhaupt gewesen sein mit der Frau Steiniger?«

»Zu Studentenzeiten, steht hier«, erwiderte Monika. »Auf dem Heimweg von einem Faschingsball. Sonst nix.«

»Geh, der hat doch eine Meise, dieser Meiser«, winkte Max ab. »Warum soll der Franz denn damals eine frisch verheiratete Frau vergewaltigt haben? Der war schon immer eher schüchtern und freundlich. Hat die Welt jemals einen solchen hirnrissigen Schwachsinn gehört? Diesen Schreiberling musst du verklagen, Franzi, und die Rosi Steininger am besten gleich mit.« Max war klar, dass Franz nie und nimmer getan haben konnte, was ihm in dem Zeitungsartikel vorgeworfen wurde.

»Aber wirklich. So ein ausgemachter Schmarrn«, mischte sich Anneliese ins Gespräch. »So was würde der Franzi niemals tun. Das weiß jeder, der ihn auch nur ein bisschen kennt.«

»Diese Rosi Steininger will dir eindeutig schaden«, sagte Josef.

»Fragt sich bloß, warum«, fügte Bernd nachdenklich hinzu.

»Ich habe ihr jedenfalls nichts getan.« Franz war inzwischen kreidebleich im Gesicht. »Ich kenne sie nicht mal. Vielleicht steckt ja jemand anders dahinter.«

»Ein rachsüchtiger Klient, den du in den Knast gebracht hast«, meinte Max. Ihm schien das die naheliegendste Erklärung zu sein. Bei dieser Klientel war auf jeden Fall genug kriminelle Energie vorhanden, um so eine Verleumdungskampagne durchzuziehen.

»Oder ein Neider aus dem Revier, der auf deine Position scharf ist.« Sandra schien schlagartig wieder nüchtern zu sein.

»Aber was hätte das für einen Sinn? Ich werde doch sowieso pensioniert.« Franz schüttelte ungläubig den Kopf. »So etwas ist mir auch noch nicht untergekommen.«

»Wir sollten uns ganz schnell über diesen Schreiberling schlaumachen, diesen Harry Meiser.« Max sprach gedämpft, aber dennoch so laut, dass ihn jeder am Tisch hören konnte. »Der weiß sicher mehr. Vielleicht hat er sogar selbst etwas damit zu tun, aber zumindest muss er uns seine Informanten nennen. Es sei denn, das Ganze ist allein auf Rosi Steiningers Mist gewachsen. Dann fragt sich allerdings tatsächlich, warum.«

»Das machen die Typen von der Presse doch nicht«, erwiderte Franz. »Die halten ihre Informanten geheim, wie es nur geht. Da sind die nicht anders als wir. Wenn die jeden Informanten ausplaudern würden, erzählte ihnen bald keiner mehr was.«

»Das macht der ganz bestimmt, glaub mir. Der verrät mir alles.« Bernds sehr bestimmter Blick ließ keine Zweifel am Ernst seiner Aussage aufkommen.

»Was, wenn ich es wirklich war?« Franz sprach leise. Seine Stimme bebte. Er starrte lange auf die Tischplatte, dann sprach er mit brüchiger Stimme weiter. »Wir haben alle viel getrunken damals als Studenten.«

»Nicht nur damals. Aber das warst du garantiert nicht, Schatz.« Sandra nahm ihn fester in den Arm. »Ich kenn dich betrunken und nüchtern, fröhlich und grantig, aber so was würdest du niemals tun. Selbst im größten Vollrausch nicht.«

»Bist du dir da ganz sicher?« Er sah sie zweifelnd an.

»Absolut. Außerdem hättest du längst im Schlaf darüber geredet oder es wäre sonst wie in dir hochgekommen, wenn du es getan hättest.«

»Ich rede im Schlaf?«

»Du erzählst ganze Romane im Schlaf.«

»Warum hast du mir nie davon erzählt?«

»Damit du auf keinen Fall damit aufhörst. Da waren bisher immer sehr amüsante Sachen dabei.« Sie musste trotz der ernsten Situation grinsen.

»Aha.« Franz sah sie lange an. »Darüber reden wir noch.«

»Geht's weiter mit eurem Kindergartenschmarrn. Jetzt müssen wir erst mal diesen Meiser ausfindig machen«, sagte Max, der den Ernst der Lage schnell erkannt hatte. Eine derartige Beschuldigung in der Zeitung konnte ganz üble Konsequenzen nach sich ziehen. »Am besten so schnell wie möglich.«

»Ich kümmere mich darum.« Bernd erhob sich von seinem Platz. »Ich nehme mal an, dass die Feierlichkeiten zu einem günstigeren Zeitpunkt fortgesetzt werden.«

»Auf jeden Fall.« Franz nickte. »Danke, Bernd.«

»Soll ich mitkommen?«, fragte Anneliese Bernd.

»Nein, Annie.« Bernd schüttelte den Kopf, vergaß dabei aber nicht, ihr ein verliebtes Lächeln zuzuwerfen. »Das ist beruflich. Bleib du hier und geh dann mit Moni und den anderen heim.«

»Okay.« Anneliese ahnte wohl, dass sie sich im Moment besser zurückhielt. Bernd ließ grundsätzlich nichts auf seinen Franz kommen. Er liebte den knuffigen kleinen Hauptkommissar mehr, als er zeigen konnte und wollte. Jeder wusste das. Nur Bernd wusste nicht, dass es alle wussten.

»Macht's gut, Leute, ich melde mich«, sagte er und machte sich auf den Weg.

»Wer von deinen Verhafteten könnte denn so rachsüchtig sein, dass er so etwas tut?«, fragte Josef, nachdem Bernd verschwunden war. Er sah Franz gespannt an. »Sicher gibt es etliche Kriminelle, die dafür infrage kommen.«

»Ehrlich gesagt fällt mir da gerade niemand Spezielles ein«, erwiderte Franz. »Es waren so viele, die mir etwas nachtragen könnten. Hast du eine Idee, Max?«

»Ich überleg schon die ganze Zeit.« Max trank einen Schluck. »Aber entweder hab ich nur einen Namen vor Augen oder nur ein Gesicht. Am besten gehst du mal die Listen deiner infrage kommenden Kunden im Computer in deinem Büro durch. Wenn du willst, helfe ich dir dabei. Vielleicht hat Bernd auch Erfolg bei diesem Harry Meiser.«

»Wenn die mich am Montag überhaupt noch reinlassen ins Büro. Auch meine Chefs lesen Zeitung.« Franz grinste humorlos.

»Dann geh am besten gleich morgen früh hin. Die meisten lesen ihre Wochenendzeitung erst beim Frühstück. Und das fällt am Samstag bekanntermaßen später aus als unter der Woche.«

»Gute Idee, mach ich.«

»Schade um den schönen Abend«, sagte Anneliese.

»Wirklich schade.« Monika nickte. »Hoffentlich habt ihr den Fall bis zu unserer Hochzeit am 1. Juli im *Hofbräuhaus* aufgeklärt, Max. Sonst müssen wir verschieben.«

»Da wird nix verschoben. Am 1. wird wie geplant geheiratet. Wir kriegen den Kerl oder die Frau, die dahinterstecken, auf jeden Fall vorher. Keine Angst.« Max, der sich zu Monikas Entsetzen anlässlich der bevorstehenden Feierlichkeit die Haare bereits letzte Woche ganz kurz hatte schneiden lassen, blickte entschlossen in die Runde. Er hatte nicht vor, Ruhe zu geben, bis diese unerquickliche Sache restlos aufgeklärt war.

»Hoffentlich hast du recht«, betonte Franz.

»Sind wir erfolgreiche Ermittler oder nicht, Franzi?« Max stand auf ging über den knirschenden Kies am Boden zu ihm hinüber, nahm ihn in den Arm und drückte ihn an sich. »Das kriegen wir alles wieder hin. Ich verspreche es dir.«

»Okay.« Franz nickte. »Danke, Max.« Tränen stiegen ihm in die Augen.

Nicht auszudenken, was ihm alles passieren kann, wenn wir den miesen Täter, der ihm das antut, nicht schnell genug finden, sagte sich Max. Wenn es ganz dumm kommt, kann er sogar seine Pension in den Wind schießen.

»Ich bin gespannt, was Bernd aus diesem Harry Meiser herausbekommt«, sagte er laut.

»Das bin ich auch«, erwiderte Franz.

2

Ein unrasierter, um die 30 Jahre alter Mann mit kurzen braunen Locken und runder Nickelbrille auf der Nase öffnete die Haustür im zweiten Stock des heruntergekommenen Mietshauses in der Haidhauser Pariser Straße nicht weit vom Ostbahnhof. Er zog den roten Frotteebademantel, den er anhatte, fester um seine schmale Gestalt und sah Bernd neugierig aus seinen dunkelbraunen Augen an.

»Sind Sie Harry Meiser, der Journalist?«, fragte ihn Bernd, der die Adresse vorhin von den Kollegen des Kriminaldauerdienstes bekommen hatte.

»Wer will das wissen?« Harrys Gesichtsausdruck schwankte zwischen abweisend und genervt.

»Bernd Müller ist mein Name.«

»Und was kann ich für Sie tun, Herr Müller?«

»Sind Sie nun der Herr Meiser oder nicht?«, fragte Bernd.

»Sicher bin ich das. Steht hier auch dick und breit.« Harry zeigte mit dem Finger auf das Namensschild an der Tür. Er beäugte den ungebetenen Gast misstrauisch. »Lesen können Sie ja, oder?«

»Werden Sie mal nicht frech«, ranzte ihn Bernd an. »Haben Sie diesen Artikel geschrieben?« Er hielt ihm die erste Seite der *Abendzeitung* mit der Schlagzeile über Franz vor die Nase.

»Und wenn? Ist es jetzt schon verboten, die Wahrheit zu schreiben?« Harry schnaubte genervt.

»Die Wahrheit?« Bernd sah ihn erstaunt an. »Seit wann schreibt ihr Schmierfinken denn die Wahrheit? Das wäre ja ganz was Neues.«

»Ich muss mir das nicht anhören«, erwiderte Harry und machte Anstalten, seine Wohnungstür wieder zu schließen.

Bernd schob jedoch blitzschnell seinen Fuß in den offenen Schlitz, dann drückte er die Tür mit dem ganzen Gewicht seines massigen Körpers auf und betrat die Wohnung.

»Hey, das dürfen Sie nicht. Ich zeige Sie an.« Harry stellte sich ihm in den Weg. Er zitterte. Womöglich vor Angst oder vor Wut oder vor beidem. Oder ihm war einfach nur kalt, was an dem warmen Abend allerdings verwunderlich gewesen wäre.

»Natürlich darf ich das.« Bernd machte die Tür hinter sich zu. »Ich bin von der Kripo, und mir hat jemand gesagt, dass Sie Drogen in Ihrer Wohnung haben. Das nennt man bei uns Gefahr im Verzug.«

»Zeigen Sie mir erst mal Ihren Dienstausweis.«

»Der hängt hier.« Bernd öffnete seine Jacke und gab damit den Blick auf sein Achselholster frei.

»Das kann ja jeder sagen.« Harry sah ängstlich aus, dennoch schien er sich nicht so leicht beeindrucken zu lassen.

»Na gut.« Bernd hielt ihm seinen wirklichen Dienstausweis hin. Er sah ein, dass das vernünftiger war, zumal er es mit einem Journalisten zu tun hatte, wenn auch mit einem der übleren Sorte.

»Hauptkommissar Müller, tatsächlich ein Bulle also.« Harry lief rot an. Ob aus Ärger oder schlechtem Gewissen, konnte Bernd nicht sagen. »Nichts als Blödsinn, was Sie da sagen«, fuhr Harry fort. »Ich habe keine Drogen. Ich bin Antialkoholiker, und mit Drogen habe ich schon gleich gar nichts am Hut.« Seine Stimme klang aufgeregt bis hysterisch.

»Das glaubst du doch selbst nicht.« Bernd grinste humorlos. »Jetzt pass mal auf, Freundchen. Du erzählst mir auf der Stelle, wer dir diesen Schmarrn über Hauptkommissar Wurmdobler erzählt hat.« Er baute sich bedrohlich zu seiner ganzen Größe vor dem dürren Harry auf. »Oder hast du den Mist selbst erfunden?«

»Steht alles im Artikel. Rosi Steininger hat es mir selbst erzählt.« Harry setzte sich auf seine abgewetzte Couch.

»Sie ganz allein? Oder gab es noch den einen oder anderen Zeugen, der ihre Geschichte bestätigt hat?«

»Sie ganz allein.« Harry hörte nicht auf zu zittern. Möglicherweise hat er tatsächlich ein schlechtes Gewissen und deshalb Angst, dachte Bernd, oder er ist auf Entzug. Dann wäre mein Versuchsballon mit den Drogen sogar zufällig auch noch richtig gewesen.

»Recherchieren Sie immer so sauber, dass Sie aufgrund von reinem Hörensagen Einzelner wilde Theorien aufstellen und angesehene Menschen öffentlich an den Pranger stellen? Geht's noch?« Bernd konnte nur immer wieder den Kopf schütteln. Eine Zierde für seine Zunft war der klapprige Vogel vor ihm ganz sicher nicht. »Sie wissen ganz genau, dass Sie lediglich eine unbewiesene Behauptung dieser Rosi Steininger haben und keinen einzigen Beweis. So was nenne ich einen miesen kriminellen Schmierfinken.«

Er sah sich in dem engen Einzimmerapartment um. Überall lagen Kleidungsstücke, Zeitungen und benutztes Geschirr auf den Stühlen, dem Tisch und dem Boden herum. Die Tapeten und Gardinen waren total vergilbt. Die ganze Bude starrte vor Dreck und Staub. Wohnten so tatsächlich angesehene Journalisten einer der größten Tageszeitungen Münchens, oder war der Kerl hier nur ein jämmerlicher Versager, der ausnahmsweise an eine aufregende Story gekommen war? So eine Art One-Hit-Wonder im journalistischen Bereich.

»Sind Sie sich sicher, dass Sie keine Drogen nehmen? Sie zittern ja wie Espenlaub. Haben Sie Fieber?«

»Ich nehme keine Drogen, verdammt noch mal, und ich habe auch kein scheiß Fieber«, fluchte Harry. »Mir ist kalt, weil ich nur einen verfickten Morgenmantel anhabe. Ich wollte gerade duschen. Das ist alles.« Er deckte sich mit der fleckigen beigefarbenen Wolldecke zu, die neben ihm auf der Couch lag.

»Für einen von der schreibenden Zunft haben Sie eine reichlich primitive Ausdrucksweise. Leiden Sie unter dem Tourette-Syndrom, oder seid ihr privat alle so drauf?« Bernd wusste natürlich, dass er gerade eine rein provozierende Bemerkung machte, aber irgendwie musste er den Kerl schließlich aus der Reserve locken.

»Was in drei Teufels Namen wollen Sie von mir, Herr Polizist?« Harry riss die Augen weit auf. Er machte den Eindruck, als würde er jeden Moment ausrasten.

»Die Adresse von Rosi Steininger.«

»Such sie dir doch selbst in euren scheiß Computern raus, Himmel, Arsch und Zwirn.«

»Gut, dann machen wir es jetzt so. Ich schaue mich bei dir nach Drogen um, und du rührst dich nicht vom Fleck, Freundchen.« Bernd klang jetzt alles andere als freundlich.

»Was soll denn dieser pampige Ton?«, entrüstete sich Harry.

»Du hast mich noch nicht pampig erlebt, Kleiner, glaub mir«, erwiderte Bernd. Er nahm einen Stapel Zeitungen von einem Stuhl und ließ ihn auf den Boden fallen. Dasselbe machte er mit einem benutzten Teller, der, warum auch immer, auf dem Stuhl daneben stand. Er zersprang in 1000 Scherben.

»Hören Sie auf, Mann«, rief Harry vom Sofa aus. »Sie spinnen doch. Das hat hier alles seine Ordnung.«

»Ordnung? Dass ich nicht lache. Hier sieht es aus wie auf dem Sperrmüll. Duschst du eigentlich öfter? Die ganze Bude hier stinkt wie eine Kloake.«

»Frechheit«, brachte Harry halbherzig hervor.

»Ja, da schau her«, sagte Bernd und hob eine Einwegspritze vom Boden auf. »Wenn das mal kein Junkiewerkzeug ist. Also Adresse her, oder wir zwei fahren jetzt aufs Revier. Mach schon, Mann, ich finde sie sowieso raus. Du sparst mir einfach nur Zeit.«

»Na gut.« Harry schnaufte ergeben. »Frau Steininger wohnt im Lehel, nicht weit vom Max-II-Denkmal am Sankt-Anna-Platz. Die Hausnummer weiß ich nicht mehr. Das Haus liegt auf jeden Fall gleich rechts gegenüber der Kirche.«

»Das ist doch was.« Bernd legte die Spritze auf den Boden zurück. »Du weißt natürlich, dass du mit dem Heroin, das du dir reinpumpst, auf einem schmalen Grat unterwegs bist?«

»Ich nehme keine Drogen. Wie oft denn noch? Ich bin zuckerkrank, die Spritze ist für Insulin.« Harrys Blick kreiste unstet in seinem Zimmer hin und her, oft genug ein klares Zeichen dafür, dass jemand log.

»Und ich bin der Papst.« Bernd schüttelte den Kopf. Er hatte in seiner Karriere bereits einige Junkies gesehen, und Harry war garantiert einer. Da biss die Maus keinen Faden ab. »Wir sehen uns noch, Herr Meiser. Ganz sicher.«

Er verließ Harrys Wohnung und rief Franz an.

»Hallo, Franzi, ich war gerade bei diesem Meiser. Er scheint ein Junkie zu sein, vielleicht wurde er von irgendwem damit erpresst, den Schmarrn über dich zu schreiben, und der Chefredakteur bei der Zeitung fand das Thema dann so spektakulär, dass er es zum Aufmacher machte. Außerdem behauptet Meiser, dass das Ganze tatsächlich ausschließlich auf dem Mist von Rosi Steininger gewachsen ist. Soll ich gleich mal zu ihr hinfahren?«

»Nein«, erwiderte Franz. »Genieß du dein wohlverdientes Wochenende. Max geht morgen früh zu ihr. Wollte er sowieso machen.«

»Wie du meinst. Ich dachte, es eilt.«

»Passt schon. Die läuft uns nicht weg.«

»Das stimmt auch wieder. Wenn, dann hat sie es wohl längst getan.«

»Wie meinst du das?«

»Aus Angst vor den Konsequenzen ihrer dreisten Lügen.« Manchmal ist der gute Franzi regelrecht ein wenig begriffsstutzig, dachte Bernd. Im Moment ist das sicher die Aufregung.

»Richtig. Natürlich«, erwiderte Franz. »Mit dem Chefredakteur der Zeitung werde ich am Montag auf jeden Fall ein Hühnchen rupfen. Unbewiesene Aussagen als Wahrheit hinzustellen geht gar nicht. Das gibt eine saftige Klage von unserer Rechtsabteilung, wenn die keine Gegendarstellung drucken.«

»Macht Sinn. Warum gehst du nicht jetzt gleich ins Büro? Wir könnten uns dort treffen und gemeinsam weiter an der Sache arbeiten.« Bernd war bereit, alles zu tun, damit sein geliebter Chef so schnell wie möglich offiziell reingewaschen wurde. Er wusste, dass Franz nie und nimmer schuldig sein konnte.

»Ich glaub, dazu hab ich zu viel gebechert. Ich mache es lieber, wenn ich nüchtern bin, damit mir bei der Verdächtigenliste auch keiner durchflutscht. Außerdem möchte ich mich in meinem Zustand von niemandem dort erwischen lassen.«

»Gut, Franzi, dann bis morgen.« Bernd blieb stehen, um sich besser auf das Auflegen und Verstauen des Handys konzentrieren zu können. Oft genug hatte er es bei ähnlicher Gelegenheit im Gehen an der Tasche vorbeigesteckt, und es war ihm auf den Boden gefallen.

»Aber du hast morgen frei«, sagte Franz. »Morgen ist Samstag.«

»Nicht, wenn mein Chef falsch beschuldigt wird.«

»Danke, Bernd. Ich weiß das zu schätzen.« Franz' Stimme klang gerührt. »Ist aber echt nicht nötig.«

Sie legten auf.

Bernd machte sich Richtung U-Bahnstation am Ostbahnhof auf den Heimweg zu seiner Wohnung in Neuhausen.

Nach wenigen Metern bekam er eine Nachricht von Anneliese aufs Handy. Sie würde sich sehr freuen, wenn er noch bei ihr vorbeikäme, hatte sie geschrieben. Das Haus, in dem sie lebte, wäre für einen alleine einfach zu groß. Seit ihre Tochter ausgezogen wäre, würde ihr das umso mehr auffallen.

3

Max und Monika waren auf dem Weg zu ihr nach Hause, weil sie morgen früh aufstehen und das Samstagsgeschäft in ihrer kleinen Thalkirchner Kneipe vorbereiten musste. Er wollte ihr dabei helfen. Am Wochenende war mehr zu tun als unter der Woche. Vor allem bei einem solch wunderbaren Biergartenwetter wie derzeit. Außerdem musste sie den verlorenen Umsatz von heute wieder reinholen. Sie hatte den Laden extra wegen Franz' Abschiedsfeier nicht geöffnet.

Der Abend heute wäre viel zu schön, um in irgendeiner muffigen U-Bahn oder im Bus zu sitzen, hatte sie vorhin gemeint, und so hatten sie beschlossen, sich zu Fuß auf den Weg zu machen.

Während sie Arm in Arm im Dämmerlicht nebeneinanderher spazierten, diskutierten sie eifrig über die Vorkommnisse gerade im Biergarten.

»Jetzt mal ganz im Ernst«, sagte Monika. »Der Franzi könnte so etwas niemals tun, was ihm diese Rosi Steininger da vorwirft.«

»Das wissen wir, aber wissen es der Richter, der Staatsanwalt und Franzis Vorgesetzten? Die können ihm wegen seiner Pension ganz schön die Hölle heißmachen, wenn er für schuldig erklärt wird.« Max dachte an seine eigenen Erfahrungen, als er vor einigen Jahren quasi aus dem Staatsdienst geworfen wurde, weil er einem echten Kriminellen von ganz oben in der Stadtverwaltung zu nahegekommen war. Zum Glück wusste er zu viel über den Kerl, und so hatten sie sich auf eine Art Vorruhestandsregelung bei vollen Pensionsbezügen für Max geeinigt.

»Unglaublich.« Sie schüttelte den Kopf. »Du musst unbedingt etwas unternehmen, Max.«

»Morgen früh helfe ich dir erst mal und dann gehe ich zu dieser Rosi Steininger.«

»Du musst mir aber nicht helfen. Ich schaffe das schon.«

»Schauen wir mal.«

Als sie den Goetheplatz überquerten, bekam Max eine Nachricht auf sein Smartphone. Er zog es aus seiner dunkelbraunen leichten Sommerjacke und sah nach.

»Ich fahre jetzt nach Hause zu Annie«, schrieb Bernd. »Der Schmierfink Meiser behauptet, er habe seine Infos direkt von Rosi Steininger. Franzi meinte, dass du morgen sowieso bei ihr vorbeigehst.«

»Passt«, schrieb Max zurück. »Melde mich morgen, sobald ich mehr weiß.«

»Sie wohnt am Sankt-Anna-Platz. Die Hausnummer such ich dir noch raus.«

»Alles gut.«

Max steckte sein Handy wieder ein.

Ein Autokorso fuhr laut hupend an ihnen vorbei. Das Brautpaar, wegen dem der ganze Aufstand veranstaltet wurde, fuhr im blumengeschmückten SUV voraus und winkte den Passanten fröhlich zu.

»In drei Wochen sind wir dran«, meinte Max grinsend.

»Ich kann es immer noch nicht fassen, dass ich Ja gesagt habe.« Monika grinste ebenfalls.

»Wir können die Hochzeit immer noch absagen, wenn du mich auf einmal doch nicht mehr willst.« Max vermied es, sie anzuschauen, und blickte lieber geradeaus auf die Straße.

»Sei nicht so empfindlich«, erwiderte sie. »War bloß ein Spaß.«

»Sehr lustiger Spaß.« Er zuckte humorlos die Schultern.

»Hör schon auf, alter Brummbär. Ich freu mich genauso wie du darauf.«

»Ehrlich?« Seit Jahren hatte er ihr einen Antrag nach dem anderen gemacht, die sie allesamt abgelehnt und ihn immer wieder auf später verströstet hatte. Er merkte gerade, dass dieser Stachel immer noch sehr tief bei ihm saß.

»Ganz ehrlich.« Sie zog ihn zu sich her und küsste ihn lange und verliebt.

»Na gut, ich glaub dir. Ausnahmsweise.«

»Wie war es denn heute Nachmittag im *Hofbräuhaus*? Klappt jetzt alles mit dem Menü, das wir uns überlegt haben?«

»Alles gut. Es wird rein bayerisch, so wie wir es wollten. Die Vietnamesische Hochzeitssuppe zur Vorspeise habe ich ihnen ausgeredet, auch wenn sie zurzeit noch so angesagt sein soll.«

»Sehr gut. Wenn wir asiatisch essen wollen, gehen wir zum Thailänder oder Chinesen oder zum Vietnamesen, aber sicher nicht ins *Hofbräuhaus*.«

»Genauso hab ich es denen auch gesagt.«

»Ich liebe es, wenn wir einer Meinung sind.« Sie lachte leise.

»Was selten genug der Fall ist.«

Jetzt lachten alle beide.

»Außerdem hasse ich Koriander«, fügte sie hinzu.

»Tatsächlich? Wusste ich gar nicht.« Er lachte erneut.

»Hast du die Band zusammen, mit der du spielen willst?«

»Hab ich. Allerdings haben wir uns darauf geeinigt, dass ich nur ein bis zwei Einlagen von Johnny Cash spiele. Schließlich ist es unsere Hochzeit, da will ich ausgiebig mitfeiern und nicht auf der Bühne sitzen und arbeiten.« Max zog ein Papiertaschentuch aus seiner Jacke und schnäuzte kräftig hinein.

»Musik ist keine Arbeit, sondern Spaß.«

»Nicht, wenn Leute zuhören. Das kann echt in Arbeit ausarten.« Er schnäuzte sich erneut.

»Erkältet?« Monika sah ihn alarmiert an. »Werd mir jetzt bloß nicht krank. Das kann gerade wirklich niemand gebrauchen.«

»Keine Angst, ist nur meine übliche Pollenallergie.«

»Was fliegt denn gerade?«

»Keine Ahnung.« Er zuckte die Schultern. »Irgendwas wird es schon sein.«

»Na gut.« Sie atmete erleichtert auf. »Ich bin so froh, dass du das alles organisierst mit der Hochzeit. Das Geschäft in meiner Kneipe wird immer mehr. Bald kann ich wegen Reichtum schließen.«

»Passt schon.« Er winkte großzügig ab. »Aber ab morgen werde ich erst mal rauszufinden versuchen, wer Franzi an den Karren fahren will. Das wird seine Zeit brauchen.«

»Da stelle ich mich keinesfalls in den Weg.« Monika kannte Franz zwar nicht ganz so lange wie Max, der bereits mit ihm in den Kindergarten gegangen war, aber trotzdem fühlte sie sich ihm ebenso eng verbunden. »Hab ich dir eigentlich erzählt, dass Annie am Montag mit mir in die Stadt geht?«

»Kaffee trinken?« Er sah sie neugierig an.

»Nein, Brautkleid aussuchen.« Sie setzte ein verklärtes Gesicht auf.

»Wohin?«

»Wir werden was finden. Möglicherweise in die Maximilianstraße. Ich verlass mich da ganz auf sie. Mit solchen Sachen kennt sie sich bestens aus.«

»Da bin ich mir sicher.« Max nickte wissend. Monika hatte ihm einmal erzählt, dass Anneliese mindestens dreimal die Woche zum Shoppen in irgendeine Boutique ging.

Tatsächlich kam sie alle naselang mit einem neuen Edelkleidungsstück daher. Geld genug dafür hatte sie seit ihrer Scheidung vor einigen Jahren, bei der sie von ihrem wohlhabenden Ex-Mann Bernhard finanziell reichlich bedacht wurde.

Was für eine Laune des Schicksals mochte es wohl sein, dass sie nun ausgerechnet mit dem scharfen Bernd zusammen war, der den gleichen Vornamen wie ihr früherer Mann trug?

Ein Betrunkener im schmuddeligen Jeansanzug kam aus einem Bierstüberl herausgestolpert und fiel ihnen genau vor die Füße auf den Gehsteig.

»Lass dich hier nie wieder blicken, du asozialer Hartz-Vier-Penner«, rief ihm ein älterer Mann mit Glatze und bekleckerter Schürze von der Tür aus hinterher.

»Weil es bei dir gar so vornehm zugeht, Stefan.« Der Gestürzte rappelte sich mühsam hoch. Seine langen, verklebten blonden Haare hingen ihm dabei ins Gesicht. Er blutete leicht aus der Nase.

»Willst du jetzt auch noch frech werden?«, grantelte Stefan weiter. »Meinst du, weil du Georg Steiger heißt wie dein depperter Vater, der ach so tolle Filmschauspieler, kannst du dir alles erlauben?«

»Lass meinen Vater da raus. Du bist und bleibst ein Arschloch, Stefan. Wenn einer mit einem großen Geldbeutel daherkommt, schleimst du ihn von oben bis unten zu. Aber wehe, man hat einmal zufällig sein Geld daheim vergessen. Ekelhaft bist du. Leck mich!« Georg zog ein schmutziges Taschentuch aus seiner Hosentasche und drückte es gegen seine Nase.

»Zufällig vergisst du dein Geld andauernd, du hirnloser Vogel. Und was heißt da daheim? Wo willst du denn daheim sein außer unter der Isarbrücke? Mir reicht es mit dir, endgültig.« Stefan ging in sein Lokal zurück und knallte die Tür hinter sich zu.

»Der Typ ist ein echtes Arschloch«, erklärte Georg derweil Max und Monika, die sich die Szene einigermaßen interessiert angeschaut hatten.

»Haben Sie sich wehgetan?«, fragte ihn Monika. »Ihre Nase blutet ganz schön.«

»Halb so wild.« Georg winkte ab. »Ich rolle mich immer ab wie eine Katze. Hab früher mal Judo gemacht. Wenn der bescheuerte Stefan das wüsste, würde er nicht so mit mir umgehen. Aber ich bin halt ein friedlicher Mensch.«

»Bestimmt.« Monika nickte. »Was heißt, Sie rollen sich immer ab?«

»Ich bin schon oft irgendwo rausgeflogen. Egal, dann geh ich halt zum Stanislaus am Viktualienmarkt. Dort hab ich immer Kredit. Der hat ein Herz für jeden.« Georg klopfte mit seiner freien Hand seine schmutzige Hose aus.

»Was ist los?«, wollte Max wissen. »Job verloren?«

»Das wollen Sie nicht hören.« Georg schüttelte den Kopf.

»Sonst hätte ich aber nicht gefragt.«

»Also gut.« Georg atmete tief durch. »Meine Frau hat mich verlassen, weil wir nur noch gestritten haben und weil sie mir nach 20 Jahren in meinem Job als Lagerist gekündigt haben. Rationalisierung, Sie wissen Bescheid.«

»Hab davon gehört.« Max nickte. »Und dann?«

»Nachdem sie ausgezogen war, konnte ich unsere Wohnung nicht mehr bezahlen und bin auf der Straße gelandet.« Georg steckte sein Taschentuch wieder ein, weil seine Nase aufgehört hatte zu bluten. »Wenn ich jetzt irgendwo nach einem Job frage, wollen sie erst mal wissen, wo ich wohne, und wenn ich eine Wohnung mieten will, sagen sie, dass ich eine Gehaltsabrechnung oder zumindest ein kleines Vermögen vorweisen müsste. Beides habe ich nicht, also lebe ich weiter auf der Straße. So, und jetzt dürfen Sie so schlecht von mir denken, wie Sie wollen.«

»Und im Winter?«, erkundigte sich Monika.

»Friere ich wie alle anderen, die auf der Straße leben und nicht ins Obdachlosenasyl wollen oder können.« Georg zuckte die Achseln.

»Aber kann da nicht jeder rein?«

»Die verlangen Eintritt, und oft sind sie überbelegt.« Georg schüttelte den Kopf. »Vor allem bei richtig miesem Wetter.«

»Wusste ich nicht«, meinte Max nachdenklich.

»Das wissen die wenigsten.« Georg nickte und drehte sich zum Gehen um. »Einen schönen Abend wünsche ich den Herrschaften noch, und danke, dass Sie mit mir geredet haben.«

»Moment mal, nicht so schnell.« Max hielt ihn am Arm fest. Dann holte er seinen Geldbeutel heraus, entnahm ihm zwei Hunderter und hielt sie Georg hin.

»Was soll das jetzt?« Georg sah ihn irritiert an.

»Kaufen Sie sich was Gescheites zu essen.«

»Aber das ist viel zu viel. Das kann ich nicht annehmen.« Georg wandte sich ab.

»Doch, das können Sie.« Monika nahm Max die Scheine ab und drückte sie Georg in die Hand. »Ist sowieso nur ein Tropfen auf den heißen Stein.«

»Ehrlich?« Georg blickte fassungslos von Monika zu Max und wieder zurück.

»Ehrlich«, meinte Max. »Machen Sie sich einen schönen Abend.«

»Ich fasse es nicht.« Georg stiegen die Tränen in die Augen. »Vielen Dank, die Dame und der Herr. Es gibt also noch Menschen auf dieser Welt.«

»Passt schon, Servus.« Max winkte ihm noch einmal zu, dann gingen er und Monika weiter.

»Erstaunlich, wie wenig es braucht, um komplett abzustürzen«, meinte Max nachdenklich, nachdem sie eine Weile lang in Richtung Isar gegangen waren. »Wirklich geholfen ist dem armen Kerl mit dem Geld auch nicht.«

»Stimmt«, erwiderte Monika, während sie geschickt einem Radler auswich, der offenkundig meinte, er müsse unbedingt ohne Licht auf dem Gehsteig fahren und sie dabei fast umbringen.

»Wie wär's mit der Straße?«, rief ihm Max hinterher, was ihm aber lediglich einen rückwärtsgewandten Stinkefinger des rücksichtslosen Rasers einbrachte. »Was ist nur aus dieser Welt geworden?«, fragte er Monika daraufhin kopfschüttelnd.

»Deppen hat es immer gegeben«, erwiderte sie. »Bloß haben wir früher über sie gelacht.«

»Herrschaftszeiten, da könntest du glatt recht haben.« Max kratzte sich am Hinterkopf. »Je älter ich werde, umso weniger lache ich. Das fällt mir immer mehr auf. Werde ich ein alter Grantler?«

»Warst du schon immer«, erwiderte sie leichthin. »Aber es hat ihm bestimmt ein wenig geholfen.«

»Dass er uns fast totfährt?« Er ließ erstaunt seinen Mund halb offen stehen.

»Nein, ich meine diesen Georg von vorhin.« Sie zog ihn schnell über die nächste gerade rot werdende Ampel. »Bestimmt hilft das Geld ihm nicht aus seinem Leben auf der Straße heraus, wie du sagst. Aber er kann sich davon zumindest einen schönen Abend machen.«

»Ich glaub eher, dass er erst mal überall Schulden zurückzahlen muss. Ob da zwei Hunderter reichen, weiß ich nicht.« Max setzte ein skeptisches Gesicht auf.

»Kann natürlich auch sein.« Sie nickte.

»Wie man es dreht und wendet, manche Dinge bleiben wohl einfach so, wie sie sind. Sie lassen sich nicht ändern, auch wenn man es sich noch so sehr wünscht.«

»Werden wir jetzt philosophisch?« Sie sah ihn amüsiert an.

»Ich hör immer *werden*.« Er blickte ebenso amüsiert zurück. »Seit Jahren nennt mich jeder den ›Aristoteles von Sendling‹. Weißt du doch.«

Sie lachte.

»Ein bisschen was tut sich aber dennoch immer mal wieder«, meinte sie dann. »So ganz allgemein gesehen. Sonst würde sich gar nichts auf der Welt ändern.«

»Aber bestimmte Dinge ändern sich eben nicht.«

»Auch wieder wahr. Lass uns schneller gehen, Max. Mir ist kalt. Ich hab keine Jacke dabei.«

»Da hast du's«, meinte er lächelnd. »Bestimmte Dinge ändern sich nie.«

»Wäre es dir etwa lieber, wenn ich erfriere?«

4

Franz öffnete die Tür zu seinem kleinen Büro. Er schwitzte, weil er zu Fuß hergelaufen war, um den sonnigen Samstagmorgen zu genießen. Außerdem sollte ihm die Bewegung an der frischen Luft dabei helfen, seine Gedanken zu ordnen und noch mal ganz genau zu überlegen, ob möglicherweise nicht doch etwas an der Geschichte dieser Rosi Steininger dran war. Hatte sie aber nicht.

Er konnte sich wirklich nicht an Rosi erinnern, wusste absolut rein gar nichts über sie. Vor allem darüber, dass er sie nach irgendeiner großen Faschingsparty in Schwabing nach Hause gebracht und auf dem Weg begrabscht und vergewaltigt haben sollte.

Gut, dass Max die Befragung des angeblichen Opfers übernahm. Er selbst hätte sich wahrscheinlich nur schwer beherrschen können angesichts der wilden Behauptung, die Rosi da über ihn in die Welt setzte.

Möglich wäre es andererseits natürlich schon gewesen, was sie erzählte. Sie alle hatten damals viel getrunken, und er konnte sich allein deswegen nicht an alles erinnern. Aber es war wohl eher doch nicht die Wahrheit. Er konnte es sich einfach nicht vorstellen. Selbst wenn er ihr dennoch im Suff etwas angetan haben sollte, hätte sich doch irgendwann eine Art unbewusstes schlechtes Gewissen bei ihm melden müssen, und sei es nur in Form irgendwelcher Erinnerungsfetzen oder halbgarer Albträume.

Jeder andere gestern an seinem Tisch im Biergarten konnte das Ganze ebenfalls nicht glauben. Zu einer solch groben Tat wäre so ein gemütlicher Genussmensch wie er niemals in der Lage, waren sich alle seine Freunde einig. Sogar Sandra hielt, ausnahmsweise einmal nicht eifersüchtig, fest zu ihm und machte ihm Mut, die Sache aufzuklären. Sicher wäre diese impertinente Person aus der Zeitung eine notorische Lügnerin, warum auch immer, hatte sie heute Morgen beim Frühstück noch zu ihm gesagt, oder der Reporter wäre nicht ganz richtig im Kopf.

»Der weiß anscheinend gar nicht, was er mit einer solchen dreisten Lüge anstellt«, hatte sie gemeint und Franz ein dickes Abschiedsbussi auf den Mund gedrückt.

»Der Meiser kriegt sein Fett noch weg«, meinte Franz jetzt, während er seinen PC einschaltete. »Genau wie sein Chef bei der Zeitung. So geht es schließlich nicht.«

Eine knappe Stunde später klopfte jemand an seine Tür.

»Herein!«

»Morgen, Chef«, sagte Bernd, nachdem er geöffnet hatte. »Konntest du schlafen?«

»Wider Erwarten gut«, erwiderte Franz, während er die Liste der Verdächtigen, die er sich auf die Schnelle am PC zusammengestellt hatte, ausdruckte.

»Kann ich irgendwas tun, Franzi?« Bernd schien voller Tatendrang zu sein. Was aber weiter nichts Besonderes war. *Franz kannte keinen engagierteren Kripobeamten als Bernd, sich selbst und Max.*

»Du könntest dir einen schönen Samstag machen. Die Liste von für einen Rachefeldzug infrage kommenden Personen hier hab ich mir gerade am Computer angeschaut. Ich muss sie aber noch mal mit Max durchgehen.« Franz zeigte auf den Drucker, der gerade ein Blatt nach dem anderen ausspuckte. »Schließlich haben wir die meisten der Täter zu zweit dingfest gemacht.«

»Na gut, ich wollte nur helfen.«

»Vielen Dank, Bernd. Weiß ich zu schätzen. Sobald ich dich brauche, melde ich mich bei dir.«

»Alles klar. Annie freut sich sicher, wenn ich ihr und Moni in *Monis Kneipe* zur Hand gehe, solang Max unterwegs ist. Vielleicht sieht man sich dort später. Dann viel Erfolg.« Bernd drehte sich um und ging hinaus.

Damit er sie keinesfalls vergaß, wenn er ging, steckte Franz die Blätter, die er gerade ausgedruckt hatte, in sein Jackett, das am Garderobehaken neben der Tür hing. Sie waren außer Rosi Steininger und Harry Meiser der einzige Anhaltspunkt, den er und Max im Moment hatten.

Es klopfte erneut an seiner Tür.

»Was gibt's denn noch, Bernd?«, erkundigte sich Franz, als die Tür aufging.

»Ich bin's, Franzi. Die Gitti aus der Kantine«, sagte Gitti und strahlte ihn fröhlich an.

»Ja Gitti, Servus.« Er lächelte freundlich zurück. Sie war eine wahre Perle, der netteste Mensch der Welt und außerdem sehr hübsch anzusehen mit ihren blauen Augen und den blonden Locken. Aber was fast noch schwerer wog, jedes Mal, wenn er zu spät zum Essen kam, hob sie ihm seit Jahren eine extragroße Portion des täglichen Fleischgerichtes auf. Dass er Gemüse und Salat hasste, hatte sie sich gleich nach ihrer ersten Begegnung vor 20 Jahren gemerkt.

»Schau mal, was ich hier für dich hab.«

»Was mag das nur sein. Doch nicht etwa ...« Er sah sie und das Tablett in ihren Händen neugierig an. »Aber wieso ...?«

»Ich hab die Zeitung gelesen, Franzi, und da dachte ich mir, dass du vielleicht eine kleine Stärkung gebrauchen könntest.« Sie stellte das Tablett auf seinem Schreibtisch ab.

»Aber woher weißt du, dass ich hier bin?« Er sah sie erstaunt an. »Es ist Samstag.«

»Hab dich vorhin reingehen sehen und mir gedacht, dass du bestimmt deinen Computer nach Beweisen für deine Unschuld auf den Kopf stellst.« Sie lächelte vielsagend.

»Du glaubst also nicht, dass ich getan hab, was in der Zeitung steht?«

»Spinnst du? Da will dir jemand was anhängen, das ist doch sonnenklar.« Sie schüttelte vehement den Kopf.

»Danke, Gitti, das weiß ich zu schätzen. Warum bewirbst du dich eigentlich nicht als Polizistin mit deiner ausgezeichneten Kombinationsgabe?« Franz grinste gutmütig.

»Zu gefährlich.« Sie schüttelte ebenfalls grinsend den Kopf. »In meiner Küche fühl ich mich sicherer.«

»Was steckt denn Feines unter der Käseglocke?« Franz zeigte auf das Tablett.

»Lass dich überraschen. Ich will auch gar nicht länger stören. Bestimmt findest du den Schuldigen.«

»Der Max und der Bernd helfen mir dabei.«

»Das *Dream Team*. Dann kann ja nix schiefgehen.« Gitti lächelte ihn ermutigend an. »Ich glaub auf jeden Fall fest an deine Unschuld. Servus und einen schönen Tag.« Dann verschwand sie genauso schnell durch die Tür, wie sie hereingekommen war.

Franz, der vor einer Stunde erst gefrühstückt hatte, konnte sich nicht beherrschen und lüftete die Haube über dem Teller auf dem Tablett.

»Schweinsbraten mit Semmelknödeln und Kraut!«, jubilierte er laut, als er seine absolute Leibspeise erblickte. »Das ist ja so was von genial von der Gitti.« Tränen der Rührung und der grenzenlosen Begeisterung stiegen ihm in die Augen. Er nahm sich fest vor, sich so bald wie möglich angemessen dafür bei ihr zu revanchieren. Blieb nur noch die Frage offen, ob er bis 12 Uhr mit dem Essen warten oder sich gleich darüber hermachen sollte.

Sein Dienstapparat läutete.

»Deine Göttergattin ist dran, mein Schatz«, meldete sich Sandra fröhlich. »Ich wollte nur mal fragen, wie es dir geht.«

»Danke, ganz gut, mein Engel«, erwiderte er in fröhlichem Tonfall, obwohl ihm, bis auf die Sache mit Gittis Schweinsbraten, nach wie vor nicht besonders wohl zumute war. »Ich habe gerade meine Verdächtigenliste ausgedruckt. Nachher will ich mich mit Max treffen und die Namen dann gemeinsam mit ihm durchgehen. Vier Augen sehen bekanntlich mehr als zwei.«

»Das ist eine gute Idee. Zu zweit seid ihr schon immer unschlagbar gewesen.«

»Da hast du recht, mein Engel.«

»Was machst du in der Zwischenzeit? Sollen wir uns mittags irgendwo auf einen leckeren Salat treffen?«

»Im Prinzip eine tolle Idee, mein Schatz. Aber es gibt hier noch so einiges zu erledigen.« Sein Blick fiel auf Gittis Tablett. »Ich melde mich bei dir, sobald Max und ich mit der Verdächtigenliste fertig sind, okay?«

»Natürlich, Franzi. Pass auf dich auf. Bis dann.«

»Bis dann, mein Engel.«

Sobald Franz aufgelegt hatte, schnappte er sich Messer und Gabel und begann gierig zu essen.

»Unfassbar gut.« Er stöhnte genussvoll. »Da schwebst du glatt auf Schweinewolke sieben.« Es schmeckte ihm so gut, dass er für kurze Zeit sogar Rosi Steininger und den von Grund auf verlogenen Artikel in der Zeitung vergaß.

Natürlich wusste er, dass es angeblich gesünder sein sollte, kein Fleisch oder so wenig wie möglich davon zu essen. Die reine Vegetarierin Sandra predigte es ihm oft genug. Auch dass die armen Viecher teilweise unter schlimmen Bedingungen gezüchtet würden und die gesamte Fleischzucht eigentlich eine Umweltsauerei wäre. Aber was halfen alle diese rationalen und möglicherweise auch richtigen Erkenntnisse, wenn der Bauch und das Herz sie nicht verstehen wollten.

»Ein Traum. Dafür könnte ich morden.« Er leckte genüsslich seine Gabel und sein Messer ab, nachdem er ein saftiges Stück Fleisch und ein großes, mit viel Soße getränktes Stück Knödel in seinem weit geöffneten Mund hatte verschwinden lassen. »Trotz allem ist das Leben gut zu dir, Franz Wurmdobler«, sagte er dann, aß den ganzen Teller kurz entschlossen auf, wischte sich den Mund mit einer der zwei Servietten ab, die ihm Gitti dazugelegt hatte, schnäuzte sich in die andere, lehnte sich in seinem Bürostuhl zurück und machte ein ausgiebiges Bäuerchen.

»Man mag gar nicht glauben, dass ich erst vor zwei Stunden gefrühstückt habe«, murmelte er, von sich selbst überrascht. »Da kann man mal sehen, was der Stress dir für einen Appetit macht, wenn er dich ereilt.«

Er entschloss sich dazu, ein wenig zu dösen und dabei ganz unverfänglich und möglichst stressfrei über Rosi Steininger und ihre Beschuldigungen nachzudenken. Wer außer einem Gemütsmenschen wie ihm hätte das in dieser prekären Situation wohl sonst fertiggebracht. Noch dazu, weil er jede Minute mit dem unliebsamen Besuch seines Vorgesetzten Doktor Rieker rechnen konnte. Bestimmt würde der unsympathische Mensch ihm wieder mal Schwierigkeiten machen, so gut er konnte.

5

Max und Monika hatten gemeinsam gefrühstückt. Dann hatte er ihr noch schnell beim Zurechtstellen und Putzen der Tische und Stühle im Biergarten ihrer kleinen Kneipe geholfen und war anschließend zu Fuß losgegangen, um Rosi Steininger zu befragen. Er hatte sie bereits angerufen und mit ihr einen Termin um 10.30 Uhr in ihrer Wohnung abgemacht.

Gerade als er den Flauchersteg überquerte, rief Franz an und berichtete ihm, dass er soeben die Verdächtigenliste im Computer ausgedruckt habe. Er würde sie mitnehmen, wenn er ging, dann könnten sie sie später zu gegebener Zeit gemeinsam bearbeiten.

»Sehr gut. Ich knöpfe mir jetzt mal diese Rosi Steininger vor«, meinte Max. »Bestimmt kriege ich raus, warum sie lügt.«

»Wieso bist du dir da so sicher?«

»Wieso nicht? Oder warst du es doch?«

»Natürlich nicht.«

»Na also. Dann frag nicht so blöd.«

»Hast ja recht«, lenkte Franz ein. »Aber was, wenn ich es war und es nur total verdrängt habe? Das könnte ich mir, glaube ich, niemals verzeihen.«

»Versuch, nicht mehr daran zu denken, und konzentrier dich auf die Verdächtigenliste. Wir können uns gerne später deswegen im Biergarten vom *Hofbräuhaus* treffen. Ich muss da sowieso noch etwas wegen der Hochzeit besprechen.«

»Gute Idee«, erwiderte Franz. »Und wann?«

»Ich ruf dich an.«

Sie legten auf.

Max bog auf die Straße ein, die von Süden nach Norden am westlichen Isarufer entlangführte. Dabei sah er auf die Uhr. 10.30 Uhr vorbei. Bis 11.30 Uhr sollte er locker bei Rosi Steininger sein.

Es war genau der richtige Tag für einen ausgiebigen Spaziergang. Die Sonne schien, und es war nicht zu warm und nicht zu kalt.

Am Isartor legte Max einen kleinen Zwischenstopp ein und holte sich ein Zitroneneis. Das hatte keinen besonderen Grund. Er tat es einfach nur so, weil ihm gerade danach war. Schließlich war er niemandem gegenüber Rechenschaft über sein Tun schuldig. Genüsslich schleckend ging er weiter.

Wenig später rempelte ihn ein dicker Kerl in kurzer Hose und geschmacklosem Hawaiihemd von hinten an, der gerade aus einem protzigen SUV gestiegen war. Max fiel der ganze schöne Rest von seinem Zitroneneis auf den Boden.

»Pass auf, wo du herumgehst, du Träumer!«, schnauzte ihn der SUV-Fahrer an. Nichts Ungewöhnliches in München, wusste Max. Viele Leute hier schienen einen Riesenspaß daran zu haben, selbst irgendeinen Mist zu bauen und die Schuld dann anderen in die Schuhe zu schieben. Das fing beim Autofahren an, ging übers Radfahren und machte auch auf dem Gehsteig unter den Fußgängern nicht halt, wie es gerade wieder einmal vortrefflich zu beobachten war.

»Wer sind Sie? Der Bürgermeister?«, antwortete Max, der immer noch traurig auf sein Eis hinunterblickte.

»Auch noch frech werden, was?« Der Mann blieb stehen.

»Geh weiter, Sie spinnen doch.« Max schüttelte den Kopf. »Sie sind aus Ihrem Auto ausgestiegen und haben mich von hinten angerempelt, nicht ich Sie. Und mein Zitroneneis haben Sie mir dabei auch noch aus der Hand geschlagen.«

»Ach Gottchen. Hat das Bubi sein Eis verloren?« Der Mann lachte hämisch.

»Wollen Sie mich ernsthaft provozieren in Ihrem lächerlichen Outfit?« Max spürte das Blut in seinen Kopf steigen. Er näherte sich dem Kerl, blieb knapp vor ihm stehen und blickte ihm lange in die Augen.

»Ich dich? Ich glaub, du spinnst.« Der Mann wich keinen Zentimeter zurück. »Es ist genau umgekehrt. Du führst dich hier auf wie der letzte Depp wegen deinem albernen Eis, sonst keiner.«

»Was stimmt mit Ihnen nicht?« Max wurde es zu dumm mit dem aggressiven Platzhirsch. »Hat Ihre Frau Sie rausgeworfen? Geht nix mehr im Bett? Ist es das? Ist das Dickerle traurig, weil es ein Hängerle hat?« Er grinste schief.

»Pass auf, sonst fängst du dir eine ein, Arschloch.«

»Wieso sind Sie denn so unhöflich?« Max kam noch einen Schritt näher. »Wissen Sie was? Es reicht mir mit Ihnen. Sie geben mir jetzt einen Fünfer für mein kaputtes Eis und dann schauen Sie, dass Sie Land gewinnen.«

»Sonst passiert *was*?« Dickerle schaute feindselig drein. Er schien keinen Widerspruch gewöhnt zu sein, und wahrscheinlich sollte sein starrer Blick Max Angst machen.

»Sonst lass ich Ihr schönes Auto abschleppen.«

»Du armseliger Wicht? Dass ich nicht lache.«

»Na gut.« Max nahm sein Handy heraus und rief eine Fantasienummer an, unter der sich niemand meldete.

»Servus, Kollege, ich bin hier beim Isartor ums Eck Richtung Norden«, sagte er dann. »Da hat ein riesiger SUV auf dem Gehsteig geparkt und muss abgeschleppt werden. Münchner Kennzeichen. Du schickst gleich jemanden vorbei? Super, ich warte hier.«

Er legte auf.

»Geht's noch?«, echauffierte sich sein Gegenüber verunsichert und jetzt bereits ein gutes Stück kleinlauter als zuvor.

»Abschleppwagen kommt gleich«, sagte Max.

»Sehr witzig. Das glaubst du doch selbst nicht.« Der bislang äußerst pampige Macho bezweifelte möglicherweise, dass Max tatsächlich die Polizei angerufen hatte, schien sich aber nicht ganz sicher zu sein. Jedenfalls holte er seinen Geldbeutel aus seiner Hosentasche und entnahm ihm einen Zehneuroschein, den er anschließend Max hinhielt. »Reicht das für ein Eis, Herr Polizist ohne Uniform?«, fragte er mit ironischem Unterton in der Stimme.

»Woher wollen Sie denn wissen, dass ich Polizist bin? Ich hab gar nichts davon gesagt.« Max sah ihn mit gespieltem Erstaunen an.

»Ich weiß, wann ich verloren hab.«

»Na gut, und wenn Sie schon dabei sind, eine Entschuldigung wäre nett.«

»Ist nicht Ihr Ernst, oder?«

»Doch.« Max grinste humorlos.

»Na gut, es tut mir leid.«

»Na also.« Max schnappte sich den Zehner und ging weiter.

Nachdem er 20 Schritte gemacht hatte, drehte er sich um und stellte fest, dass der schwere Riese im Hawaiihemd ihm immer noch mit offenem Mund nachstarrte. Natürlich würde der angekündigte Abschleppwagen niemals kommen, aber das konnte der unfreundliche Kerl nicht wissen, und das freute wiederum Max.

Josef rief an und fragte ihn, ob er irgendwie bei der Aufklärung von Franz' Problem helfen könne.

»Dein Beistand ist immer gern gesehen, mein Freund«, sagte Max. »Franzi und ich treffen uns nachher im *Hof-*

bräuhaus. Ich schreib dir noch eine Nachricht, wann genau.«

Er legte auf und einen Zahn zu, um die verlorene Zeit wieder aufzuholen.

6

Franz hatte sich für sein Nickerchen in seinem Bürosessel zurückgelehnt und seine Füße auf den Schreibtisch gelegt.

»Herr Wurmdobler, wachen Sie auf. Was machen Sie hier? Haben Sie die Zeitung nicht gelesen?« Sein direkter Vorgesetzter, Kriminaldirektor Doktor Rieker, stand vor ihm. Groß, schlank und dynamisch dreinblickend und wie immer im dunklen Anzug mit weißem Hemd und Schlips. Er war offenkundig ohne anzuklopfen eingetreten.

»Normalerweise klopft man an, bevor man hereinkommt, stimmt's?« Franz rieb sich die Augen und sah ihn erstaunt an. »So habe ich das zumindest einmal gelernt.«

»Beantworten Sie meine Frage, Herr Wurmdobler.« Rieker wischte den Einwand mit einer unwilligen Handbewegung vom Tisch.

»Welche Frage?«

»Haben Sie die Zeitung nicht gelesen? Was wollen Sie noch hier? Ihnen muss doch klar sein, dass Sie bis zur endgültigen Klärung der Beschuldigungen suspendiert sind.« Rieker fuhr sich mit der Hand über seinen kurzgeschorenen knochigen Schädel.

»Das sind zwei Fragen. Papier ist geduldig, Herr Kriminalrat. Ich suche gerade im Computer nach Verdächtigen. Irgendwer will mir da was anhängen.« Franz machte keinerlei Anstalten, von seinem Schreibtischsessel aufzustehen.

»Das werden Sie jetzt anderen überlassen, Wurmdobler. Packen Sie Ihre Sachen zusammen, und dann ab nach Hause.« Rieker zeigte auf die Tür. »Machen Sie irgendwo Urlaub.«

»Sie wollen nicht einmal meine Version hören?«, staunte Franz. Herrgott noch mal, dieser aalglatte Kerl hatte wirklich kein Herz. »Eine Frau vergewaltigen. Immerhin sollten Sie mich gut genug kennen, um zu wissen, dass ich so etwas niemals machen würde.«

»Das tut hier nichts zur Sache.« Riekers graue, tiefliegende Augen blitzten ärgerlich. »Sehen Sie zu, dass Sie sich aus der Schusslinie der Medien bringen, und überlassen Sie uns die Aufklärung dieser leidigen Angelegenheit.«

»Kann ich nicht einmal im Hintergrund mitmachen? Immerhin ist es eine absolute Ungehörigkeit, die mir vorgeworfen wird.« Natürlich ging es Rieker wie so oft nur um die Wahrung einer möglichst sauberen Fassade der Münchner Polizei, wusste Franz. Alles andere hätte ihn auch gewundert.

»Gehen Sie heim, Wurmdobler. Glauben Sie mir, es ist das Beste für Sie.« Rieker nahm die Klinke in die Hand. »Öffnen Sie mal ein Fenster, hier riecht es wie in der Kantine. Mein Gott, und dann auch noch so knapp vor der Pensionierung. Das kann übel für Sie ausgehen.«

»Auf Wiederschauen, Herr Doktor Rieker«, erwiderte Franz, der nach wie vor keine Anstalten machte, seine Füße vom Tisch zu nehmen.

Rieker ging wortlos hinaus.

»Depp, depperter«, flüsterte Franz halblaut, nachdem die Tür ins Schloss gefallen war. »Bei diesem Chef kannst du nur froh sein, dass du bald in Pension gehst, Franzi.«

Er und Doktor Rieker hatten sich noch nie besonders gut vertragen. Es schien sich bei ihnen um eine Art natürliche Antipathie zu handeln. Letztendlich passten der ehrgeizige gefühlskalte Apparatschik Rieker und der genussliebende Seeelenmensch Franz wohl einfach nicht zusammen.

Das Telefon klingelte. Franz hob ab.

»Wurmdobler.« Er nahm langsam die Füße vom Tisch.

»Na, Wurmdobler, du Drecksau, wie fühlt man sich, wenn man ungerecht behandelt wird und einem keiner glaubt?«, meldete sich eine künstlich verzerrte Stimme am anderen Ende der Leitung.

»Wer sind Sie? Was wollen Sie?« Franz setzte sich ruckartig kerzengerade hin.

»Das wirst du bald zu spüren bekommen«, knarrte die Stimme wie eine alte Tür.

»Noch mal«, sagte Franz. »Was wollen Sie von mir?«

»Wart's ab.«

»Sagen Sie mir einfach, wer Sie sind und wie ich Ihnen helfen kann«, sagte Franz noch, aber die Leitung war von einer Sekunde auf die andere tot.

Franz legte nachdenklich den Hörer auf die Gabel.

Er rief umgehend bei der Technikabteilung an.

»Servus, Raimund«, begrüßte er den Diensthabenden. »Ich hab da gerade so eine Art mysteriösen Drohanruf bekommen. Kannst du irgendwie die Nummer für mich rausfinden? Vielleicht hat es ja etwas mit dem Artikel über mich in der Zeitung zu tun.«

»Es steht etwas über dich in der Zeitung?«

»Ja, gestern. Hast du es denn nicht gelesen?« Endlich einer, der nichts von dem Artikel wusste.

»Nein. Ich komme zurzeit vor lauter Arbeit zu nichts. Was schreiben sie denn?«

»Ich soll früher mal eine Frau vergewaltigt haben.«

»Du?« Raimund lachte. »Das soll wohl ein schlechter Witz sein.«

»Leider nicht.«

»Unfassbar. Selten einen größeren Schmarrn gehört. Wie lange habt ihr denn gerade gesprochen, dein Drohanrufer und du?«

»Nur kurz. Vielleicht 15 Sekunden.« Franz bemerkte, dass seine Hände anfingen zu zittern. Das ganze Affentheater schien erste Spuren in seinen Nervenbahnen zu hinterlassen.

»Von deinem Dienstapparat aus?«

»Ja.«

»Ich mach mich schlau und geb dir Bescheid. Bis später.«

Raimund legte auf.

»Das ist doch alles nicht zu fassen«, murmelte Franz vor sich hin, während er seine wichtigsten privaten Utensilien einsammelte und in die graue Plastikkiste legte, die normalerweise den nicht bearbeiteten Akten zugedacht war. Danach verstaute er alles zusammen in seinem Büroschrank. Er würde das Zeug später abholen. Möglicherweise würde es ihm aber auch Bernd irgendwann einmal mitbringen.

»Wer hat da nur die Chuzpe, bei mir anzurufen und mich so saublöd anzumachen?« Er zermarterte sich den

Kopf darüber, was der Kerl am Telefon gewollt haben könnte. Möglicherweise ein ehemaliger Delinquent, den er verhaftet hatte. Natürlich konnte es aber auch der Kerl gewesen sein, der hinter dem gestrigen Zeitungsartikel steckte, jemand, der Rosi Steininger möglicherweise zu ihrer Aussage gezwungen hatte, um ihm eins auszuwischen. Lag ja nahe, weil der Artikel erst gestern erschienen war. Aber wieso machte er jetzt auch noch persönlich Druck? War der Artikel nur der Anfang? Max würde ihm nachher auf alle Fälle bei seiner Verdächtigenliste helfen müssen. Sonst würde er noch wahnsinnig werden bei der ganzen Grübelei.

Als Franz das Fenster öffnete, um durchzulüften, ertönte ausgelassener Vogelgesang von draußen. Er konnte nicht sagen, um welche Vögel es sich genau handelte, da er sich mit Tierarten generell nicht so gut auskannte. Aber das Pfeifen und Zwitschern beruhigte ihn etwas, und da das Fenster schon einmal offen war, gönnte er sich eine Zigarette.

»Gut, dass der Rieker das nicht sieht«, sagte er grinsend. »Der würde ausrasten, der Vollkoffer.«

7

Es war Punkt 11.30 Uhr. Max stand vor Rosi Steiningers Dachterrassenwohnung im Lehel. Sie öffnete ihm. Dunkelhaarig, braune Augen, klare Linien im Gesicht. Am schmalen, fast zerbrechlich wirkenden Körper trug sie einen bequem aussehenden weinroten Hausanzug.

»Ja bitte?« Sie sah ihn erwartungsvoll an.

»Raintaler, wir hatten vorhin telefoniert.«

»Ach ja, der Herr von der Polizei. Kommen Sie herein, bitte.« Sie hielt ihm die Tür auf.

»Danke.« Max hatte am Telefon behauptet, dass er von der Kripo sei, um leichter Zugang zu ihr zu bekommen. Und siehe da, es hatte funktioniert. Dass er jetzt allerdings so unkompliziert und freundlich von ihr begrüßt wurde, wunderte ihn ein wenig. Schließlich hätte sie allen Grund gehabt, seinen Besuch als lästig zu empfinden.

Rosi führte ihn durch einen langen Flur, der mit diversen chinesischen Vasen, Ölgemälden und Antiquitäten ausgestattet war. Offenkundig hatten sie und ihr Mann einen exquisiten Geschmack.

»Bitte nehmen Sie Platz«, sagte sie, als sie in das im edlen Landhausstil eingerichtete Wohnzimmer kamen, und deutete auf die Sitzgruppe aus dunkelbraunem Leder vor dem großen Terrassenfenster.

»Danke.« Max setzte sich.

»Da haben Sie aber Glück, dass Sie mich heute erwischen.« Rosi blieb stehen. »Eigentlich sollte ich jetzt bei einer Freundin in Nürnberg sein, aber sie hat unser Treffen auf heute Nachmittag verschoben und mich sogar zum Übernachten eingeladen. Wollen Sie einen Kaffee?«

»Nein danke.« Max schüttelte den Kopf. »Wenn es Ihnen recht ist, würde ich Ihnen gerne nur ein paar Fragen stellen.«

»Wegen Hauptkommissar Wurmdobler. Natürlich, deswegen sind Sie hier. Sagten Sie ja bereits am Telefon.« Rosi setzte sich ihm gegenüber. »Was wollen Sie wissen?«

»Nun, zunächst einmal wollte ich Sie fragen, warum Sie ausgerechnet jetzt behaupten, dass Franz Wurmdobler Sie vergewaltigt hätte. Das Ganze ist so lange her. Hätten Sie da nicht längst etwas sagen können oder sogar müssen? Warum gingen Sie denn damals nicht zur Polizei?«

»Am Anfang habe ich mich zu sehr geschämt und gedacht, dass mir sowieso keiner glaubt«, erwiderte Rosi mit unbewegter Miene. Max fand, dass ihr Gesicht regelrecht maskenhaft wirkte. Offenbar hatte sie gelernt, sich nicht in die Karten schauen zu lassen. Es würde sicher nicht leicht werden, etwas aus ihr herauszubekommen. »Und später wollte ich meinem Mann nicht seine Karriere zerstören«, fuhr sie fort. »Wie hätte das denn ausgesehen, wenn die Frau eines erfolgreichen Anwalts wie er als Opfer eines solchen Verbrechens dagestanden wäre. Da bleibt immer ein gewisser Beigeschmack an einem hängen.«

»Wie meinen Sie das?«

»Sie kennen doch die Leute und wie sie reden. Sicher hätten etliche behauptet, dass ich es gewollt hätte.« Sie blickte zur Seite zum Fenster hinaus.

»Aber das hätten Sie leicht widerlegen können.«

»Wer hätte mir denn geglaubt?«

»Aber jetzt glauben Ihnen die Leute?«

»Nein, sicher nicht alle. Aber mein Mann ist tot, und deshalb kann ich endlich die Wahrheit sagen.«

»Erinnern Sie sich denn noch genau an den Vorfall?«
Max schaute sie neugierig an.

»Natürlich. Franz brachte mich von einem Faschingsfest nach Hause, und im Englischen Garten kam es dann über ihn. Er packte mich, zerrte mich in ein Gebüsch, und die Sache nahm ihren Lauf.« Rosi sah ihn jetzt wieder an. Sie wischte sich zwei kleine Tränen aus den Augenwinkeln. »Es war schrecklich, glauben Sie mir. Er war wie von Sinnen.«

»Das hört sich schlimm an«, meinte Max. »Allerdings kenne ich Herrn Wurmdobler seit dem Kindergarten. So etwas würde ich ihm niemals zutrauen. Franz ist, soweit ich ihn kenne, ein durch und durch anständiger Kerl. Er hat eine sehr nette Frau, die ihn liebt und sich noch nie über Gewalttätigkeit von seiner Seite beschwert hat.«

»Offensichtlich trügt Sie da Ihr Eindruck von ihm. Es ist nicht alles Gold, was glänzt, Herr Raintaler.« Sie klang jetzt fast übereifrig.

»Das wäre allerdings schrecklich. Ich habe ihn immer für einen Menschenfreund gehalten, der im Grunde keiner Fliege etwas zuleide tut, außer er wird einmal aus beruflichen Gründen dazu gezwungen.«

»So kann man sich täuschen. Tut mir sehr leid für Sie. Ich war damals genauso schockiert. Wollen Sie nicht doch einen Kaffee?« Rosi zeigte auf ihre eigene halbvolle Tasse.

»Wäre vielleicht nicht schlecht«, meinte Max. Irgendetwas stimmt nicht mit ihr, sagte er sich. Ihre Antworten kommen viel zu schnell und wirken wie auswendig gelernt. Möglicherweise bin ich da aber auch voreingenommen. Schauen wir mal, was noch kommt.

Nachdem sie wegen seinem Kaffee in die Küche gegangen war, sah er sich ausgiebig im Wohnzimmer um. Jedes Museum wäre wohl neidisch auf die erlesenen Möbelstücke und Gemälde gewesen. Draußen auf der riesigen Terrasse gab es sogar einen Swimmingpool, den er von seinem Platz aus gut sehen konnte.

»Da schau her, so wohnen also die einigermaßen reichen Leute in München«, murmelte er. »Wie mag es da erst bei den Superreichen auf ihren Privatinseln ausschauen?«

Er fand das Ganze mit dem Geld nicht fair verteilt. Andere Leute arbeiteten schließlich auch hart, nicht nur erfolgreiche Unternehmer oder Staranwälte wie Herbert Steininger. Man nehme nur mal das Pflegepersonal in den Krankenhäusern und Pflegeheimen oder die Köche in der Gastronomie. Nur die wenigsten von denen schafften es bis zum Fernsehkoch, mussten aber trotzdem hart ranklotzen für ihr bisschen Geld. Er selbst kannte einige dieser Leute persönlich, hatte aber noch nie große Worte der Beschwerde von ihnen gehört. Letztlich fanden sie sich mit ihrem Schicksal ab, weil sie einsahen, dass ihnen gar nichts anderes übrig blieb.

»Das Leben ist kein Ponyhof«, murmelte er, obwohl er solche Kalendersprüche eigentlich nicht mochte, weil sie der Realität meistens nicht gerecht wurden. Manchmal allerdings aber eben doch.

Rosi kam mit seinem Kaffee zurück.

»Milch und Zucker nehmen Sie sich bitte selbst«, sagte sie, während sie das kleine Tablett in ihrer Hand vor ihm auf den gläsernen Couchtisch stellte.

»Vielen Dank.« Er lächelte sie an. »Was haben eigentlich Ihre Eltern damals zu der Sache gesagt?«, fuhr er dann fort.

»Denen habe ich ebenfalls nichts verraten«, sagte sie schnell. »Mein Vater hätte mir auf keinen Fall geglaubt.«

»Warum nicht?«

»Solche Dinge waren außerhalb seiner gedanklichen Reichweite. Er war sehr bedacht auf das, was die Leute über einen reden.«

»Das sagten Sie vorhin auch von sich selbst.«

»Wahrscheinlich habe ich es von ihm geerbt oder übernommen.«

»Hat er Sie geschlagen?« Max wusste nicht genau, warum er das jetzt fragte. Er war wie so oft einfach seiner Intuition gefolgt, was mitunter überraschende Ergebnisse zeitigte.

»Wie kommen Sie darauf?« Sie atmete schneller und wurde rot.

»Hat er?« Er schien richtigzuliegen.

»Gelegentlich.« Sie nickte. Ihre Stimme begann zu zittern. »Aber meistens hatte er es auf meine Mutter abgesehen.«

»Was hat er ihr angetan?«

»Hören Sie auf, Herr Raintaler. Das tut jetzt wirklich nichts zur Sache.«

»Wie Sie meinen.« Max hakte das Thema ab und trank einen Schluck Kaffee.

»Könnte es sein, dass Sie Franz Wurmdobler mit jemandem verwechseln?«, fragte er dann. »Die Sache ist ja ewig her. Könnte Sie nicht jemand anderes nach Hause gebracht haben? Sicher hatten Sie auch etwas getrunken.«

»Ich trinke nie und ich weiß alles, als wäre es erst gestern gewesen.« Rosi sah erneut zum Fenster hinaus.

Sie schien innerlich aufgebracht. Entweder weil sie ihre Erinnerungen so stark aufwühlten oder weil sie log. Die richtige Antwort darauf galt es für Max herauszufinden, und zwar möglichst schnell. Erzwingen lassen würde sich in diesem Fall allerdings nichts, ahnte er. Menschen wie sie redeten nur dann, wenn sie wollten.

»Ja dann.« Er zuckte die Schultern, meinte erneut ein leichtes Zittern in ihrer Stimme vernommen zu haben. Außerdem hatte er deutlich gesehen, dass ihre Augen flackerten und ihm immer wieder auswichen. Bei allen möglichen anderen Verdächtigen im Verhör war dies oft ein untrügliches Zeichen dafür, dass sie nicht die Wahrheit sagten.

»Es war alles so schrecklich«, schluchzte sie mit für ihn übertriebener Theatralik.

Das war der Moment, ab dem er ihr nicht mehr glaubte. Er vermutete, dass sie lediglich eine riesengroße Show vor ihm abzog. Fragte sich nur, warum sie das tat. Wollte sie Franz aus irgendeinem speziellen Grund persönlich eins auswischen oder wurde sie tatsächlich von jemandem gezwungen, eine Lügengeschichte über ihn zu erzählen? Wenn es so wäre, womit wäre sie erpressbar gewesen? Ein Seitensprung? Diebstahl? Betrug?

Er trank nachdenklich einen weiteren Schluck Kaffee. Dann fuhr er fort.

»Falls Sie sich aber doch getäuscht haben sollten, dann wissen Sie schon, dass Sie mit Ihrer Behauptung das Leben eines bis heute völlig unbescholtenen Mannes komplett zerstören.« Er räusperte sich und sah ihr direkt in die Augen. »Sie könnten Franz Wurmdobler damit sogar um seine wohlverdiente Pension bringen. Von der Rufschädigung, die er gerade erleiden muss, einmal ganz abgesehen.«

»Sie tun ja geradezu so, als wäre er das Opfer und nicht ich«, echauffierte sie sich und blickte dabei unentwegt unruhig von ihm zum Fenster und wieder zurück.

»Auf keinen Fall, Frau Steininger. Wenn er getan hat, was Sie sagen, gehört er streng bestraft.«

»Aber Sie scheinen mir nicht zu glauben.«

»Ich habe so meine Zweifel, ganz ehrlich gesagt.« Max stellte seine Kaffeetasse ab.

»Da sehen Sie es. Wenn Ihre Meinung sowieso feststeht, was wollen Sie dann überhaupt von mir?« Ihre Stimme zitterte jetzt immer stärker. Sie fühlte sich offenkundig immer unwohler in ihrer Haut.

»Vielleicht will ich Ihnen nur klarmachen, was Sie Franz mit Ihrer Behauptung antun. Dann noch groß aufgemacht mit Bild in der Zeitung. Er kann im Moment nirgends mehr hingehen. Jeder zeigt mit dem Finger auf ihn.« Er fixierte sie erneut mit seinem Blick. »Hat dieser Journalist Sie vielleicht unter Druck gesetzt? Ist das Ganze auf seinem Mist gewachsen? Mit dem Artikel über Franz und Sie müsste er doch ganz gut ins Geschäft gekommen sein.«

»Ich glaube, Sie gehen jetzt besser, Herr Raintaler.« Ihre Stimme überschlug sich leicht.

Max legte seine Visitenkarte auf den Couchtisch und erhob sich. Er ahnte, dass er mit seinen letzten Fragen ins Schwarze getroffen hatte. Wie er das beweisen sollte, wusste er im Moment allerdings nicht.

»Falls Sie mir noch etwas mitteilen wollen, rufen Sie mich jederzeit einfach an«, sagte er. »Ich bin Tag und Nacht für Sie zu erreichen.«

»Ich glaube nicht, dass wir zwei noch etwas zu besprechen hätten.« Rosis Mund war nur noch ein schmaler Strich in ihrem Gesicht, das jetzt immer blasser wurde.

»Man sollte niemals nie sagen. Auf Wiederschauen, Frau Steininger.« Er war sich sicher, dass sie früher oder später reden würde. Allerdings musste der Impuls dazu von ihr kommen. Das war ebenfalls sicher. »Geben Sie gut auf sich acht. Die Welt ist voller böser Menschen.«

»Machen Sie sich um mich mal keine Sorgen.«

Max verließ den Raum, durchquerte den langen Flur, öffnete die Tür und ließ sie hinter sich ins Schloss fallen.

8

Raimund hatte Franz angerufen und ihm mittgeteilt, dass er keine Nummer des anonymen Anrufers feststellen konnte. Franz hatte es fluchend zur Kenntnis genommen und sich anschließend auf den Weg in den kleinen Biergarten gleich ums Eck vom Revier in der Hansastraße gemacht.

Die meisten Tische waren frei. Er setzte sich unter einen blauen Sonnenschirm am Rand und bestellte eine Halbe Bier. Es war zwar noch etwas früh dafür, aber er musste dringend etwas gegen den Stress unternehmen, dem er gerade ausgesetzt war. Im Bier war Hopfen, und der beruhigte bekanntermaßen. Manche nahmen ihn sogar als Tee zum Einschlafen her. Also genau das Getränk der Wahl in seiner Situation. Mal ganz abgesehen davon, dass er sowieso jeden Tag mindestens eine Halbe zum Mittagessen und eine zum Abendessen trank und somit keine unvorhersehbaren Risiken und Nebenwirkungen zu befürchten hatte.

Die Kellnerin, die ihn bereits von diversen Vormittags-, Mittags- und Nachmittagspausen her kannte, war schnell mit seiner frischen Hopfenkaltschale zurück, wie man ein Glas Bier in Bayern gelegentlich auch scherzhaft nannte.

»Lass dir's schmecken, Franzi«, sagte sie mit einem professionellen Lächeln im Gesicht. »Ich glaube nichts von dem Schmarrn, den die da in der Zeitung über dich geschrieben haben«, fügte sie noch hinzu. »Du bist nicht der Typ, der so was macht.«

»Danke, Gundi«, erwiderte er. »Da will mir tatsächlich einer was anhängen. Ist gerade nicht einfach für mich.«

»Genieß in aller Ruhe dein Bier. Es wird sich alles aufklären.« Sie schenkte ihm das mitfühlende Lächeln eines Menschen, der schon alles im Leben gesehen und erlebt hatte.

»Wird wohl das Beste sein.« Franz nahm einen großen Schluck aus seiner Halben, kramte seine Verdächtigenliste aus der Jackentasche hervor und begann zu lesen.

»Herrgott noch mal, das könnte jeder und keiner sein«, murmelte er, nachdem er alle Namen einmal durchgegangen war. Er trank aus und bestellte sich noch ein Bier. Schließlich waren es besondere Umstände, unter denen er hier saß, und Samstag war es obendrein.

Während er auf sein Getränk wartete, fiel ihm ein älteres Paar auf, das zwei Tische weiter saß und andauernd zu ihm herüberstarrte. Sie klein, bucklig und verhärmt in Jeans und rotem T-Shirt mit V-Ausschnitt. Er groß, dick und blond in Stoffhose und grünem Poloshirt. Sie hätten nicht gegensätzlicher aussehen können.

»Kennen wir uns?«, fragte Franz die beiden und starrte zurück.

»Wir sind die Gerda und der Gerd«, erwiderte Gerd. »30 Jahre verheiratet, aus Berg am Laim. Wir waren beim Einkaufen und beim TÜV und sind dann zufällig hierhergeraten. Sehr netter Biergarten.«

»Das ist schön für Sie, aber warum schauen Sie andauernd zu mir herüber?« Franz blickte erwartungsvoll von einem zum anderen.

»Sind Sie nicht der Vergewaltiger aus der Zeitung?«, fragte Gerda, der die fettigen dünnen Haare bis auf die Schultern hingen. »Dieser Kommissar von der Kripo?«

»Aus der Zeitung ja, Vergewaltiger nein«, antwortete Franz.

»Warum schreiben die dann so etwas über Sie?« Sie strich sich eine aschblonde Strähne aus dem pickeligen Gesicht.

»Weil mir jemand eins auswischen will.«

»Warum das denn? Hat derjenige einen Grund dazu?«

»Jetzt hör schon auf, Gerda«, mischte sich Gerd mit dunklem Bariton ins Gespräch. »Lass den Mann in Ruhe sein Bier trinken. Du weißt doch gar nicht, was in Wahrheit hinter der ganzen Geschichte steckt.«

»Dann soll er es halt erklären. Jetzt hat er die Chance.« Sie starrte Franz weiterhin unverhohlen an.

»Ihr Mann hat recht, gute Frau«, meinte Franz. »Glauben Sie von mir aus, was Sie wollen. Aber ich möchte jetzt und hier nicht weiter darüber reden.«

»Unglaublich«, antwortete sie kopfschüttelnd. »Ich bin noch nie einem stadtbekannten Vergewaltiger gegenübergesessen.«

»Ich bin kein Vergewaltiger, Herrgott noch mal!«, brüllte Franz ungehalten und bereute seinen unkontrollierten Gefühlsausbruch gleich wieder. Er sprach etwas leiser, aber innerlich keineswegs weniger grantig, weiter. »Lassen Sie mich endlich in Ruhe, sonst kommt die Gundi, und Sie dürfen woanders weitertrinken. Hamma uns?«

»Man wird ja noch fragen dürfen«, maulte Gerda halblaut, mehr in sich hinein als zu Franz.

»Also ich zahl jetzt«, meinte Gerd. Er hatte im Gegensatz zu seiner Frau offensichtlich keine Lust auf Streit. »Entschuldigen Sie, Herr Kommissar«, wandte er sich an Franz. »Meine Gerda hat zu viel getrunken. Sonst ist sie gar nicht so.«

»Das ist mir wurscht.« Franz hatte sich immer noch nicht beruhigt.

»Verstehe«, sagte Gerd und winkte Gundi herbei, die wie immer in der Tür stand, um von dort aus alles im Blick zu haben.

Gerd bezahlte, und er und Gerda verließen den kleinen Biergarten.

Während sie an Franz vorbei zum Ausgang gingen, hörte er Gerda an Gerd gewandt weiterreden.

»Dass der sich überhaupt in einen Biergarten traut«, sagte sie. »Man will es nicht glauben.«

»Ja mei, er wird halt einen Durscht haben«, meinte Gerd achselzuckend.

»Dann soll er halt daheim trinken, der Verbrecher. So eine Frechheit. Nicht zu fassen. Da ist man ja seines Lebens nicht mehr sicher.«

Franz schüttelte den Kopf. Er hatte bisher noch gar nicht so richtig in Betracht gezogen, dass man ihn erkennen und vorverurteilen könnte, was aber nach eingehender Überlegung eigentlich logisch war. Bestimmt dachte Gerda nicht als einzige Münchnerin schlecht über ihn. Er würde von Glück sagen können, wenn er den Tag einigermaßen unbeschadet durchstand. Im Mittelalter wurden die Vorverurteilten gerne mal auf die Schnelle gesteinigt. Gott sei Dank war das heute nicht mehr der Fall, zumindest hier in Bayern nicht.

Er sagte sich, dass es so gesehen wohl auch kein Wunder war, wie hart Rieker auf den Artikel in der Zeitung reagiert hatte. Aber hätte er nicht erst einmal mit ihm reden müssen?

9

Max verließ das aufwendig renovierte Haus unweit des Max-II-Denkmals, in dem Rosi Steininger ihre Wohnung hatte, und machte sich sogleich auf den Weg ins *Hofbräuhaus*, das nur einen Katzensprung entfernt lag. Unterwegs schrieb er Franz und Josef eine Nachricht, dass sie gegen 12 Uhr dorthin in den Biergarten kommen sollten. Dann musste er mit seiner Besprechung fertig sein und konnte sich voll und ganz auf den Fall Franz Wurmdobler konzentrieren.

Er ging durch die Maximilianstraße und kam sich auf einmal vor wie in einer anderen Stadt. Teuer gekleidete Leute liefen mit selbstbewusstem geradeaus gerichtetem Blick an ihm vorbei. So waren sie, die Geldigen, sagte er sich. Für sie existierte nur eine Welt, nämlich ihre.

Wenig später betrat er das *Hofbräuhaus* und rief Rebekka Hirschberg, die Verantwortliche für ihre Hochzeitsfeier, an.

»Raintaler. Ich wäre jetzt da, Frau Hirschberg.«

»Wunderbar, Herr Raintaler. Kommen Sie bitte in den ersten Stock. Den Weg zu meinem Büro kennen Sie ja bereits.«

»Treppe rauf und oben die vierte Tür rechts, ich weiß Bescheid.«

Nachdem er im oberen Stockwerk angekommen war, klopfte er an Rebekkas Tür.

»Kommen Sie rein«, ertönte es fröhlich von innen.

»Hallo«, sagte er, nachdem er eingetreten war und die attraktive Eventmanagerin hinter ihrem großen braunen Schreibtisch sitzen sah. Um die 30, rothaarig, im geschmackvollen dunkelgrünen Dirndl.

»Hallo, Herr Raintaler, schön, dass Sie es einrichten konnten. Bitte nehmen Sie Platz.« Rebekka zeigte auf den schweren Besucherstuhl, der ihr gegenüberstand.

»Haben Sie gute Neuigkeiten?«, fragte Max, während er sich setzte.

»Ja, der große Saal, den Sie am liebsten gehabt hätten, ist überraschend frei geworden.« Sie lächelte breit. »Ich hab ihn sofort für Sie reserviert.«

»Das hört man gerne, genial.« Er lächelte ebenfalls. Zuerst wollten sie ihm einen kleineren, auch sehr gemütlichen Saal anbieten, aber dort hätte er niemals seine ganzen Gäste unterbringen können. Er war erleichtert.

»Die Vietnamesische Hochzeitssuppe aus unserem Angebot hatten Sie letztes Mal abgelehnt.« Sie sah ihn fragend an.

»Richtig, wir wollen alles eher im bayerischen Stil haben.« Er nickte.

»Gut, wie wäre es denn dann mit einer Leberknödelsuppe? Aber natürlich gibt es auch eine traditionelle bayerische Hochzeitssuppe mit einem g'schmackigen Tafelspitz bei uns.«

»Wenn Sie mich fragen, beides der Hammer. Ich persönlich würde die Leberknödelsuppe vorziehen. Aber ich muss mit meiner Verlobten Rücksprache halten, bevor ich zusagen kann.« Max gefiel ihre burschikose unkomplizierte Art, die Dinge anzupacken. Auch dass sie gerade g'schmackig und nicht das unsägliche »lecker«, das man neuerdings allerorten hörte, gesagt hatte, fand seine unbedingte Zustimmung. Sie war ihm überhaupt sehr sympathisch, und er glaubte zu spüren, dass es ihr genauso ging. Wenn er nicht längst an seine geliebte Monika vergeben wäre, hätte er Rebekkas wunderschönen grünen Augen durchaus erliegen können. Aber die Theorie war natürlich immer eine Sache. Die Praxis eine andere.

»Selbstverständlich. Bleibt es bei dem Blumenarrangement, das wir besprochen hatten?«, erkundigte sie sich, während sie sich Notizen machte. »Sie wollten sich da eventuell nach einer Alternative umschauen, wenn ich mich richtig erinnere.«

»Nein, das ist gut so, wie es ist.« Er winkte ab. »Ich hab meine Verlobte gefragt, und sie liebt die Gebinde, die Sie uns angeboten haben.«

»Perfekt. Ist auch wirklich ein großartiger Florist, mit dem wir zusammenarbeiten. Alle unsere Gäste waren bisher hochzufrieden mit ihm.«

»Noch mal zur Sperrstunde …« Max registrierte amüsiert, dass sie ihre Sache besonders gut machen wollte.

»Hab ich geregelt. Sie können bis in die Morgenstunden feiern, wenn Sie wollen. Mit Musik und allem. Unsere Räume sind gut schallgedämmt. Sogar mein Büro hier.« Sie zeigte mit den Händen im Raum umher. »Um 6 Uhr müssten allerdings alle nach Hause gehen. Dann rückt unser Putztrupp an.«

»Wunderbar, Frau Hirschberg.« Max klopfte sich zufrieden auf den Oberschenkel.

»Das mit der Musik wollten Sie ja selbst regeln«, fuhr sie mit dem nächsten Punkt auf ihrer Liste fort.

»Richtig, ich habe da meine Leute.«

»Verstärkeranlage bringen Sie mit?«

»Ja, da müssen Sie sich um nichts kümmern. Nur das warme und kalte Büffet ist ganz in Ihrer Hand.«

»Sie werden überrascht sein«, sagte sie. »Aber der Gstanzlsänger, über den wir letztes Mal gesprochen hatten, soll auf jeden Fall kommen, oder?«

»Natürlich, das wird eine Riesengaudi, wenn der die Gäste durch den Kakao zieht. Ich habe da auch schon einige Ideen.« Max lachte voller Vorfreude.

»Aber das Brautpaar wird auch nicht verschont.« Sie lachte ebenfalls.

»Nur zu. Wir halten was aus, meine Moni und ich.«

»So schauen Sie auch aus.«

»Wie meinen Sie das jetzt, Frau Hirschberg?« Er sah sie lange an.

»Na ja, ich meine, dass Sie ausschauen, als würden Sie einiges aushalten.« Sie schaute lange zurück. »Ein gestandenes Mannsbild halt.«

»Wenn Sie es sagen.« Er grinste.

»Trifft man nicht mehr oft, solche Exemplare wie Sie. Ihre Moni darf sich glücklich schätzen.«

»Danke, zu liebenswürdig.« Er warf ihr lächelnd ein Luftbussi zu. Sie fing es kichernd wie ein Teenager auf. Aufgepasst, Raintaler, jetzt schleichst du dich am besten schnell zu deinen Freunden in den Biergarten hinunter, bevor aus dem Spaß hier noch so etwas wie Ernst wird.

»Immer gerne, Herr Raintaler.« Sie hörte nicht damit auf, ihm immer tiefer in die Augen zu sehen. »Dann wären wir für heute durch?«, fuhr sie fort. »Oder haben Sie sonst noch etwas für mich?«

»Und wie meinen Sie das jetzt, Frau Hirschberg?« Er hielt ihrem Blick stand.

»So wie ich es sage.« Sie schaute ihn immer noch an.

»Alles gut. Nur ein Scherz.« Max winkte ab. Er sagte sich, dass er jetzt besser nicht mit dem Feuer spielte. Die Gründe dafür lagen auf der Hand. »Das wird ein rauschendes Fest«, fuhr er fort. »Dann danke ich Ihnen schon einmal recht herzlich, und wir sehen uns.« Er stand auf, winkte ihr freundlich zu und verließ ihr Büro.

Vor der Tür atmete er kräftig durch.

»Sachen gibt's …«, murmelte er grinsend vor sich hin. »Was will die nur von einem alten Kerl wie mir? Oder habe ich da gerade etwas in den falschen Hals bekommen?«

10

Als Max um 12.10 Uhr im Biergarten ankam, winkten ihm Franz und Josef von weitem zu.

»Servus, Männer«, begrüßte er sie, als er sich zu ihnen setzte.

»Alles erledigt?«, fragte ihn Franz.

»Ja, wird eine super Fete. Ich freu mich schon.«

»Dann müssen wir jetzt nur noch den Kerl finden, der Rosi Steininger dazu bringt, diesen Mist über mich zu verbreiten.«

»Bist du dir jetzt endlich sicher, dass sie lügt?«

»Ziemlich, nachdem mich vorhin jemand mit verstellter Stimme anrief und fragte, wie es sich anfühle, wenn man ungerecht behandelt würde.«

»Hast du mir noch gar nicht gesagt«, meinte Max mit leicht vorwurfsvollem Tonfall. »Das kann auf jeden Fall nur jemand gewesen sein, der dir was Böses will. Aber ist es auch Rosi Steiningers Erpresser?«

»Wer sollte es denn sonst sein? Alles andere wäre ein

unglaublicher Zufall.« Franz trank einen Schluck aus dem halbvollen Bierglas, das vor ihm stand.

»Ich hatte auch den Eindruck, dass Rosi Steininger nicht die Wahrheit sagt«, fuhr Max fort. »Höchstwahrscheinlich wurde sie tatsächlich von irgendjemandem gezwungen, den ganzen Schmarrn über dich zu erzählen.«

»Was darf es sein, der Herr?« Ein riesengroßer Kellner in schwarzer Hose, weißem Hemd und dunkler Weste stand am Tisch. Er sprach mit tschechischem Akzent.

»Einen Milchkaffee hätte ich gern«, erwiderte Max. Kaffee im *Hofbräuhaus* kam zwar fast einer Sünde gleich, aber mittags schon Alkohol trinken wollte er auch nicht. Die drei Bier gestern Abend hatten ihm gereicht. Er trank generell weniger als früher, und es tat ihm gut. Manchmal fragte er sich, wie er zu seinen besten Zeiten nur diese Unmengen an geistigen Getränken heruntergebracht hatte, und dann auch noch ohne einen nachhaltigen Schaden davon abzubekommen. Der viele Sport musste es sein, der ihn bis heute so fit hielt. Skifahren, Tennis, Joggen und Schwimmen.

»Kein Bier?«, erkundigte sich Josef staunend, der Max' neueste Entwicklung auf dem Alkoholsektor noch nicht so ganz mitbekommen hatte und bisher im Hintergrund geblieben war.

»Heute nicht. Ich bin schließlich bald ein verheirateter Mann.« Max grinste ausgiebig. »Außerdem trinkst du auch Kaffee.«

»Was ist das denn für eine Logik?«, erwiderte Josef ebenfalls breit grinsend. »Versteht zwar keiner, aber ganz wie du meinst.«

»Ich bin die Liste der Verdächtigen, die wir in den letzten Jahren verhaftet haben, durchgegangen«, unterbrach Franz das Geplänkel der beiden. »Aber meiner Meinung nach könnte es jeder sein. Wollt ihr mal drüberschauen?«

»Ich auch?« Josef blickte überrascht drein.

»Sicher, du warst oft genug als externer Berater dabei.« Franz schob ihnen die drei Blätter über den Tisch, die er vorhin ausgedruckt hatte.

»Ich hab einen«, meinte Max nach wenigen Minuten. »Der könnte es sein, Fred Fleischhauer. Hier steht, dass er vor einer Woche wegen guter Führung entlassen wurde.«

»Der Kerl vom *Trachtenverein Ost*, den wir vor drei Jahren wegen der Vergewaltigung dieser Prostituierten aus Pasing geschnappt haben?« Franz hatte sich wohl gleich an die Sache erinnert.

Es war ein wirklich äußerst brutales Verbrechen gewesen. Auch Max wusste sofort, wovon die Rede war. Fleischhauer hatte der Frau die Nase und den Arm gebrochen und ihr weitere innere Verletzungen zugefügt, nur weil sie sich gegen seine Zudringlichkeit gewehrt hatte. Vor Gericht hatte sich herausgestellt, dass er betrunken gewesen war. Man hatte ihm den Vollrausch strafmildernd angerechnet.

»Genau der.« Er deutete mit dem Finger auf Fleischhauers Namen auf der Liste. Dann sah er Franz an. »Der hässliche Fred in der Lederhosn. Kannst du dich nicht daran erinnern, wie er dir bei seiner Verurteilung gedroht hat? Er würde dich fertigmachen, du würdest dich noch wundern und so weiter.«

»Obwohl er so glimpflich davonkam. Ich weiß es, als wäre es gestern gewesen.«

»Dann haben wir ja unseren Schuldigen«, platzte es aus Josef heraus. »Jetzt müssen wir ihn nur noch finden und zum Gestehen bringen.« Er trank einen Schluck von seinem Kaffee.

»Zumindest haben wir einen Verdächtigen«, meinte Max. »Aber da stehen noch andere auf der Liste. Was vorschnelle Urteile anrichten können, siehst du an Franzi.«

»Wer entlässt den ekelhaften Kerl denn wegen guter Führung?«, überlegte Franz laut. »Da braucht man nicht lange zu warten, bis er die nächste Frau zusammenschlägt.«

»Du weißt doch, wie das läuft«, erwiderte Max. »Hier ein Kurs in sozialem Verhalten, da ein Antigewalttraining, und schon gehen die Anträge wegen vorzeitiger Entlassung raus.«

»Ganz so einfach ist es wohl nicht.« Franz schüttelte den Kopf. »Aber vielleicht hast du tatsächlich recht. Möglicherweise hat der Kerl die ganze Sache von langer Hand geplant.«

»Der muss dich ja sauber hassen«, meinte Josef. »Wer käme denn sonst noch infrage?« Er sah Max erwartungsvoll an.

»Weiß ich gerade auch nicht. Aber da ist bestimmt noch der eine oder andere, der ebenfalls unser Mann sein könnte. Eine Frau ist auch dabei. Maria Probst. Franzi und ich haben sie wegen Drogen drangekriegt. Sie hat vor Gericht geschimpft und uns verflucht.«

»Ist sie auf freiem Fuß?«, wollte Franz wissen.

»Nein, sieht nicht so aus.« Max schüttelte den Kopf. »Aber sie könnte die ganze Sache vom Gefängnis aus gesteuert haben.«

»Da halte ich den Fred Fleischhauer aber für wahrscheinlicher als Täter«, sagte Josef.

»Ich auch«, stimmte ihm Franz zu. »Ich würde den Kerl liebend gerne in die Mangel nehmen. Man sollte ein Geständnis aus ihm rausprügeln, so wie er es damals mit der bedauernswerten Frau gemacht hat.«

»Willst du dich so kurz vor der Pension tatsächlich strafbar machen?«, fragte Max, der in Bezug auf Fleischhauer ähnlich dachte wie Franz. Aber er wusste genau, dass ein gesetzeswidriges Verhör der falsche Weg war. Fleischhauer wusste sich auch im Rahmen des Gesetzes zu wehren. Das hatte er schon damals vor Gericht bewiesen, als er auf einmal mit einem der besten Strafverteidiger der Stadt aufkreuzte. »Moment mal, Leute. Wurde der damals vor Gericht nicht von Herbert Steininger vertreten?«

»Stimmt«, meinte Franz. »Ich weiß noch, wie wir uns alle gewundert haben, dass er sich so einen teuren Staranwalt leisten kann.«

»Das ist aber jetzt ein sehr seltsamer Zufall, stimmt's?« Josef schüttelte überrascht den Kopf.

»Moment, sie waren im selben Trachtenverein«, fiel es Max wieder ein. »Steininger hat kein Geld von ihm verlangt. Das hat Franz damals rausgefunden.«

»Warum wohl?« Franz schaute mit großen Augen von einem zum anderen.

»Weil Fleischhauer etwa Unangenehmes über Steininger wusste und ihn bereits damals unter Druck gesetzt hat, so wie jetzt seine Frau Rosi.« Max nickte. »Das muss es sein. Bestimmt geht es um dieselbe rätselhafte Sache. Rosi Steininger will auf keinen Fall, dass die Öffentlichkeit davon erfährt, und Fleischhauer erpresst sie damit. Und deshalb setzt sie Unwahrheiten über dich in die Welt.«

»Aber mit ihrer angeblichen Vergewaltigung durch Franz ist sie auch an die Öffentlichkeit gegangen«, warf Josef ein. »Das beschmutzt das Ansehen von ihrem Herbert indirekt genauso.«

»Da geht es nur um sie, nicht um ihn. Das macht einen Unterschied.« Franz streckte oberlehrerhaft den Zeigefinger in die Luft. »Außerdem wurde sie von Fleischhauer unter Druck gesetzt, schon vergessen?«

»Stimmt auch wieder«, sagte Josef und nickte.

»Dann müssen wir jetzt nur noch schauen, dass wir das alles beweisen können.« Max blickte nachdenklich über die

Köpfe seiner beiden Freunde hinweg. Dabei bemerkte er, dass der Biergarten bis auf den letzten Platz besetzt war. Kein Wunder. Das Wetter war herrlich, und es war Samstagmittag.

»Du solltest unbedingt noch mal bei Rosi Steininger vorbeischauen und ihr mehr Druck machen«, sagte Franz zu Max. »Das werde ich gleich morgen auf jeden Fall machen.«

»Heute nicht mehr?«

»Sie ist bis morgen in Nürnberg bei einer Freundin.«

»Schau dir die ekelhaften alten Säcke an«, sagte ein circa 15-jähriges blondes Mädchen im »Atomkraft-Nein-Danke«-T-Shirt aus dem Nichts im Vorübergehen zu seiner ebenfalls blonden gleichaltrigen Freundin. »Das ist doch der Typ, den Mama uns in der Zeitung gezeigt hat, der Frauen vergewaltigt. Pfui Teufel.« Sie blieb stehen, sah Franz an und spuckte auf den Boden vor seinen Füßen aus.

»Sag mal, geht's noch?«, meinte Max mit gerunzelter Stirn. »Erstens wisst ihr gar nicht, um was es in dem Zeitungsartikel wirklich geht, und zweitens lauft ihr rum wie die absoluten Pseudopunker in euren absichtlich zerrissenen Designerjeans aus der Edelboutique.«

»Na und, wir können rumlaufen, wie wir wollen.«

»Und wir können so alt sein, wie wir wollen«, erwiderte Max. »Ich kann den ganzen Mist mit den alten weißen Männern sowieso nicht mehr hören. Zum Teil stimmt es vielleicht, aber deswegen ist nicht jeder über 50 gleich ein potenzieller Vergewaltiger oder Wirtschaftsverbrecher.«

»Woher willst du das denn wissen?«, erkundigte sich das Mädchen im »Atomkraft-Nein-Danke«-Shirt.

»Weil ich vom Fach bin.«

»Von welchem Fach denn? Ein Bulle vielleicht?« Sie verzog verächtlich das Gesicht. »Ach, stimmt. Der Vergewaltiger soll ja Bulle sein. Schäm dich, Alter.« Jetzt sah sie Franz unverblümt ins Gesicht.

»Jetzt hast du es erraten. Aber wir vergewaltigen niemanden, okay?« Max wusste, dass es wahrscheinlich vergeblich war, was er hier versuchte. Vorurteile hießen auch deswegen so, weil sie niemand mehr aufgeben wollte, wenn er sie erst einmal hatte. Trotzdem wollte er die Unverschämtheiten des Mädchens nicht unwidersprochen im Raum stehen lassen.

»Was für eine gequirlte Scheiße«, meinte das Mädchen. »Jeder weiß, dass alle Bullen voll brutal sind.«

Ihre Freundin schien stumm zu sein oder wollte sich an dem Streit nicht beteiligen. Vielleicht war diese Generation noch nicht ganz verloren, dachte Max.

»Dann solltest du mal einen echten Verbrecher erleben.«

»Ihr seid schlimmer, und natürlich seid ihr alte Säcke, die den jungen Frauen und Mädchen auf die Titten und den Hintern starren.« Das Mädchen schaute provozierend aus ihren schwarz umrandeten Augen von einem zum anderen. »Wollt ihr meine auch sehen? Soll ich mich ausziehen?« Sie deutete an, ihr T-Shirt hochziehen zu wollen, besann sich aber eines Besseren.

»Jetzt reicht's«, sagte Max. »Geht weiter, ihr Gretas, und sucht euch ein anderes Feindbild. Rennfahrer oder Millionäre aus Grünwald. Da draußen wohnt ihr doch sicher bei euren gespickten Eltern.«

»Fick dich, Bulle.« Sie drehte sich um und ging. Ihre Freundin bemühte sich, mit ihr Schritt zu halten.

»Das war ja ein reizendes junges Geschöpf«, sagte Josef, der sich von Max' vorherigen Äußerungen nicht angesprochen fühlte, da er ein Millionär aus Thalkirchen war und nicht aus Grünwald, wie jeder am Tisch wusste.

»Total daneben«, meinte Max kopfschüttelnd. »Aber zum Teil hat sie natürlich recht. Es gibt jede Menge alte Arschlöcher.«

»Ich hätte da einen, meinen Chef, Doktor Rieker«, platzte es aus Franz heraus.

»Oder nimm zum Beispiel nur mal Fred Fleischhauer«, sagte Max.

»Jetzt wo du ihn noch mal erwähnst. War der nicht sogar Vorsitzender bei seinem Trachtenverein?« Josef trank einen Schluck, bevor er weitersprach. »Wie hießen die noch gleich?«

»*Trachtenverein Rausch und Wandern.*« Max hatte auf einmal alles über den alten Fall wieder parat in seinem Kopf. »Ja, das war er, und Herbert Steininger war, glaube ich, der Kassenwart, wenn mich nicht alles täuscht.«

»*Rausch und Wandern.* Stimmt.« Franz nickte. »Wir haben uns damals über den Namen kaputtgelacht.«

»Klingt auch immer noch sehr lustig.« Max grinste breit.

»Weißt du was, Max? Das Blöde an unserem Job ist, dass wir das Richtige tun wollen, aber es dabei anscheinend niemandem recht machen können.« Franz trank sein Bier auf Ex aus. Er bestellte noch eines. Warum auch nicht, sagte sich Max. Schließlich war Samstag, und außerdem steckte Franz in einer Extremsituation, von der niemand wusste, wie sie ausgehen würde und die besondere Maßnahmen erforderte.

11

Monika hatte den Schweinsbraten vor zwei Stunden in den Ofen gestellt. Wenn ab 12.30 Uhr die Gäste kamen, die reserviert hatten, würde er pünktlich fertig sein. Die Knödel lagen bereit, um im heißen Wasser versenkt zu werden, und der Krautsalat, den sie dazu anbot, wartete ungeduldig in kleinen Glasschüsselchen darauf, verzehrt zu werden. Die anderen einfachen Gerichte, wie zum Beispiel Schmalzbrot, Obatzter, Tiroler Speck, Wiener, Schweinswürschtel mit Kraut, Currywurst, gemischter Salat oder Wurstsalat, die sie außerdem à la Carte anbot, würde sie wie immer dann zubereiten, wenn sie bestellt wurden. Teils waren sie bereits halb fertig, sodass ihr das nicht viel Mühe machen würde.

Sie hatte oft mit dem Gedanken gespielt, auch mal dauerhaft etwas abwechslungsreichere trendigere Speisen anzubieten. Ruhig auch vegetarisch oder vegan, wie es jetzt in aller Munde war. Aber immer, wenn sie einen diesbezüglichen Testballon gestartet hatte, beispielsweise mit Blumenkohlpflanzerln, mexikanischen Tortillas, spanischer Paella oder veganen Brotaufstrichen wie Olivencreme, Paprikacreme oder Bohnenmus, verzogen ihre Stammgäste nur angewidert den Mund und aßen nichts davon. Was der Bauer nicht kennt, frisst er nicht, hatte sie sich jedes Mal gedacht, wenn sie das ganze Zeug an die Münchner Tafel übergeben hatte. Das Einzige, was außer der Reihe, vor allem bei den weiblichen Gästen, gut ankam, war eine große Schüssel griechischer Bauernsalat, für den sie zu ihrem normalen Salat einfach nur Schafskäse, Peperoni und Oliven gab.

Trotzdem liebte sie ihre Arbeit. Schon als junges Mädchen hatte sie davon geträumt, später einmal ein eigenes Lokal zu haben. So wie ihre Tante Irmi in ihrem Dorf bei Rosenheim, Mutters jüngere Schwester. Die hatte ein großes Restaurant mit bayerischen Spezialitäten gehabt. Wenn sie zu den Schindlers zu Besuch kam, hatte sie immer entweder ein großes Stück Schinken, haufenweise Würschtel oder einen riesigen kalten Braten und Kuchen dabei. Monikas Eltern freuten sich jedes Mal genauso über die feinen Leckereien wie sie selbst.

Vor 30 Jahren war Irmi im hohen Alter von 103 Jahren gestorben. Sie war eines Morgens nicht mehr aufgewacht. Ihr Gesicht hatte so friedlich ausgesehen, meinte ihre zehn Jahre jüngere Nachbarin Berta, die sich zuletzt viel um sie gekümmert hatte und sie aufgefunden hatte, als sie ihr wie jeden Tag das Frühstück bringen wollte. Zwei Eier und ein Buttertoast, so wie es Irmi gern hatte. Bertas Bemühungen waren nicht unbedankt geblieben: Sie wurde im Testament mit einem schönen Sümmchen bedacht.

Monika war mit Max zur Beerdigung gefahren, da ihre Eltern längst tot waren wie die von Max. Das ganze Dorf hatte sich um den Sarg versammelt, und es wurde nur Gutes über Irmi erzählt. Zum Beispiel, dass sie für jeden ein Herz gehabt hatte, der sein Bier nicht bezahlen konnte. Oft genug hatte sie demjenigen noch ein zweites hingestellt und nichts von ihm verlangt. Die so behandelten Gäste revanchierten sich dafür später mit großen Familienfeiern, bei denen sie ein Trinkgeld daließen, das alle jemals von Irmi spendierten Biere bei weitem übertraf.

So schaffte sie es, sich ein kleines Vermögen aufzubauen und hatte selbiges in Ermangelung eigener Kinder samt ihrem inzwischen etwas in die Jahre gekommenen Restaurant Monika vererbt. Bis auf den Anteil für Berta natürlich und eine weitere kleinere Summe, die sich der örtliche Tierschutzverein und die katholische Kirche teilten.

Monika nahm das Geld freudig an, verkaufte das Restaurant, kaufte sich vom Gewinn ihre kleine Kneipe in der Nähe des Münchner Tierparks, gab ihr BWL-Studium auf und war fortan ein glücklicher Mensch. In dem Wissen, dass sie jederzeit aufhören konnte, weil ihr Irmi genug vererbt hatte, um bis an ihr Lebensende nicht mehr arbeiten zu müssen, empfand sie ihr neues Dasein im Grunde genommen als stressfrei und hatte einfach nur Spaß, wie es ihr Irmi in ihrem Testament angeraten hatte. Außer die Gäste waren stressig, aber das kam Gott sei Dank nicht allzu oft vor.

»Haben Sie schon auf?« Ein älteres Ehepaar stand in der Tür, als Monika gerade den Tresen abwischte.

»Ja.« Monika nickte. »Suchen Sie sich einen schönen Platz im Biergarten. Ich bin gleich bei Ihnen.« Sie sah auf ihre kleine, aber feine Armbanduhr, die ihr Max letztes Weihnachten geschenkt hatte. Schweizer Uhrwerk und bis 100 Meter wasserdicht, weil er wusste, wie gern sie im Starnberger See zum Tauchen ging.

»Prima, danke.« Der Mann im leichten gelben Sommerpullover lächelte sie freundlich an.

Monika lächelte zurück.

»Essen gibt es aber erst um 12.30 Uhr«, fügte sie hinzu.

»Kein Problem. Vielen Dank und bis gleich.«

»Bis gleich.« Nette Menschen wie die beiden waren ihr die liebsten Kunden. Leider gab es auch immer wieder andere Kandidaten. Einige von ihnen forderten dann auch noch ihre andauernde Aufmerksamkeit und gingen ihr mit ihren Fragen und Bestellungen gehörig auf die Nerven. Aber das waren Ausnahmen.

»Kann man den Salat auch ohne Tomaten und Zwiebeln bekommen?«, hieß es dann zum Beispiel.

»Die Schweinswürschtel bitte nicht zu stark angebraten, wegen der krebserregenden Röststoffe.«

»Ist der Braten sehr fett? Fett vertrage ich nämlich nicht.«

»Könnten Sie beim Krautsalat den Kümmel weglassen? Ich mag überhaupt keinen Kümmel.«

»Ist das Bier sehr kalt? Warm wäre mir lieber.«

»Haben Sie auch koffeinfreien Kaffee? Nicht zu heiß bitte.«

»Gibt es auch Limonade ohne Zucker?«

»Ich hätte gern einen alkoholfreien Wein.«

Und so weiter und so fort. Manche dieser Menschen konnten einen regelrecht zur Verzweiflung bringen mit ihren Sonderwünschen. Da half es nur, einen kühlen Kopf zu bewahren.

Aber in diesem Fall hier war alles kein Problem. Zwei Getränke konnte sie den beiden Weißhaarigen allemal bereits bringen. Außerdem hatten sich Annie und Bernd vor einer halben Stunde angekündigt und mussten jeden Moment hier sein.

»Hallo, schöne Frau.« Bernd lachte sie an. Er und Annie standen in der Tür.

»Hallo, ihr zwei. Schön, dass ihr da seid. Wollt ihr vor oder nach der Arbeit essen?« Sie lächelte breit zurück.

»Lieber später«, meinte Annie. »Ich bin noch satt von unserem ausgiebigen Frühstück.«

»Geht mir genauso«, sagte Bernd. »Kommen Max, Franzi und Josef auch noch? Ich muss unbedingt wissen, was die drei herausgefunden haben.«

12

Es war kurz vor 13 Uhr. Rosi Steininger saß mit Blick auf ihre geräumige Terrasse am Esstisch und hielt das Telefon in der Hand. Sie wählte Harry Meisers Nummer.

Er ging nach dem ersten Läuten ran.

»Herr Meiser? Rosi Steininger hier.« Sie war aufgeregt. Ihre Hände schwitzten, und sie zitterte. Es hatte gut zwei Stunden gebraucht, bis sie sich zu diesem Anruf durchringen konnte.

»Frau Steininger, was gibt's?«

»Sie müssen den Artikel über Herrn Wurmdobler zurückrufen.« Rosi klang fast hysterisch. Sie merkte es und fasste sich an den Hals, um ihren Pulsschlag zu kontrollieren. Schnell zog sie die Hand wieder weg. Viel zu hoch. Sie hoffte, nicht umzukippen.

»Warum denn das auf einmal?«

»Weil alles gelogen ist.« Jetzt war es raus, und es gab kein Zurück mehr.

»Wie bitte? Ich habe mich wohl verhört.«

»Es ist alles gelogen«, wiederholte Rosi schwer atmend. »Man hat mich erpresst. Ich musste behaupten, dass Herr Wurmdobler mich vergewaltigt hat.«

Sie blickte durch das große Panoramafenster auf ihre Dachterrasse hinaus, wo sich gerade ein paar Krähen und Tauben versammelt hatten. Der Besuch von Max Raintaler hatte sie nachdenklich gemacht und letztlich hatte sie sich vorhin dafür entschieden, die Wahrheit zu sagen, obwohl ihr der Erpresser für diesen Fall mit Konsequenzen gedroht hatte. Genauer hatte er sich nicht ausgedrückt, aber natürlich hatte sie Angst vor ihm. Zumal sie ihn kannte und wusste, wozu er fähig war. Trotzdem hielt sie ihr schlechtes Gewissen nicht mehr aus. Von Anfang an hatte sie sich nicht wohl bei der Sache gefühlt, aber da hatte ihre Angst noch alles andere überdeckt.

»Aber warum?«

»Das hat der Erpresser nicht gesagt.« Rosi fühlte sich wie damals in der Schule, wenn die Lehrerin sie gefragt hatte, warum sie ihre Hausaugaben nicht gemacht hatte. Dabei hatte ihr der windige Zeitungsschreiber überhaupt nichts zu sagen oder solch einen investigativen Ton anzuschlagen, bloß weil sie zugab, dass sie einen Fehler gemacht hatte, weil sie unter Druck gesetzt worden war. Jeder hätte das sofort verstehen müssen. Auch dieser schmuddelige Harry Meiser.

»Aber mit was hat der Kerl Sie denn erpresst?«

»Eine unangenehme, sagen wir mal etwas delikate Sache, meinen verstorbenen Mann betreffend.« Rosi begann unruhig an ihren Fingernägeln zu kauen.

»Wissen Sie, wer Sie erpresst?«

»Ja.« Rosi nickte. Natürlich wusste sie, wer Fred Fleischhauer war. Jahrelang war er als Präsident des *Trachtenvereins Rausch und Wandern* bei ihnen daheim zu Gast gewesen und umgekehrt, denn ihr Herbert war dort Kassenwart gewesen. Aber verraten würde sie das niemandem und schon gar nicht den Grund, mit dem Fleischhauer sie erpresste. Da war Herbert früher halt einmal bei einer Frauengeschichte gewaltig danebengetreten, aber sie hatte ihm den Rücken freigehalten, wie es sich für eine gute Ehefrau gehörte, und ihm längst verziehen.

»Also weiß der Kerl etwas Nachteiliges über Ihren Mann?«

»Richtig. Aber um was es dabei geht, werden Sie nie-

mals von mir erfahren, geben Sie sich erst gar keine Mühe.«
Rosi sprach im Brustton der Überzeugung.

»Das wäre aber wichtig. Für den Widerruf wegen Herrn
Wurmdobler.« Harry hörte sich so an, als gäbe es keine
andere Möglichkeit.

»Schreiben Sie einfach, dass ich mich geirrt hätte«, erwiderte Rosi. »Ich hätte es plötzlich heute Mittag bei meinem
Therapeuten in der Sitzung gemerkt, und jetzt könnte ich
nicht mehr anders, als die Wahrheit zu sagen, weil ich den
Gedanken nicht länger ertragen könnte, dass ein Unschuldiger wegen mir bestraft wird.«

»Aber da werden Fragen aufkommen. Zum Beispiel,
warum Sie Herrn Wurmdobler überhaupt verdächtigt
haben oder warum Sie Samstagmittag bei Ihrem Therapeuten sind, wo der eigentlich geschlossen haben müsste.«

»Meiner nicht. Schreiben Sie, dass das mit meiner ersten Verdächtigung auch an der Therapie lag, bei der meine
Vergangenheit aufgearbeitet werden sollte. Mittendrin fiel
mir das mit der Vergewaltigung wieder ein und ich meinte
zuerst irrtümlich, dass Herr Wurmdobler der Täter gewesen wäre.« Rosi wunderte sich über ihren überborden-
den Erfindungsreichtum. So kannte sie sich selbst noch
gar nicht. Bisher hatte ihre Fantasie gerade mal dazu aus-
gereicht, die Kreuzworträtsel, bei denen man um die Ecke
denken musste, zu lösen.

Außerdem hatte sie immer nur brav ihre Rolle als
Anwaltsgattin gespielt, bei allen möglichen Anlässen reprä-
sentiert, was sie hervorragend konnte, und ihr Leben als
Luxusschnittchen genossen. Es sah ganz so aus, als hätte
Herberts plötzlicher Tod ihre Persönlichkeit in Windes-
eile verändert.

Natürlich wusste sie tief in ihrem Inneren, dass sie mit
der Beziehung zu Herbert seit Jahren nicht mehr so recht

glücklich gewesen war. Sie hatten sich auseinandergelebt. Sie war immer früher ins Bett gegangen und er war immer später von der Arbeit heimgekommen. Gemeinsam unternommen hatten sie kaum noch etwas.

»Aber wie konnte das passieren? Sie waren sich so sicher, dass gar kein Zweifel bestand. Zumindest steht das so in meinem Artikel.«

»Ich habe ihn schlicht und ergreifend mit einem anderen verwechselt. Sie sahen sich sehr ähnlich.« Sie räusperte sich. »Schreiben Sie alles so, wie ich es Ihnen gerade sagte. Jeder wird es als Spinnerei einer trauernden Witwe abtun und Ihnen Glauben schenken.«

»Haben Sie denn keine Angst, dass Ihr Erpresser ungemütlich wird, wenn er das alles liest?«, wollte Harry wissen.

»Doch«, sagte sie. »Aber er weiß bereits Bescheid. Ich hab ihm am Telefon gesagt, dass ich keinen Unschuldigen hinhängen will.«

»Und was hat er dazu gesagt?«

»Dass ich anscheinend völlig verrückt wäre und meine Entscheidung bereuen würde.«

»Klingt unheimlich. Wollen Sie sich das Ganze nicht noch einmal überlegen?« Harry schien sich mit dem Gedanken an einen Widerruf nicht so recht anfreunden zu wollen. »Es wird auch von anderer Seite Schwierigkeiten geben, sobald der Widerruf gedruckt ist. Polizei, Medien, Herr Wurmdobler selbst. Da stehen Sie dann womöglich nackt im Wind. Das muss Ihnen klar sein. Mal ganz abgesehen davon, dass ich selbst ebenfalls als Depp dastehe.«

»So schlimm wird es schon nicht werden.« Rosi hatte es geschafft, den Nagel ihres linken Ringfingers abzubeißen. »Machen Sie es so, wie ich es Ihnen gesagt habe.«

»Das kann aber dauern.«

»Machen Sie es gleich, und es soll Ihr Schaden nicht sein.« Rosi hörte auf zu zittern. Es überkam sie eine lange nicht gekannte innere Ruhe. Sie wusste, dass sie sich für den richtigen Weg entschieden hatte, wenn sie weiterhin erhobenen Hauptes durchs Leben gehen wollte. Schließlich war sie noch nie eine Lügnerin oder Betrügerin gewesen, hatte ihre Eltern bereits als Kind deswegen stolz gemacht, und so sollte es auch bleiben. Außerdem würde ihr schon nichts passieren. Fleischhauer war einiges an Bosheit zuzutrauen, das wusste sie. Er konnte sogar regelrecht brutal und sehr unangenehm werden. Sie und Herbert mit Dreck bewerfen, ja, aber ihr irgendetwas Schlimmes anzutun stand auf einem anderen Blatt. Das würde er nicht wagen. Dazu war er nicht der Typ. Da war sie sich absolut sicher.

»Meinen Sie jetzt finanziell?«

»Auch, ja.«

»Mit wie viel könnte ich denn da so rechnen?« Harry versuchte, seiner Stimme einen harmlosen Unterton zu verpassen. »Mal angenommen, ich könnte mich dazu durchringen, den Widerruf zu schreiben.«

»200 Euro für ein schönes Abendessen. Dafür schreiben Sie alles aber genauso, wie gerade besprochen.«

»Könnten wir 500 daraus machen? Ich habe schließlich einen Ruf zu verlieren.«

»Nein.«

»Dann schreibe ich den Widerruf nicht. Ich mach mich doch nicht vor der ganzen Welt lächerlich.«

»Von mir aus.« Rosi zuckte unbewusst die Achseln. »Es gibt genug andere Zeitungen, die Sie für den Artikel über Wurmdobler in der Luft zerreißen werden. Ich wollte nur fair sein, aber gut …«

»Okay, abgemacht«, sagte Harry schnell. »Ich setz mich

gleich an den Computer. Die Sache sollte in einer der nächsten Ausgaben erscheinen.«

»Wunderbar.« Na also, ging doch.

Rosi legte, mit sich selbst zufrieden, auf und rief Max Raintaler an, der ihr vorhin seine Visitenkarte dagelassen hatte.

»Rosi Steininger«, meldete sie sich, sobald er abhob. »Grüß Gott, Herr Raintaler. Könnten Sie morgen Vormittag bei mir vorbeikommen? Ich hätte eine wichtige Aussage zu machen.«

»Sicher«, erwiderte er. »Aber warum nicht gleich?«

»Das wird mir zu knapp. Ich fahre jetzt los zu meiner Freundin nach Nürnberg, muss meinen Zug erwischen.« Rosi zupfte mit ihren Fingernägeln an ihrem Pullover, wie sie es bereits als kleines Mädchen getan hatte. Jedes Mal, wenn ihre Mutter es sah, hatte sie ihr eins auf die Hände gegeben und ihr erklärt, dass sie besser auf ihre Sachen achtgeben solle. Sie könnten ihr nicht alle naselang neue Kleidung kaufen. Schließlich koste das alles viel Geld. »Aber so viel kann ich Ihnen schon einmal sagen«, fuhr sie fort, »Herr Wurmdobler ist unschuldig. Ich wurde von einem Bekannten meines verstorbenen Mannes dazu erpresst, die Falschbehauptungen über Herrn Wurmdobler in die Welt zu setzen. Das dürfen Sie ihm gerne ausrichten.«

»Freut mich zu hören.« Sie hörte Max erleichtert aufatmen. »Von wem wurden Sie denn erpresst?«

»Morgen, Herr Raintaler.«

»Wann soll ich morgen kommen?«, fragte er nach.

»Ab 10 Uhr. Ich bin den ganzen Tag zu Hause.« Sie legte auf.

13

Monika, Bernd und Anneliese hatten allen Gästen im Biergarten und im Lokal ihre Getränke und ihr Essen serviert. Jetzt war es 13.30 Uhr. Zeit für eine kleine Zigarettenpause in der Küche. Alle drei rauchten immer noch genau wie Franz, obwohl sie es sich seit langer Zeit abgewöhnen wollten. Max war ihnen diesbezüglich vor Jahren als gutes Beispiel vorangegangen.

Franz hatte allerdings gar nicht vor, jemals damit aufzuhören. Wie jeder wusste, fand er das ganze Spektakel um die Nichtraucherei völlig übertrieben und hysterisch. Genau wie die Panik vor Corona, die vor einigen Jahren die Leute auf der ganzen Welt halb um den Verstand brachte. Vor allem die Politiker und die Journalisten. Zumindest hatte es den Anschein gehabt.

Er fand es überdies völlig verrückt, dass jeder nur noch gesund sterben wollte. Das äußerte er gerne im privaten Kreis und auch in aller Öffentlichkeit, sobald er Gelegenheit dazu hatte. Zum Beispiel vor zwei Jahren in einer Fernsehsendung bei den Privaten. Dort hatte er ein flammendes Plädoyer für ein ausschweifendes Leben voller Genüsse gehalten. Bier, Fleisch, Knödel, Faulenzen, Flatulenzen, Rauchen und Spaß. Das seien die wahren Säulen, auf denen zumindest der bayerische Staat stehen sollte, hatte er verkündet. Leben und leben lassen sei die angesagte Devise.

Ein großer Vorteil dabei sei außerdem, dass so niemand kriminell werden müsse. Wer zufrieden sei, begehe keine Verbrechen, lautete seine Theorie. Bestimmt gaben ihm nicht alle, die ihm daheim an den Fernsehapparaten zuhörten, recht, aber er erhielt zumindest großen Applaus vom Studiopublikum.

»Sei still, sonst fängst du eine!«, brüllte auf einmal draußen im Thekenraum ein dickbauchiger Stammgast seinen zaundürren Kollegen neben sich an. Beide saßen wie gewöhnlich dicht nebeneinander am Tresen.

»Du hast mir gar nix zu sagen, Flori. Ich kann über das miese Programm im Fernsehen sagen, was ich will.«

»Aber nicht über die *Tagesschau*, Heinzi. Das ist die beste Sendung, die es gibt«, brüllte der stämmige Flori weiter, als ginge es um Leben und Tod. Er raufte sich die wenigen Haupthaare, die ihm noch geblieben waren. Der Rest war längst dem Zahn der Zeit zum Opfer gefallen, wie jeder hier wusste.

»Eben nicht«, widersprach ihm Heinzi erneut mit oberlehrerhaft erhobenem Zeigefinger. »Da gibt es noch ganz andere.«

»So, was denn zum Beispiel?« Florian sah seinen Saufkumpanen aus dem benachbarten Viertel Untergiesing mit einer Mischung aus Wut und Neugierde an.

»Wie wäre es denn mit *Heute*? Super Sendung.«

»Finde ich nicht. Die *Tagesschau* ist viel besser.«

»Ist sie nicht!«

»Ist sie doch!«

Die beiden schrien jetzt so laut, dass sich sogar die Gäste im Biergarten draußen umdrehten, um zu sehen, was los sei.

»Sagt mal, geht's noch, ihr zwei?« Monika hatte sich vor den beiden aufgebaut. »Ihr hört jetzt auf der Stelle das Herumplärren auf, sonst könnt ihr euer Bier in Zukunft woanders trinken.« Wenn sie etwas nicht leiden konnte, waren es Leute, die im Suff aggressiv wurden. Jeder durfte in ihrer kleinen Kneipe einen über den Durst trinken, und wenn es sein musste, auch schon mittags betrunken sein.

Dazu gab es Kneipen schließlich. Aber anständig bleiben und vor allem friedlich benehmen musste er sich. Sonst war ganz schnell Schluss mit lustig. Das galt natürlich auch für Frauen und für jahrelange Stammgäste wie Flori und Heinzi, die normalerweise eher zur ruhigeren Sorte Mensch gehörten.

Weiß der Teufel, was die beiden gerade in Wahrheit so aufbrachte. Moment mal, es war Föhn. Das konnte natürlich schuld sein. Bei Föhn waren die beiden bereits öfter mal negativ aufgefallen.

»Soll das jetzt eine Drohung sein, Moni?«, erkundigte sich Flori lallend.

»Nein, eine gelbe Karte, und die rote ist ganz schnell gezogen. Auch wenn der Föhn heute für euch spricht.« Monika stemmte ihre Hände in die Seiten und sah ihm in die stark schielenden Augen.

»Also doch eine Drohung, wenigstens fast«, lallte Flori, der anscheinend nicht wusste, ob er entrüstet oder einfach nur betrunken dreinblicken sollte. So blieb es bei einer Mischung aus beidem.

»Wir lassen uns nicht gerne drohen«, eilte ihm jetzt sein ebenfalls bis unter die Hutschnur abgedichteter Kollege Heinzi zu Hilfe.

»Entweder ihr gebt auf der Stelle Ruhe, oder es scheppert im Karton.« Monika hatte alles andere als Angst vor den beiden. Schließlich ging sie seit über 20 Jahren zum Karatetraining und hatte es dort längst bis zum Schwarzen Gürtel geschafft. Einmal war sie sogar dritte bayerische Meisterin in ihrer Gewichtsklasse gewesen.

»Gibt's Ärger?«, fragte Max von der Tür aus.

Er und Josef waren gerade hereingekommen.

»Gut, dass ihr da seid, Männer«, erwiderte Moni erleichtert, die trotz oder gerade wegen ihrer Kampfkunsterfahrung nie große Lust auf Streit hatte. Was wäre denn gewesen, wenn sie einen ihrer Gäste einmal aus Versehen schwer verletzte? »Die beiden hier plärren so laut herum, dass niemand mehr in Ruhe sein Bier trinken kann.« Sie zeigte auf Flori und Heinzi.

»Der Josef und ich könnten sie in die Isar werfen«, bot Max grinsend an, der die zwei Stammgäste natürlich ebenfalls seit Jahren kannte.

»Das tust du nicht, Max«, sagte Flori. »Sonst rufen wir die Polizei.« Er fiel dabei fast von seinem Barhocker, so sehr wankte er hin und her, als er sich zu Max umdrehte.

»Dazu müsstet ihr aber erst mal aus der Isar wieder rauskommen.« Max blinzelte Josef zu, der natürlich wusste, dass sein Freund sich lediglich einen Spaß mit den beiden Krakeelern machte.

»Na gut, dann sind wir halt still«, sagte Flori. Sein streitlustiger Gesichtsausdruck war von einer Sekunde auf die andere verschwunden. »Vertragen wir uns wieder, Heinzi?«, fragte er seinen Kumpel, so als wäre nichts Besonderes gewesen.

»Gerne.« Heinzi nickte. »Die *Tagesschau* ist auch nicht schlecht. Da hast du schon recht.«

»Und *Heute* auch«, räumte Flori ein. »Man kann sich außerdem beide anschauen, weil sie hintereinander kommen.«

»So mag ich euch«, sagte Max.

»Manchmal geht mir das grenzdebile Gequatsche einiger Leute hier gewaltig auf die Nüsse«, meinte Monika, als sie mit Max und Josef bei Annie und Bernd in der Küche stand.

»Verstehe ich nur zu gut«, meinte Bernd. »Wir haben solche Fälle oft genug auf dem Revier. Aus denen kriegst du kein normales Wort raus. Nicht etwa, weil sie nicht wollen, sie können nicht, weil sie sich komplett blödge-soffen haben.«

»Jeder, wie er will und kann.« Max wusste natürlich, dass keiner der Anwesenden im Raum selbst ein Heiliger war, was das Thema Alkohol betraf, auch Bernd nicht. Möglicherweise hatte das der eine oder andere bereits vergessen. Er sicher nicht.

»Wo ist eigentlich der Franzi?«, erkundigte sich Monika.

»Der ist zu Sandra nach Hause gegangen«, erwiderte Max. »Sie sind bei Freunden zum Essen eingeladen.«

»So ist das nun mal. Am Wochenende will man bei seiner Liebsten sein«, bestätigte Josef. »Marion kommt auch gleich. Sie meinte heute früh, dass sie sich Monis Schweinsbraten nicht entgehen lassen will. Bei ihr daheim in Plattling hat es offenbar jeden Sonntag Schweinsbraten gegeben.«

»Aber so gut wie der von der Moni war er sicher nicht.« Bernd strich sich mit beiden Händen über den Bauch.

»Kannst du nicht wissen.« Monika nahm das Kompliment trotzdem erfreut lächelnd entgegen.

»Ihre Oma soll eine begnadete Köchin gewesen sein.« Josef sah von einem zum anderen. »Sie hatte ein Lokal dort. Sogar der bayerische Ministerpräsident war einmal bei ihr zu Gast. Er soll höchst zufrieden gewesen sein.«

»Seit wann versteht ein Politiker was von Schweinsbraten?«, warf Max grinsend ein.

Allgemeines Gelächter.

»Wer sonst außer ihnen«, gab Josef zu bedenken. »Die haben doch den ganzen Tag nichts anderes zu tun, als besonders gescheit daherzureden und essen zu gehen.«

»Auch wieder wahr«, gab Max zu. »Stellt euch vor«, fuhr er fort. »Die Rosi Steininger hat mich gerade auf dem Herweg angerufen.«

»Gut zu wissen.« Monika schüttelte amüsiert den Kopf.

»Schmarrn, Moni. Sie hat mich gefragt, ob ich morgen Vormittag bei ihr vorbeikommen könnte. Sie hätte eine Aussage zu machen.«

»Vielleicht will sie dich verführen.« Monika grinste anzüglich.

»Ganz gewiss nicht.« Er lachte humorlos. »Sie und ich sind garantiert nicht auf einer Wellenlänge, wenn du verstehst, was ich meine.«

»Was meinst du denn?« Sie machte ein Kussmündchen.

»Ach Moni, du immer mit deinem Blödsinn.« Er winkte leicht ärgerlich ab. »Aber gelogen hat sie auf jeden Fall in dem Zeitungsartikel. Sie hat vorhin zugegeben, dass Franz unschuldig ist.«

»Das ist doch super.« Monika blickte ihn erfreut an. »Hast du es ihm schon gesagt?«

»Nein, ich dachte, er will in Ruhe sein Essen genießen.« Er kratzte sich verlegen am Hinterkopf.

»Aber das muss er gleich erfahren. Du weißt selbst am besten, wie sehr er sich wegen der Geschichte quält.« Sie schüttelte missbilligend den Kopf. »Jetzt ruf ihn aber ganz schnell an.«

»Hast natürlich recht. Ich bin ein echter Depp.« Max wählte Franz' Nummer.

»Franzi«, rief er überschwänglich, sobald sein Ex-Kollege und Kindergartenfreund ranging. »Ich hab mit Rosi Steininger gesprochen. Sie meint auf einmal, dass du unschuldig bist und will mir morgen früh mehr darüber sagen. Na, wie hört sich das an?«

»Sehr gut. Warum gehst du nicht gleich zu ihr?«, fragte Franz. Er klang einigermaßen verdattert. Sicher hatte er mit allem Möglichen gerechnet, aber nicht damit.

»Sie ist gerade unterwegs nach Nürnberg. Aber du weißt jetzt wenigstens schon mal, dass sie gelogen hat. Das ist das

Wichtigste.« Max freute sich ehrlich, dass er seinem alten Freund dermaßen gute Nachrichten überbringen konnte.

»Super, Max, danke. Schöne Überraschung.« Franz räusperte sich umständlich. Das tat er immer, wenn er besonders aufgeregt oder gerührt war, wusste Max. »Aber mir wäre es lieber, alle Welt würde es wissen.«

»Das kommt noch.« Max ging durch den Hinterausgang in den Garten, um in Ruhe weitersprechen zu können. Er setzte sich auf den Gartenstuhl, den sich Monika für ihre Pausen hier herausgestellt hatte. »Sie werden einen Widerruf in der Zeitung bringen müssen«, fuhr er fort. »Nächste Woche haben die Leute den leidigen Artikel vergessen.«

»Hoffentlich. Stell dir vor, wir waren doch bei Brettschneiders zum Mittagessen eingeladen. Hab ich dir ja erzählt.«

»Ja und? Hat es nicht geschmeckt?«

»Sie haben uns kurzfristig wieder ausgeladen und gemeint, dass sie nicht mit einem Vergewaltiger an einem Tisch sitzen wollen.« Franz atmete schneller.

Max wusste, dass seinen Freund so ein Benehmen unfassbar aufregte. Von anderen zurückgestoßen zu werden, verkraftete er schwer. Es mochte mit seinem überstrengen Vater zusammenhängen, der ihn nie anerkannt hatte. Dabei hatte Franz immer alles dafür getan, um es ihm recht zu machen.

Aber nicht einmal, als er die Aufnahmeprüfung zum höheren Dienst bei der Kripo geschafft hatte, äußerte sich der grantige Patriarch positiv darüber. Max hatte die Geschichten darüber an etlichen gemeinsamen Biergartenabenden bis zum Abwinken gehört. Dabei stellte sich heraus, dass Franz heute noch nicht mit der Ablehnung durch seinen Vater fertig wurde, obwohl der längst gestorben war.

»Solche Freunde braucht tatsächlich keiner.« Max schüttelte den Kopf über die in seinen Augen absolut schwache Vorstellung der Brettschneiders. »Was sind denn das für Menschen?«

»Egal, die waren eh Deppen«, fuhr Franz fort. »Aber was viel wichtiger ist, wo kriege ich jetzt meinen Schweinsbraten her? Ich hatte mich so darauf gefreut.«

»Hast du vorhin im *Hofbräuhaus* nicht gesagt, dass Gitti dir einen Schweinsbraten zum Frühstück in dein Büro gebracht hat?« Max schüttelte grinsend den Kopf. Mein Franzi Wurmdobler ist echt ein einmaliger Vogel, dachte er. Wie konnte ein einzelner Mensch nur so viel essen und trinken? Und dann nur die ungesündesten Sachen. Aber er schien es zu verkraften. Kürzlich hatte er Max sein letztes großes Blutbild gezeigt. Alle Werte innerhalb der Norm. Auch wenn das noch so unglaublich erschien.

»Schau mal auf die Uhr«, kam es wie aus der Pistole geschossen von Franz zurück. »Das ist ewig her. Zählt schon gar nicht mehr, weil längst verdaut.«

»Ich könnte dir und Sandra hier bei Moni jeweils eine Portion zurücklegen lassen.« Max musste schmunzeln.

»Natürlich. Warum bin ich da nicht selbst drauf gekommen?« Max hörte, dass sich Franz wie so oft mit der flachen Hand gegen die Stirn schlug. »Monis Schweinsbraten ist sowieso der beste der Welt. Kann's auch eine Doppelportion für mich sein? Ich meine, auf die ganzen Schrecken hin in letzter Zeit.«

»Sicher. Ich leg dir eine Doppelportion und für Sandra eine normale zurück, und nach dem Essen feiern wir Franz Wurmdoblers ordentliche Pensionierung noch mal anständig im kleinen Kreis mit dem Wissen, dass er unschuldig ist. Was meinst du?« Max fand seine Idee super. Der ganze Stress musste schließlich irgendwie wieder abgebaut werden.

»Genial. Gibt heute sonst eh nichts mehr zu tun. Oder fällt dir was ein?«

»Im Moment nicht. Wir könnten Fred Fleischhauer befragen, aber wir haben nichts gegen ihn. Außerdem müssten wir ihn dazu erst mal finden.«

»Okay, bis gleich, Max.«

»Bis gleich.«

14

Max schlug langsam die Augen auf und blickte im Zimmer umher. In den ersten Sekunden wusste er erst einmal nicht, wo er war. Dann fiel ihm Stück für Stück alles wieder ein. Natürlich lag er neben Moni, und natürlich hatten sie alle bei der langen Feier unten im Schankraum mit Franz gestern kräftig einen über den Durst getrunken. Es war also Sonntag in der Früh, und er lag bei Moni im Bett.

Er wühlte sich aus den Laken und ging ins Bad, um sich zu duschen und anzuziehen. Es war 9.30 Uhr, und ab 10 Uhr durfte er bei Rosi Steininger vorbeischauen, um ihre Aussage zu hören. Sicherheitshalber würde er die Aufnahmefunktion seines Handys einschalten, falls es sich die feine Dame am Ende doch wieder anders überlegen sollte.

»Ich geh los, Moni. Frühstücken tue ich irgendwo in der Stadt«, rief er Monika zu, die immer noch halb ohnmächtig im Bett lag und die Augen geschlossen hatte.

»Mach, was du willst, ich bleibe liegen.« Sie legte sich stöhnend das Kopfkissen übers Gesicht.

»Aber denk an den Schweinsbraten fürs Sonntagsgeschäft. Der muss bald in den Ofen.«

»Ich sperre die Kneipe heute nicht auf.«

»Wie du willst. Dein Geld und deine Verantwortung. Ich geh jetzt jedenfalls zu Fuß ins Lehel, damit ich einen klaren Kopf kriege.«

Max pflückte seine dunkelbraune leichte Lederjacke von dem Sessel neben dem Bett. Auf keinen Fall würde er Monika überreden, ihren Pflichten nachzukommen und ihre Kneipe pünktlich aufzumachen. Das würde erfahrungsgemäß nur riesigen Ärger geben, und darauf hatte er keine Lust.

Er kam am besten mit ihr aus, wenn er sie im Großen und Ganzen machen ließ, was sie wollte. Zumindest was ihr eigenes Privatleben betraf, wozu auch die Kneipe gehörte. Denn obwohl er ihr im Laufe der Jahre viel geholfen hatte, Tische, Barhocker und Stühle angeschleppt und hinter dem Tresen ausgeholfen hatte, war immer klar gewesen, dass sie hier das alleinige Sagen hatte.

»Geh mit Gott, aber geh!«, rief sie jetzt.

Als Max bei Rosi Steiningers Haus ankam, sah er einen Leichenwagen und Polizisten in Uniform vor der Tür stehen.

»Was ist hier los?«, fragte er Roman Schneidinger, den älteren uniformierten Beamten mit rotem Bart, der gerade eine Schachtel Zigaretten aus seinem Streifenwagen geholt hatte und den er noch aus seiner eigenen Dienstzeit bei der Polizei kannte.

»Rosi Steininger ist tot. Schaut aus, als hätte sie jemand zwischen 7 Uhr und 8 Uhr morgens erschlagen.« Roman blickte neutral drein, als habe er vom alltäglichen Stau in der Innenstadt geredet. »Ein Nachbar hat uns angerufen, weil die Tür offen stand und alles verwüstet war.«

»Weiß der Franz Wurmdobler Bescheid?« Max erschrak. 1000 Fragen überfluteten sein Gehirn. Zum Beispiel, warum Rosi so früh wieder zu Hause war. War sie noch am Abend wieder heimgefahren? Es sah ganz so aus. Die wichtigste Erkenntnis bei dem Versuch, sie zu beantworten, war, dass jetzt alles wieder von vorne anfing. Schließlich hatte Rosi nur ihm von Franz' Unschuld erzählt. Zumindest soweit ihm das bekannt war. Das musste ihm erst mal jemand glauben. Verflixt, jetzt wurde es schwierig.

»Wir haben die Kripo angerufen«, sagte Roman, der Franz seit langer Zeit kannte. »Sie müssten gleich hier sein. Der Franzi natürlich auch.«

Max holte sein Handy heraus und rief Franz sicherheitshalber an. In dieser Sache mussten sie ab jetzt eng zusammenarbeiten. Schluss mit den Trinkgelagen zum Dienstabschied. Jetzt ging es ans Eingemachte. Verleumdung war eine Sache. Mord eine ganz andere.

»Wo bist du?«, fragte er grußlos, sobald Franz abgehoben hatte.

»Auf dem Weg zu Rosi Steininger. Sie wurde vor einer Stunde umgebracht. Das meint zumindest der Roman Schneidinger. Er ist bereits vor Ort.«

»Weiß ich. Bin auch hier.« Max beobachtete, wie sich Roman genussvoll eine Zigarette anzündete, und dachte an seine eigene Zeit als Raucher. Am liebsten hatte er immer zum Kaffee eine geraucht oder zum Bier. Doch letztlich war er froh, dass er seit über zehn Jahren nicht mehr von diesem Drecksnikotin abhängig war. Sein Internist hatte ihn einmal gründlich über die Schäden, die das Qualmen überall im Körper anrichtete, aufgeklärt. Die Schocktherapie hatte sofort bei ihm gewirkt. Seit diesem denkwürdigen Tag hatte er nie wieder auch nur ein einziges Mal an einer Zigarette gezogen, obwohl es dazu weiß Gott mehr als genug Möglichkeiten gegeben hätte. »Ich stehe vor ihrem Haus. Hättest wenigstens kurz anrufen können.« Max fiel auf, dass er im Grunde genauso ungern übergangen wurde wie Franz.

»Erstens dachte ich, dass du noch im Bett liegst nach dem ausschweifenden Abend gestern, und zweitens wollte ich es gerade machen«, rechtfertigte sich Franz. »Hab mich bis jetzt die ganze Zeit mit meinem Chef am Telefon herumgestritten, weil er mich suspendieren will.«

»Was? Wieso?«

»Morgen weiß ich mehr darüber.«

»Hast du ihm denn nicht gesagt, dass Rosi Steininger ihre ursprüngliche Behauptung mir gegenüber widerrufen hat und dass du unschuldig bist?« Max lehnte sich mit einer Schulter gegen den mannshohen schmiedeeisernen Gartenzaun vor Rosis Mietshaus.

»Natürlich. Aber er meinte nur lapidar, dass das nichts nützen würde, weil sie jetzt tot wäre und ihre Aussage nicht offiziell bestätigen könnte.«

»Aber sie hat es mir gesagt. Zählt das denn gar nichts?« Max kratzte sich verwundert am Hinterkopf. Die Sache schien immer vertrackter zu werden. »Der Rieker ist ein echt blöder Hund. Hoffentlich will er dir den Mord an Rosi nicht auch noch anhängen. Zuzutrauen wäre es ihm.«

»Bei dem weiß man nie so recht, womit er als Nächstes um die Ecke kommt.« Franz lachte humorlos. »Aber für diesen speziellen Fall hier mache ich mir keine Sorgen. Ich war den ganzen Morgen mit Sandra zusammen. Sie kann das bestätigen, weil wir gemeinsam gefrühstückt haben.«

»Dass du nach der ausschweifenden Becherei gestern schon wieder essen konntest«, wunderte sich Max. »Ich würde im Moment noch keinen Bissen runterkriegen.«

»Eine schöne Wurstsemmel und ein paar Rühreier gehen immer, Max. Außerdem habe ich mich gestern beim Bier schwer zurückgehalten.« Franz klang so, als glaubte er wirklich, was er da sagte.

»Tatsächlich?« Max musste unvermittelt lachen. Wie konnte sich jemand nur derartig in die eigene Tasche lügen. »Dann möchte ich nicht wissen, wie es ausschaut, wenn du deine Zurückhaltung fallenlässt.«

»Das weißt du doch.« Franz musste ebenfalls lachen.

»Stimmt auch wieder.« Max lachte noch mal. »Komm schnell her, dann schauen wir uns den Tatort gemeinsam an.«

»Mach ich.«

Sie legten auf.

Max beobachtete, wie auf der anderen Straßenseite eine Mutter laut mit dem Baby in seinem Kinderwagen schimpfte, das sich, aus welchem Grund auch immer, gerade die Seele aus dem Leib schrie. Ein älterer Herr beobachtete die Szene kopfschüttelnd im Vorübergehen.

In dem Alter sind wir alle noch unschuldig wie ein weißes Blatt Papier, sagte sich Max nachdenklich. Aber dann kommen die Eltern, der Kindergarten, die Schule und die Arbeit, und wir werden in ein Verhalten gezwungen, das unserem eigentlichen Wesen nicht mehr entspricht. Wir verändern uns dabei nicht immer zum Positiven. Wie gut, dass es wenigstens die Musik gibt. Sie bringt uns die Unschuld wieder zurück. Ich freu mich auch schon auf meinen kleinen Auftritt bei unserer Hochzeit.

Er schüttelte sich kurz, sagte sich, dass jetzt nicht unbedingt der richtige Zeitpunkt zum Sinnieren und Philosophieren sei, schließlich hätte er einen Mord aufzuklären, ging ins Haus und klingelte dort bei Rosis Nachbarn. Er fragte jeden, der ihm öffnete, ob ihm oder ihr heute Morgen jemand im Treppenhaus aufgefallen sei.

Gerade als der letzte von ihnen, ein junger Mann aus dem Erdgeschoss, der noch seinen Schlafanzug trug, seine Frage wie die anderen verneint hatte, kam Franz zur Tür herein. Gemeinsam gingen sie zu Rosis Dachterrassenwohnung hinauf und ließen sich dort von den Jungs der Spurensicherung den näheren Sachverhalt zur Tat erklären.

Nachdem sie sich beim neuen Chef der Abteilung, dem blonden Rainer Keller, vorgestellt hatten, begann dieser zu reden. Langsam, jedes Wort auskostend, das seine Lippen verließ. Max wurde jedes Mal halb verrückt, wenn er es mit solchen Leuten zu tun hatte. Da machte ihm seine angeborene Ungeduld das Leben schwer, und er hatte bisher auch noch kein Gegenmittel gefunden.

»Ein Schlag mit einem schweren Gegenstand hat gereicht, um ihr den Schädel zu zertrümmern«, meinte Rainer. Er war zu klein für seinen weißen Overall, überdies sehr schlank, hatte schlau dreinblickende graue Augen unter buschigen hellen Augenbrauen und trug einen Ziegenbart, der ihm nicht stand, wie Max gleich dachte. Aber schließlich hatte jeder das Recht, so herumzulaufen, wie er wollte. »Ein Baseballschläger, Holzprügel, Brecheisen, Totschläger oder etwas in der Art.«

»Habt ihr den Gegenstand gefunden?«, fragte Max.

»Nein, der Täter muss ihn mitgenommen haben. Er schien genau zu wissen, was er tut.«

»Also kein Einbrecher, der auf frischer Tat von ihr ertappt wurde, sondern eher jemand, der die Sache geplant hatte?«

»Könnte gut sein. Sie muss ihn hereingelassen haben. An Türen und Fenstern sind keine fremden Fingerabdrücke oder Einbruchsspuren zu finden.«

»Ein Profi?«

»Könnte auch sein, ja.« Rainer nickte. »Oder ein Bekannter oder Freund.«

»Sonst noch was?« Max sah ihn erwartungsvoll an.

»Ihre Visitenkarte habe ich auf dem Wohnzimmertisch gefunden, Herr Raintaler.« Rainer sah Max direkt ins Gesicht.

»Die ließ ich ihr gestern da, als ich sie befragt habe.«

»Na dann.« Er gab Max die Karte zurück.

»Wie ich das sehe, ist die Sache glasklar«, meinte Franz. »Fred Fleischhauer ist irgendwie zu Ohren gekommen, dass sie ihre Beschuldigungen gegen mich zurücknehmen wollte, was ihm nicht passte, weil er mir natürlich immer noch eins auswischen will. Also hat er sich mit ihr getroffen, um sie dazu zu bringen, bei ihrer ursprünglichen Version zu bleiben. Es gab einen Streit, und er erschlug sie. Ende.«

»Erscheint mir auch die naheliegendste Lösung«, meinte Max. »Aber es kann natürlich auch ganz anders gewesen sein.«

»So? Wie denn zum Beispiel?« Franz schaute ihn mit einem hellwachen Blick an. Das Bier gestern schien ihm tatsächlich nicht viel ausgemacht zu haben.

»Keine Ahnung.« Max zuckte die Achseln. »Lass uns die ganze Wahrheit herausfinden, dann wissen wir mehr. Ich hoffe nur, dass der Täter irgendwo doch noch seine Fingerabdrücke oder irgendwelche DNA-Spuren hinterlassen hat.«

»Das hoffen wir auch«, meinte Rainer, der nach wie vor bei den beiden stand. »Wir untersuchen alles noch mal sehr gründlich und melden uns sofort, sobald wir mehr wissen.«

»Herzlichen Dank«, sagte Max.

»Danke und Servus.« Franz schüttelte Rainer die Hand zum Abschied. Dann verließen er und Max Rosis Wohnung wieder. Für sie gab es hier im Moment nichts mehr zu tun.

»Und jetzt?«, wollte Franz wissen, als sie unten auf der Straße standen.

»Keine Ahnung.« Max zuckte die Achseln. »Wir müssen auf jeden Fall zuerst mal Fred Fleischhauer auftreiben. Hatte der nicht eine Schwester im Westend?«

»Genau, nichts wie hin. Er ist im Moment die einzige Spur, die wir haben.« Max sah Franz auffordernd an. »Bist du mit dem Auto da?«

»Sicher, oder glaubst du, ich geh zu Fuß vom Büro aus hierher ins Lehel.«

»Kein Restalkohol?«

»Schmarrn, von dem bisserl Bier und Schnaps doch nicht.« Franz schüttelte grinsend den Kopf.

15

Nachdem Monika den Schweinsbraten für das Mittagsgeschäft im heißen Herd untergebracht hatte, ging sie in den Schankraum hinüber, um dort aufzuräumen und den Tresen zu polieren. Max und sie hatten gestern vor dem Schlafengehen zwar damit angefangen, waren aber dann urplötzlich zu müde gewesen und lieber ins Bett gegangen.

Sie liebte ihre Kneipe über alles, und natürlich war sie deswegen, kurz nachdem er verschwunden war, aufgestanden und hatte sich an die Arbeit gemacht. Das gute Sonntagsgeschäft im Sommer würde sie sich auf keinen Fall entgehen lassen. Hoffentlich kam Anneliese bald, um ihr zu helfen. Versprochen hatte sie es, und ehrlich gesagt, wusste Monika auch schon gar nicht mehr, wie sie das alles hier ohne ihre Freundin schaffen sollte.

»Hallöchen, junge Frau.« Anneliese stand in der Tür. Strahlend wie der junge Tag.

»Wenn man an den Teufel denkt, kommt er g'rennt«, murmelte Monika grinsend in sich hinein. »Servus, Annie. Super, dass du da bist. Mir geht die Arbeit heute nicht ganz so leicht von der Hand wie sonst.«

»Ja mei, hättest du wie ich weniger getrunken, dann ginge es dir genauso gut wie mir.« Anneliese lachte bestens gelaunt.

»Du strahlst so. Gibt es etwas, was ich nicht weiß?« Monika bedachte ihre beste Freundin mit einem prüfenden Blick.

»Gibt es.« Anneliese nickte und machte ein geheimnisvolles Gesicht.

»Sag schon. Was ist?« Monika wurde neugierig.

»Bernd.« Anneliese bekam glänzende Augen.

»Bernd?«

»Er hat es getan.«

»Du sprichst in Rätseln, werte Freundin.« Monika kratzte sich am Hinterkopf. Was war nur los mit Anneliese? Warum machte sie es so spannend? Sie platzte doch sonst auch immer gleich mit allem heraus.

»Hier, schau mal.« Anneliese hob ihre Hand. An ihrem Ringfinger funkelte ein Diamant, den sie bisher nicht dort getragen hatte.

»Wie? Du meinst doch nicht etwa, er will …« Monika vollendete den Satz nicht.

»Ja.« Anneliese nickte mehrmals. »Er hat mir vorhin beim Frühstück einen Heiratsantrag gemacht. Mit Blumen und Hinknien und dem ganzen Drum und Dran. Ist das nicht der pure Wahnsinn?«

»Nicht dein Ernst, oder?« Monika ließ mit ungläubigem Blick den Lappen fallen, mit dem sie gerade hantiert hatte. »Ich dachte, ich wäre die einzig Verrückte, die sich zu so was hinreißen lässt. Oder nimmst du seinen Antrag nicht an?«

»Doch, Moni. Ich will ihn. Er passt so gut zu mir wie kein anderer.« Anneliese presste verzückt ihre Hände vor ihrer Brust zusammen. »Ich liebe ihn.«

»Aber hast du nicht vor gerade mal einem halben Jahr noch gemeint, dass du garantiert nie wieder heiraten wirst?«

»Was geht mich mein Schmarrn von gestern an. Heute und morgen, das zählt und sonst nichts.« Anneliese warf ihren leichten beigefarbenen Sommermantel auf den nächststehenden Tisch und ihre blaue Handtasche gleich hinterher.

»Na ja, zusammenpassen würdet ihr ganz gut«, räumte Monika ein.

»Eben.« Anneliese lief zu ihr und umarmte sie innig.

»Gläschen?« Monika grinste fragend, nachdem sie wieder losgelassen hatten.

»Unbedingt.« Annie nickte erneut. »Dann geht es dir bestimmt auch gleich wieder besser.«

»Wollen wir es hoffen.«

»Aber das Beste an der Sache weißt du noch gar nicht«, fuhr Anneliese fort, während Monika gekonnt eine Flasche Prosecco aus dem Kühlschrank öffnete.

»Was könnte noch besser sein?«

»Bernd kennt einen Standesbeamten.«

»Wie praktisch. Und?«

»Er hat etwas geschafft, über das du nicht sauer sein darfst.« Anneliese nestelte unsicher an dem Kragen ihrer Bluse herum.

»Über was sollte ich denn sauer sein?« Monika schenkte beiden Prosecco ein. »Es ist *deine* Freiheit, die du verspielst.« Sie sah Anneliese gespannt an.

»Wir heiraten am selben Tag wie du und Max.«

»Was?« Monika verschluckte sich fast vor Schreck.

»Am selben Standesamt, direkt nach euch.«

»Geh, du spinnst doch, Annie. So schnell kriegt man da gar keinen Termin. Wir haben unseren seit einem halben Jahr.« Monika schüttelte den Kopf. »Verarschen kann ich mich selber.«

»Aber es stimmt. Bernds Bekannter hat es möglich gemacht.« Anneliese lachte glücklich.

»Also fast eine klassische Doppelhochzeit? Wirklich?« Monika meinte immer noch, sich verhört zu haben.

»Ja.« Anneliese nickte und sah ihre beste Freundin dabei erwartungsvoll an.

»Gibt es ja nicht.« Monika schüttelte erneut perplex den Kopf. Das war mal eine echte Überraschung.

»Wenn ihr nichts dagegen habt, würden wir uns mit 20 Leuten und meiner Tochter bei eurer Feier im Hofbräuhaus anschließen. Ich bezahle natürlich dafür.«

»20 Leute? Das geht auf gar keinen Fall.« Monika machte ein strenges Gesicht.

»Verstehe«, erwiderte Annie, die schlagartig traurig aussah. »Kommt alles natürlich auch total unerwartet. Sorry, Moni, ich wollte euch natürlich nicht euer Fest versauen. Blöde Idee von mir das Ganze.« Tränen standen ihr in den Augen.

»Ihr müsst mindestens 50 Leute einladen.« Monika lachte.

»Echt jetzt? Dein Ernst? Hammer!« Anneliese kreischte vor Freude wie ein Teenager.

»Ja, unbedingt.« Monika kreischte ebenfalls. »Ich bin so gespannt auf Max' Gesicht, wenn er das erfährt.«

»Hoffentlich hat er nichts dagegen.«

»Spinnst du? Er wird sich total freuen. Das gibt eine Jahrhunderthochzeit im *Hofbräuhaus*. Da darf er gleich mal einen größeren Saal und ein Buffet für alle bestellen.«

»Aber ich zahle die Hälfte.«

»Nur die Ruhe, Annie. Das kriegen wir alles irgendwie hin.« Monika würde die ganze Rechnung natürlich gemeinsam mit Max begleichen. Sie war glücklich, dass sie endlich einmal auch etwas für Anneliese tun konnte, die ihr seit Jahren ohne Bezahlung hier in der Kneipe half, einfach nur, weil sie beste Freundinnen waren.

»Das Leben ist so toll«, freute sich Anneliese.

»Weißt du, was das Allerbeste ist?«, erkundigte sich Monika.

»Was? Sag schnell!«

»Wir suchen uns morgen zwei Brautkleider aus und nicht nur meins.«

»Au ja, das wird so genial. Ach Moni, ich freu mich so.« Anneliese fiel Monika erneut um den Hals. Jetzt brachen alle Dämme, und sie weinte vor Freude.

Monika freute sich mit ihr. Sie wusste, dass Anneliese tatsächlich vorgehabt hatte, nie wieder zu heiraten. Sie hatte die Ehe mit ihrem Ex-Mann Bernhard in zu schlechter

Erinnerung behalten. Er hatte sie betrogen und sogar mehrmals geschlagen, was in Monikas Augen auf gar keinen Fall ging. Frauenschläger waren Verbrecher und gehörten ins Gefängnis. Dort konnten sie sich dann auf Augenhöhe mit ihren Mitgefangenen prügeln und dabei hoffentlich den Kürzeren ziehen.

Max würde so etwas nicht einmal in 1.000 Jahren tun, und dafür liebte sie ihn. Nicht nur dafür natürlich, aber auch dafür. Er war der netteste und beste Mann, den sie hätte erwischen können. Trotz all den kleinen Auseinandersetzungen, die sie gelegentlich hatten, wusste sie das sehr genau.

Anneliese dagegen hatte nach ihrer Scheidung jahrelang keine Beziehung mehr zu einem Mann gehabt. Dabei war sie gar nicht gerne alleine, wie sie Monika nicht nur einmal erzählt hatte. Deshalb kam sie auch so gern zum Helfen in die Kneipe.

Sie hielte die Einsamkeit daheim manchmal nicht mehr aus und finge tatsächlich schon an, mit den Bildern an der Wand zu reden, hatte sie einmal gemeint, und das mache ihr eine Heidenangst. Nicht, dass sie am Ende noch eines Tages für immer in der Nervenklinik landete und mit *Valium* vollgepumpt wurde. Es wäre schließlich jedermann bekannt, wie schwer du da wieder herauskamst, wenn du erst einmal hineingeraten warst.

16

Im Westend gab es in jeder Straße eine andere Kneipe. Max und Franz waren hier oft nächtelang unterwegs gewesen. Vor allem, als sie noch jünger waren. Jetzt parkte Franz vor dem Haus von Fred Fleischhauers Schwester Agathe. Sie gingen in das alte, aber trotzdem immer noch ehrwürdig aussehende Treppenhaus und stiegen in den ersten Stock hinauf.

Franz klingelte bei ihr.

Sie öffnete ihnen in einem dunkelblauen Hauskittel. Ihre aschblonden Haare hatte sie zu einem Pferdeschwanz zusammengebunden. Dadurch fiel ihr blaues rechtes Auge ganz besonders auf.

»Was kann ich für Sie tun?« Agathe sah Max und Franz abwartend an.

»Grüß Gott, Frau Fleischhauer«, sagte Franz. »Wir sind hier wegen Ihrem Bruder.«

»Was wollen Sie von ihm?« Sie verschränkte die Arme vor der Brust.

»Wir sind von der Kripo und müssen ihn etwas fragen.«

»Kripo? Hat er wieder was angestellt?« Sie stöhnte genervt.

»Das wissen wir noch nicht«, meinte Franz. »Deshalb würden wir ihn gerne sprechen.«

»Er ist nicht da.« Ihr Ton war geradezu patzig.

»Woher haben Sie eigentlich Ihr blaues Auge?«, wollte Max wissen.

»Am Kühlschrank angestoßen.«

»Das tut mir leid für Sie.« Max warf Franz einen vielsagenden Blick zu. Er vermutete, dass Fred Fleischhauer seiner Schwester wehgetan hatte, und er wusste, dass es Franz genauso ging. Aber natürlich würde sie das nicht zugeben.

»Halb so wild.« Agathe winkte ab. »Ist sonst noch was?«

»Wissen Sie, wo Ihr Bruder gerade ist?«, fragte Franz.

»Er trifft sich irgendwo mit Bekannten.«

»Wo genau?«, wollte Max wissen.

»Das hat er mir nicht gesagt.«

»Wissen Sie, wen er trifft?«, mischte sich Franz ins Gespräch.

»Es geht um irgendwas Geschäftliches. Aber darüber spricht er nie mit mir. War's das dann?« Sie trat ungeduldig von einem Fuß auf den anderen und sah die beiden dabei unfreundlich an. Entweder verheimlichte sie ihnen etwas oder sie hatte etwas auf dem Herd, das jeden Moment überzukochen drohte.

»Danke, Frau Fleischhauer.« Max nickte ihr zu.

»Auf Wiederschau'n«, sagte Franz knapp. Er war früher zu jedermann freundlich gewesen, egal, wie unhöflich man ihm begegnet war. In den letzten Jahren hatte er dazu allerdings immer weniger Lust verspürt. Er sah es nicht mehr ein. Sollten sich die anderen erst mal um ein angemessenes Verhalten bemühen, dann konnten sie das auch von ihm erwarten.

Sie drehten sich um und gingen auf die Straße hinunter.

»Wo steckt der Kerl nur?«, meinte Max, als sie sich in das nächstbeste Café an einen winzigen runden Tisch gesetzt hatten, um zu besprechen, wie es weiterging.

»Sein Bewährungshelfer sagte mir vorhin am Telefon, dass er sich eigentlich gestern bei ihm hätte melden müssen.«

»Hat er aber nicht?« Max' Frage war mehr eine Feststellung.

»Nein.« Franz schüttelte den Kopf.

»Der führt was im Schilde. Jetzt mal unabhängig von dem Mord an Rosi.« Max schüttelte nachdenklich den Kopf.

Eine sehr junge Kellnerin im Punkeroutfit kam an ihren Minitisch und nahm ihre Bestellung auf. Max einen Espresso und Franz ein Bier.

»Denk dran, dass du noch fahren musst«, meinte Max.

»Mach dir da mal keine Sorgen. Zur Not lass ich die Kiste einfach stehen.«

Sie genossen die Sonne und ihre Getränke und beobachteten die Passanten, die vorüberliefen.

»Man sieht immer mehr Ausländer auf den Straßen«, meinte Franz nach einer Weile.

»Na und?« Max zuckte die Achseln. »Wir leben in einer Großstadt.«

»Nur so.« Franz trank einen Schluck Bier.

»Ist doch gut. Deutschland braucht frische Arbeitskräfte.«

»Aber diejenigen, die in die sozialen Systeme einreisen wollen, sind ein Problem.« Franz erhob oberlehrerhaft den Zeigefinger. »Und die Kriminellen.«

»Das ist Sache der Politik. Kann man sicher organisieren. Ich hab jedenfalls nix gegen frischen Wind in unserem Land.«

»Ich auch nicht«, sagte Franz. »Nicht, dass da ein falscher Eindruck entsteht. Aber es muss gerecht und fair zugehen bei der Einbürgerung.«

»Glaubst du, dass es irgendwo auf der Welt gerecht und fair zugeht?« Max lachte humorlos. »Du bist Kriminaler und solltest es besser wissen. Schau dir bloß mal die ganzen korrupten Säcke rund um den Globus an. Politiker, Medienleute, Wirtschaftsbosse, Sportorganisationen.«

»Stimmt auch wieder.« Franz nickte.

»Und jetzt nimm dir zum Beispiel den Fred Fleischhauer. Ein Bilderbuchbayer, Chef vom Trachtenverein und so weiter. Aber ein absolut brutaler Wichser, der Frauen schlägt. Brauchen wir solche Typen wirklich?«

»Natürlich nicht.«

»Eben. Da ist mir doch jeder nett grinsende, brave Moslem am Arsch lieber als so ein widerwärtiges Schwein.« Max rührte nachdenklich in seinem Espresso. Er fragte sich, warum sich der Zucker darin niemals vollständig auflöste. Immer blieb ein winziger süßer Rest in der Tasse. Wahrscheinlich kam es daher, dass er den kleinen Kaffee so schnell trank, dass der Zucker in der kurzen Zeit gar keine Chance hatte, sich aufzulösen.

»Hast ja recht, Max. Ich hab's auch gar nicht so streng gemeint.« Franz trank sein Bier aus und bestellte noch eines.

»Wo treiben wir den Kerl jetzt auf?«, fragte Max wenig später.

»Ich geb auf jeden Fall eine Fahndung nach ihm heraus.« Franz machte ein entschlossenes Gesicht.

»Wann? Morgen?«

»Ach so. Nein, gleich natürlich.« Franz zog schnell sein Handy aus der Jackentasche und rief im Revier an, dass sie sich umgehend ein neues Bild von Fleischhauer beschaffen sollten und es jedem Streifenpolizisten sofort auf das Smartphone schickten. Natürlich sprach er dabei nur mit den Kollegen, die er gut kannte und die ihn trotz seiner offiziellen vorläufigen Suspendierung immer noch als Chef betrachteten.

»Ich hab auch noch gesagt, dass es dringend ist«, meinte er zu Max, nachdem er wieder aufgelegt hatte.

Die Kellnerin brachte ihm sein Bier.

»Hab ich gehört. Du sitzt ja direkt neben mir.« Max grinste.

»Ach so, ja, richtig.« Franz, den die ganze Aktion offenkundig sehr angestrengt hatte, trank zur Beruhigung einen großen Schluck Bier.

»Und was machen wir jetzt, bis ihn jemand findet?«, wollte Max wissen. »Haben wir noch andere Verdächtige?«

»Nicht, dass ich wüsste.« Franz schüttelte den Kopf. »Wir könnten in den großen Biergarten beim Hauptbahnhof fahren und dort eine schöne Schweinshaxe essen.«

»Und dann?«

»Dann verdüdeln wir den Nachmittag.«

»Verdüdeln?«

»Nichts tun. Blöd schauen. Einen Schluck hier trinken, einen Schluck dort. Bayerische Wellness eben.«

»Klingt gut. Aber spätestens ab 13 Uhr muss ich Moni in der Kneipe helfen. Sie wollte zwar heute nicht aufmachen, aber ich glaub, das hält sie nicht durch. Sonntag ist Großkampftag in ihrem Biergarten. Da rührt sich was in der Kasse.«

»Dann komme ich mit. Du kannst ihr helfen, und ich sitz in der Sonne und genieße dort meinen Schweinsbraten und mein Bier.«

»Wird dir das eigentlich nie langweilig?«

»Was?« Franz sah ihn irritiert an.

»Fleisch und Alkohol.«

»Nein, niemals.« Franz schüttelte energisch den Kopf. »Das Schlafen in der Nacht wird mir schließlich auch nicht langweilig. Dir etwa?«

»Nein.« Max schüttelte amüsiert den Kopf.

»Siehst du. Es gibt eben Dinge, die gehören zum Leben wie die Reifen zum Fahrrad.«

»Hab ich dir eigentlich schon mal gesagt, dass ich dich liebe, Franzi?« Max sah seinem alten Freund tief in die Augen.

»Wirst du jetzt altersschwul oder was?« Franz blickte erschrocken zurück. »Hör bloß auf, ich steh ausschließlich auf Frauen. Das weißt du ganz genau.«

»Ist aber gar nicht mehr so angesagt«, meinte Max. »Heute gehört es zum guten Ton, ein bisserl anders zu sein.« Er lächelte vielsagend.

»Das mag alles so sein, wie du sagst. Aber ich bleib, wie ich bin.« Franz vermied es, zu Max hinüberzusehen. »Was sagt die Moni eigentlich zu deinen seltsamen Anwandlungen?«

»Sie findet es total mutig, dass ich versuche, mich aus meiner festgefahrenen Alte-weiße-Männer-Rolle zu befreien.« Max zerriss es innerlich vor Lachen. Es gab tatsächlich niemanden, der sich so hervorragend auf die Schippe nehmen ließ wie der gutgläubige Franz. Natürlich liebte Max seine Monika und nur sie. Warum hätte er denn im Alter auch auf einmal damit anfangen sollen, sich sexuell anders zu orientieren? Andere durften sich gerne hingezogen fühlen zu wem oder was auch immer sie wollten. Aber für ihn war das niemals eine Option gewesen. Möglich, dass er da etwas verpasste, doch damit kam er gut klar.

»Geh weiter, du verarschst mich bloß wieder.« Franz roch den Braten offensichtlich, winkte ab und trank schnell sein Bier aus.

»Wie kommst du denn darauf?« Max grinste breit.

»Sehr witzig. Kannst wieder aufhören, Depp damischer. Herrgott, ich brauch auf den Schock sofort noch ein Bier.« Franz winkte die hübsche Kellnerin mit dem blinkenden Metall in den Lippen und in der Nase herbei.

»Noch ein Bier?«, fragte sie erstaunt. »Aber das ist dann schon Ihr drittes, und es ist noch nicht einmal Mittag.«

»Wie lange machen Sie den Job schon, mein Kind?«, erkundigte sich Franz in allerfreundlichstem Tonfall.

»Seit vorgestern.« Sie lächelte hinreißend.

»Sehen Sie. Dann machen Sie schon heute eine sehr wichtige Erfahrung.« Franz sprach im Tonfall eines gechillten Yogalehrers. »Es gibt Kunden, die trinken mehr Bier als eines.«

»Aber dann sind die ja ganz schnell betrunken.«

»Das ist der Zweck der Übung.« Franz nickte mit weisem Gesichtsausdruck.

»Finde ich verrückt«, sagte die Kellnerin. »Aber gut, dann ist es wohl so. Also noch ein Bier?«

»Liebend gern. Ich bin übrigens der Franz.« Er zeigte auf seine Brust.

»Ich bin die Laura.«

»Prima, Laura. Der Herr neben mir ist der Max.« Franz lächelte gütig wie ein Priester bei der Verteilung der Hostien.

»Aber der trinkt Espresso«, sagte Laura.

»Genau.« Franz nickte gutwillig.

Laura kratzte sich nachdenklich am Kopf. Dann machte sie auf dem Absatz kehrt und verschwand im Inneren des Cafés, um sein Bier zu holen.

»Ist eine andere Generation«, meinte Max achselzuckend. »Die essen jetzt alle vegan, trinken nur Tee und Wasser und machen Sport.«

»Mir macht das Angst«, erwiderte Franz. »Wann genießen die denn ihr Leben, um Himmels willen?«

»Beim Tee- und Wassertrinken und beim Sport oder beim Yoga«, wusste Max.

»Mein Gott, hatten wir ein Glück.« Franz bekreuzigte sich. »Led Zeppelin, Jimi Hendrix, Janis Joplin, Joe Cocker, Chuck Berry, Bier, Schnaps, Haschisch, Partys, Konzerte, Lagerfeuer. Das war wenigstens ein Leben.«

»Stimmt schon.« In Max kam wehmütige Stimmung hoch. Er hatte seine Jugend genauso geliebt und ausschweifend genossen wie Franz. Bis auf wenige ungute Begebenheiten vielleicht. Aber die gehörten nun mal zu jedem Leben dazu. »Allerdings machen es sich die jungen Leute heute auch schön. Konzerte und Lagerfeuer gibt es immer noch, nur mit anderen Künstlern und Getränken.«

»Da kommt mein Bier«, freute sich Franz.

»Tatsächlich erst dein drittes heute?« Max sah ihn fragend an.

»Fängst du jetzt auch schon an zu spinnen?« Franz schüttelte den Kopf. »Das vierte mit dem zum Frühstück gegen den Kater, wenn du es genau wissen willst, und es werden sicher noch ein bis zwei dazukommen im Laufe des Tages.«

»Ruhig, Brauner. Alles gut.« Max grinste breit. Franz musste man so nehmen, wie er war, wusste er, sonst wäre er nicht mehr er selbst gewesen.

17

Montag, früher Vormittag in der Stadt. Anneliese hatte Monika bei ihrer Kneipe abgeholt, die heute Ruhetag hatte. Jetzt standen sie vor einem Brautmodengeschäft in der sündhaft teuren Maximilianstraße und warteten auf Marion und Sandra, die ebenfalls mit zum Shoppen und

Beraten kommen wollten. So wurde es gestern ausgemacht, und so würde es geschehen.

Wenn sie fertig waren, würden sie sich mit Max, Bernd, Franz und Josef im *Hofbräuhaus* treffen. Auch das war bereits vorgestern bei der kleinen Feier für Franz festgelegt worden.

»Da sind sie schon!«, rief Anneliese und winkte den anderen beiden zu, die sich ihnen fröhlich plaudernd näherten.

»Hallo, die Damen«, meinte Sandra, sobald sie und Marion angekommen waren.

»Hallo«, erwiderte Monika.

»Schön, dass ihr da seid«, meinte Anneliese.

»Finde ich auch.« Sandra lachte ausgelassen.

»Sollen wir reingehen?«, fragte Monika und zeigte auf den Eingang des Modegeschäftes. »Die haben nicht nur Brautmoden. Da ist sicher auch was für euch dabei, Sandra und Marion.«

»Gute Idee.« Marion nickte.

Das Angebot war exklusiv, aber auch für den eher normaleren Geschmack war etwas dabei. Bevor sie in die Abteilung für Brautmoden gingen, blieben sie bei den »normalen« Kleidern hängen. Hier geschah mit allen vieren eine wundersame Verwandlung. Aus bodenständigen, selbstbewussten erwachsenen Frauen wurden auf einmal wieder ausgelassene junge Mädchen, die nur noch aufgeregt und hektisch um sich blickten und in ihrer Begeisterung nicht mehr zu bremsen waren.

Sandra hielt ein raffiniert geschnittenes geblümtes Sommerkleidchen vor sich.

»Nun sagt doch mal, Mädels«, wandte sie sich an die anderen. »Wie stehen mir eigentlich Blümchen? Was meint ihr? Passt das? Oder wie sieht das aus?«

»Also, ich finde es super«, meinte Anneliese. »Das Kleid passt perfekt zu deinen Haaren.«

»Das meint der Franz auch immer. Klein, aber fein, sagt er.« Sandra lächelte leicht verlegen.

»Ich fasse es nicht, sind die Sachen schön.« Marion war gerade zwischen einem knallroten T-Shirt und einem witzigen orangefarbenen Sommerpulli hin und her gerissen. Sie hielt sich beides abwechselnd vor den Oberkörper. »Was sagt ihr, Mädels?«, wandte sie sich an die anderen. »Soll ich lieber das T-Shirt hier nehmen oder doch lieber den leichten Sommerpulli? Ich kann mich einfach mal wieder nicht entscheiden. Oh, mein Gott! Es ist so furchtbar. Oder soll ich vielleicht was ganz anderes nehmen? Zum Beispiel so ein witziges Kleid hier. Helft mir doch.«

»Wenn du mich fragst, ich finde alle drei Sachen schön«, sagte Anneliese. Sie zog gerade ein süßes blaues T-Shirt aus dem kleinen Stapel, der ganz links außen im mittleren Regal lag.

»Also, ich finde den Sommerpulli genial«, meinte Marion. »Den würde ich glatt auf der Stelle mitnehmen. Er lacht mich regelrecht an.«

»Wenn du mich fragst, nimm am besten alle drei Sachen«, sagte Sandra. »Das Kleid kannst du überall anziehen. So schnell kommen wir sowieso nicht wieder in die City. Stimmt's?«

Sie selbst hatte sich gerade nach mehrmaligem Abwägen endgültig für das geblümte Sommerkleidchen entschieden und legte es über ihren Arm, wo kurz zuvor eine cool geschnittene weiße Sommerjeans und eine quietschgelbe Weste gelandet waren.

»Okay, du hast eigentlich recht.« Marion packte zu dem witzigen Kleid, dem knallroten T-Shirt und dem leichten orangefarbenen Sommerpulli auf ihrem linken Arm noch ein hipp designtes T-Shirt mit kleinen verspielten Gold-applikationen, die kreisförmig die Aufschrift »ICH« auf Brusthöhe umrandeten. Dann legte sie noch ein nach dem letzten Schrei geschnittenes weiteres Sommerkleid dazu.

»Ja, was haben wir denn hier? Oh mein Gott, ist die süß. Wahnsinn! Ich sterbe, Kinder!« Wie eine Trophäe hielt Sandra eine sündteure, aber einfach nur fantastisch geschnittene Bluejeans hoch.

»Die Jeans hier gefallen mir aber auch sehr gut«, freute sich Monika, die bisher noch gar nichts gesagt hatte, und bewies einen erlesenen Geschmack, indem sie ein ausgeflipptes, aber gleichzeitig elegantes Modell eines angesagten italienischen Designers in die Hand nahm.

»Die Herrschaften in den Modehäusern Italiens wissen schon, was Frauen gefällt. Stimmt's, Kinder?« Anneliese probierte gerade eine sündhaft teure, aber schicke Leinenweste vor dem riesigen Spiegel in der Mitte des Verkaufsraums an.

»Oh, mein Gott! Schaut doch nur mal her, Mädels.« Sandra zerrte ein witzig geschnittenes gelbes Top aus einem Stapel auf dem Auslagetisch in der Mitte des edlen Verkaufsraums, an dessen anderem Ende auf der gegenüberliegenden Seite zur gleichen Zeit eine ältere, offensichtlich sehr gut betuchte Dame zog. Sandra gewann den ungleichen Kampf schließlich mit der Schnelligkeit und Kraft der Jüngeren und legte ihre Beute, nachdem sie die Größenangabe auf dem Etikett überprüft hatte, mit einem kurzen triumphierenden Blick in die Runde zu den anderen Sachen auf ihrem Arm.

Die ältere Dame akzeptierte ihre Niederlage und verzog sich in einen weniger belebten Winkel des Geschäftes.

Währenddessen hielt Monika immer noch die wirklich enorm teuren, aber einfach fantastisch geschnittenen *Ver-*

sace Jeans hoch und überlegte kurz, ob sie sich heute ein finanzielles Limit auferlegen sollte, entschied sich aber für ein klares Nein als Antwort. Schließlich war sie stolze Besitzerin einer eigenen Kneipe, wohlgemerkt Besitzerin, nicht nur Pächterin. Das war ein gewaltiger Unterschied. Sparen konnte sie außerdem im Winter wieder, wenn sie ihre alten Sachen auftrug.

»Ich bin gleich wieder bei euch, Mädels«, rief sie kurz entschlossen. »Ich möchte nur schnell diese Jeans hier anprobieren. Das ist nämlich genau mein Schnitt. Ihr wisst schon, Popo-optimal.«

Was heißt hier, ich möchte, dachte sie weiter. Ich muss. Diese Hose ist die reinste Offenbarung. Das Blau steht mir doch? Oder macht es mich zu blass? Nein. Wohl eher nicht.

»Aber klar, Schatz.« Anneliese lächelte wissend. »Sofort ab in die Kabine und anprobieren, würde ich sagen. Das Blau steht dir bestimmt supertoll. Passt perfekt zu deinen blauen Augen. Stimmt's nicht, Sandra? Das Blau passt doch wirklich supergut zu Monikas Augen, oder?«

»Zeig mal.« Sandra betrachtete zuerst die Jeans in Monikas Hand, dann ihr Gesicht. »Ja, klar. Das Blau passt wirklich gut zu deinen blauen Augen, Moni. Das finde ich auch, und Popo-optimal ist natürlich immer total optimal. Da wird der Max aber Augen machen, wenn du mit so einem genialen Teil nach Hause kommst. Bestimmt will er dich darin gleich vernaschen.«

Sandra kicherte anzüglich. Die anderen kicherten mit.

»Ich komme mit in die Kabine!«, rief Sandra und schwenkte dabei lächelnd ihre eigenen Jeans durch die Luft. »Ich glaube, die muss ich einfach haben! Ich kann sie zu fast allen meinen Sachen tragen.«

»Ich komme auch mit«, schloss sich Marion ihren zwei Vorrednerinnen an. Sie hatte inzwischen zwei weitere

Kleider, Jeans und einen Sommermantel zu den anderen Sachen auf ihrem Arm gelegt und war somit die Spitzenkandidatin, was die Menge an Klamotten für die Umkleidekabine betraf. »Josefs Kreditkarte macht's möglich«, beantwortete sie achselzuckend die leicht erstaunten Blicke der anderen.

»Na klar, er hat ja genug«, lachte Anneliese. »So was Besonderes wie hier findet man wirklich nicht alle Tage. Geht ihr ruhig in aller Ruhe anprobieren. Ich suche noch weiter.«

Während die anderen drei in den Umkleidekabinen verschwanden, wühlte Anneliese in einem Ständer voller edler Jacken.

»Kann ich Ihnen helfen?«, fragte die ältere, aber sehr gepflegte rothaarige Verkäuferin, die gerade den Raum betrat. »Entschuldigen Sie. Ich habe Sie gar nicht hereinkommen hören.«

»Anneliese Rothmüller. Ich hatte heute Morgen angerufen. Haben wir miteinander gesprochen?«

»Haben wir, richtig, Frau Rothmüller.« Die Verkäuferin nickte. »Hatten Sie am Telefon nicht wegen Brautkleidern gefragt?« Sie zeigte auf die Kleidungsstücke über Annelieses Arm.

»Richtig. Eigentlich suchen wir zwei Brautkleider«, erwiderte Anneliese. »Eines für mich und eines für meine Freundin, die gerade in die Umkleidekabine gegangen ist.«

»Sehr gerne.« Die Verkäuferin lächelte einnehmend. »Brautmoden haben wir allerdings im ersten Stockwerk. Soll ich schon einmal ein paar Kleider raussuchen und Sie kommen dann mit Ihrer Freundin nach, wenn Sie hier fertig sind?«

»Sehr gute Idee. So machen wir's.«

Nachdem Anneliese ihre Beute ebenfalls in der Garderobe anprobiert hatte, versammelten sich alle vier vor der Kasse und erledigten die Bezahlung des ersten Teils ihres Einkaufs. Ihre Tüten ließen sie hinter der Kasse stehen.

»Jetzt wird es ernst, Mädels«, meinte Anneliese. »Auf in den ersten Stock zu den Brautmoden.«

»Ich freu mich schon so, euch in unschuldigem Weiß zu sehen«, meinte Sandra gackernd. »Aber ohne Schleier und so. Ihr geht schließlich nicht in die Kirche.«

»Witzig und frech, dachte ich.« Monika wusste wie immer genau, was sie wollte. »Wir sind keine Vorortspießer.«

»Da kann ich nur zustimmen«, meinte Anneliese. »Hoffentlich haben sie was richtig Freches. Nichts ist schlimmer als ein biederes Hochzeitskleid.«

»Wenn ihr hier nichts findet, können wir sicher noch woanders schauen«, sagte Marion, die sich immer wohler als Teil dieses aufgeregt schnatternden Quartetts fühlte.

»Hört, hört«, freute sich Sandra. »Unser Küken ist auf den Geschmack gekommen.«

Alle lachten ausgelassen.

18

Max saß in seinem Wohnzimmer und las die heutige Zeitung. Er war hergekommen, um sich umzuziehen, da die Sachen, die er bei Monika gebunkert hatte, alle in der Wäsche waren. Frau Bauer hatte gerade bei ihm geklingelt und ihm einen riesigen Topf Gulasch von gestern vorbeigebracht.

»Aber das ist viel zu viel«, hatte er gesagt. »Außerdem sollen Sie sich doch nicht immer so viel Arbeit machen.«

»Das passt schon, Herr Raintaler«, hatte sie erwidert. »Ich freue mich so sehr auf Ihre Hochzeit mit der Frau Schindler, zu der Sie mich eingeladen haben. So ein schönes Paar.«

»Nur noch drei Wochen übrigens.« Er hatte gelächelt, weil er einfach nicht anders konnte, wenn er sich mit der bezaubernden alten Dame unterhielt.

»Ein hübsches Sommerkleid habe ich mir schon besorgt. Und mein Bertram wird an diesem Tag von seinem Bruder versorgt.«

»Dann ist ja alles bereits organisiert bei Ihnen.«

»Bei Ihnen etwa nicht?«

»Nicht ganz. Ich muss noch ein paar Dinge mit der Veranstalterin klären. Zum Beispiel, dass es überraschenderweise eine Doppelhochzeit werden soll.«

»Was? Tatsächlich? Ach, das ist ja herrlich.« Frau Bauer hatte begeistert ihre dürren, faltigen Arme in die Luft gerissen. »Wer ist denn das andere Paar?«

»Annie Rothmüller, die Sie auch kennen, und ein Ex-Kollege von mir, der Bernd Müller.«

»Wunderbar. Die Annie ist eine ganz reizende Frau.«

»Da gebe ich Ihnen recht.« Max nickte. »Erst war ich schon ein wenig überrascht, als ich es gestern hörte. Aber dann fand ich es auch super. Wir lassen es richtig krachen, Frau Bauer.« Max hatte zum Beweis den Gulaschtopf über seinen Kopf gehoben und zweimal in Flamencotänzermanier mit den Füßen aufgestampft.

»Da bin ich dabei.« Frau Bauer lachte. »So, jetzt muss ich aber wieder zu mir rüber. Der Bertram braucht sein Frühstück, sonst jammert er mir den ganzen Vormittag die Ohren voll.«

»Auf Wiederschauen und danke fürs Gulasch.« Max hatte seine Tür hinter sich zugezogen und den Topf in die Küche gebracht.

Jetzt las er, an seinem Couchtisch sitzend, in der Zeitung, dass Franz verdächtigt wurde, Rosi Steininger umgebracht zu haben.

»Der Kerl ist völlig geistesgestört.« Max raufte sich die Haare. Dieser Harry Meiser musste dringend zur Raison gebracht werden. So viel war sicher.

Bernd rief an.

»Hast du schon Zeitung gelesen?«, legte er ohne Gruß los. »Ich hau dem Meiser eine auf sein verlogenes Maul«, brüllte er. »Der ist ja völlig irre. Franzi war gestern in der Früh zur Tatzeit mit Sandra zu Hause. Das weiß jeder.«

»Ich weiß es auch«, erwiderte Max. »Du musst gar nicht so schreien. Mir reicht das andauernde Getrampel meiner neuen Nachbarn über mir. Meiser muss irgendwie ferngesteuert sein.«

»Oder er lebt nur noch im Drogenwahn.«

»Aber ich hab was Neues, Bernd. Damit überzeugen wir auch noch den letzten Deppen.«

»Erzähl!«

»Bei mir hat sich vorhin eine Annegret Bacher gemeldet und gesagt, dass Rosi Steininger von einem unheimlich aussehenden riesigen Mann in Tracht gezwungen wurde, den Schmarrn mit der angeblichen Vergewaltigung über Franzi zu verbreiten.«

»Da schau her. Woher hat sie denn deine Nummer?«

»Rosi muss sie ihr weitergegeben haben. Ich ließ ihr meine Visitenkarte da.«

»Woher weiß diese Annegret Bacher das mit dem Trachtler?«

»Er sei ihr nach einem Treffen mit Rosi zufällig in deren Treppenhaus begegnet, sagte sie, und Rosi habe ihr dann später am Telefon von ihm erzählt. Der Artikel in der Zeitung über Franzi wäre glatt gelogen, das könne sie bezeugen.« Max blickte finster drein.

»Wie das?«

»Rosi sagte ihr die Wahrheit. Der unheimliche Trachtler habe sie damit erpresst, dass er wusste, dass ihr Mann Herbert einmal etwas mit einer Minderjährigen gehabt habe. Wenn sie Franzi nicht beschuldigen würde, käme das ganz groß an die Öffentlichkeit, und das wollte und konnte sie nicht zulassen. Das Andenken ihres Herbert sollte unbeschmutzt bleiben.«

Max ging in seine Küche hinüber und goss sich eine zweite Tasse Kaffee ein. Das Telefon klemmte er solange zwischen Schulter und Hals fest.

»Das kann nur Fred Fleischhauer gewesen sein«, erwiderte Bernd. »Also stimmen unsere Vermutungen.«

»Das denke ich auch.« Max nickte vorsichtig, weil ihm sonst das Telefon heruntergefallen wäre. »Annegret Bacher will aber nicht offiziell aussagen. Sie hat eine Heidenangst, dass sie dann auch umgebracht wird. Jetzt brauchst du eigentlich nur noch eins und eins zusammenzuzählen.«

»Wieso hat sie dich überhaupt angerufen?«

»Sie meinte, sie wolle einen Mörder wie diesen Mann in Tracht nicht davonkommen lassen.«

»Dann könnte also tatsächlich Fred Fleischhauer auch Rosi umgebracht haben, weil sie nicht mehr bei ihrer Beschuldigung gegen Franzi bleiben wollte.« Bernd räusperte sich.

Bestimmt hatte er schon einen trockenen Hals von der ganzen unerquicklichen Aufregung, vermutete Max, dem es im Moment nicht recht viel anders erging. Einen Mordfall aufzuklären war eine Sache. Wenn es aber um einen engen Freund ging, war das noch mal eine ganz andere Hausnummer.

»Wir sollten dieser Annegret Bacher auf jeden Fall ein Bild von Fleischhauer zeigen«, fuhr Bernd fort.

»Ich mach das gleich. Wollte sowieso jeden Moment zu ihr, um alles noch einmal von ihr persönlich zu hören.« Max ging mit seinem frischen Kaffee in der freien Hand in das Wohnzimmer zurück. »Mittags wollen sich unsere Mädels übrigens nach ihrem Brautkleidkauf im *Hofbräuhaus* mit uns allen treffen. Kommst du auch mit?«

»Logisch. Annie hat mich vorhin eingeladen.«

»Ich muss vorher noch kurz die Änderungen mit der Eventmanagerin besprechen. Dann stoße ich zu euch.«

»Ist das auch wirklich kein Problem? Wie gesagt, wir waren ganz schön frech, uns einfach so aufzudrängen.« Bernds Stimme hörte sich nach schlechtem Gewissen an.

»Alles gut«, erwiderte Max. »Zu viert macht das Ganze noch mehr Spaß, hab ich dir ja gestern schon gesagt.«

»Dann sag ich dem Franzi auch Bescheid. Nicht dass der allein daheimhockt und Trübsal bläst.«

»Bestimmt nicht, wie ich ihn kenne. Ich glaube, dass er seinen erzwungenen freien Tag genießt. Es ist Biergartenwetter. Mehr muss ich dazu wohl nicht sagen.« Max grinste. Er wusste so gut wie sicher, dass Franz sich das nicht entgehen lassen würde. Dazu kannte er ihn zu gut.

»Du meinst, er will Fleischhauer gar nicht erwischen?«

»Doch, natürlich. Aber wir können schlecht zu Fuß ganz München deswegen ablaufen. Das weiß Franzi auch. Erst mal müssen wir wissen, wo der Kerl steckt. Ich besuche auf jeden Fall diese Annegret, rufe sie gleich noch mal an. Vielleicht weiß sie noch mehr, und ich kann sie doch noch zu einer offiziellen Aussage bewegen.«

»Soll ich mir dann noch mal Harry Meiser vornehmen?«, wollte Bernd wissen. »Es wäre mir ein echtes Vergnügen.«

»Unbedingt. Aber lass dich auf nichts ein mit ihm. Siehst du ja bei Franzi, was das bringen kann.«

»Mach dir da mal keine Sorgen. Ich hab alles im Griff. Josef kommt später übrigens auch ins *Hofbräuhaus*. Seine Marion geht ja mit zum Brautkleidereinkaufen, sagte Annie vorhin. Die Sandra übrigens auch.«

»Was immer das heißen mag.«

»Sandra ist auf jeden Fall schon verheiratet.«

Sie legten auf, und prompt wurde über Max wieder getrampelt, so als würde eine Herde Elefanten durch die obere Wohnung stampfen. Was dachten sich solche Leute eigentlich, fragte er sich. Dass außer ihnen niemand auf dieser Welt lebte?

Er sehnte sich nach dem kürzlich verstorbenen Vormieter Eduard Behringer zurück. Eine Seele von Mensch und bis zu seinem tödlichen Herzinfarkt kaum einmal aus seinem Fernsehsessel herauszubringen, was natürlich auch so gut wie keine störenden Geräusche verursacht hatte.

19

Die Verkäuferin hatte in der ersten Etage bereits eine Reihe von Kleiderständern bereitgestellt, auf denen verschiedene Hochzeitskleider hingen.

»Eine Frage vorab«, meinte sie, nachdem es sich alle vier Frauen in bequem aussehenden Sesseln gemütlich gemacht hatten. »Geht es um eine kirchliche Trauung im herkömmlichen Sinne?«

»Nein.« Monika schüttelte entschieden den Kopf. »Wir gehen nur zum Standesamt.«

»Genau«, sagte Anneliese. »Wir wollen zwar zwei Brautkleider, aber sie dürfen ruhig kurz, frech und sexy sein, stimmt's, Moni?«

»Absolut. So ist es gedacht.« Monika nickte. »Wir sind schließlich keine Jungfrauen mehr.«

»Wahrlich nicht«, kam es von Sandra.

Lautes Lachen. Kurz darauf beruhigten sich alle wieder und wendeten sich aufmerksam der Verkäuferin zu.

»Dann darf ich Ihnen hier schon mal unser Modell *Sexy Hexi* vorstellen.« Sie zog zwei weiße, geschmackvoll bestickte Minikleider hervor, die am Rücken sehr tief ausgeschnitten waren. »Das kann nicht jede Frau tragen. Aber Sie beide scheinen mir wie gemacht dafür.«

»Gar nicht schlecht.« Monika hob ihren Daumen. »Was meint ihr, Mädels?« Sie hob das etwas weiter ausgeschnittene Kleid hoch.

»Finde ich auch«, schloss sich Sandra an. »Ihr zwei mit euren schlanken Figuren seht bestimmt hammermäßig darin aus.«

»Leider nicht so schlank wie du«, erwiderte Anneliese, die das etwas konservativere Modell an sich genommen hatte.

»So schlank bin ich auch wieder nicht.« Sandra winkte ab.

»Ich bin stolz auf meinen Babyspeck«, meinte Marion.

»Wo soll der denn sein?« Sandra runzelte die Stirn. »Du bist dünner als ich.«

»Hier.« Marion fasste sich an den Bauch und bekam mühsam eine Hautfalte zu packen.

»Das soll Speck sein?«, fragte Sandra. »Wenn du mich fragst, darfst du locker drei Kilo zunehmen.«

»Ich probiere es andauernd, doch ich schaffe es einfach nicht.« Marion schüttelte mit gespielter Verzweiflung den Kopf. »Aber eigentlich gefalle ich mir ganz gut.«

»Ich muss sehr diszipliniert leben für meine Figur«, meinte Sandra. »Viel essen ist da nicht drin.«

»Dafür futtert der Franzi für zwei.« Monika lachte. Sie wusste, dass Sandra es nicht leicht damit hatte, Franz zum Abnehmen zu bewegen. Dabei wollte sie es unbedingt. Nicht etwa um ihn zu gängeln oder damit er vermeintlich attraktiver wäre. Sie liebte seinen Bauch sogar irgendwie, sagte sie immer wieder. Es war wohl eher so, dass sie sich ernsthafte Sorgen um seine Gesundheit machte. Deshalb ging sie selbst seit Jahren mit gutem Beispiel voran, was Franz allerdings kaltließ.

»Ich finde, dass ihr alle drei supertolle Figuren für euer Alter habt«, mischte sich Marion ins Gespräch.

Als Neuling in der Gruppe beobachtete sie noch mehr und agierte selbst weniger. Das war Moni schon die ganze Zeit über aufgefallen. Offenkundig wollte sie erst einmal gründlich die Lage peilen, bevor sie in die Vollen ging. Aber es war auch gut möglich, dass sie generell eher der ruhige Typ war. Es würde sich noch herausstellen. Willkommen war sie auf jeden Fall, denn gute Freundinnen konnte man nie genug haben.

»Hört, hört. Für euer Alter, sagt sie. Danke, liebe Marion, dass du uns an unser Verfallsdatum erinnerst, du Küken.« Sandra tat eingeschnappt, lachte kurz darauf aber laut los. »Ja, so ist das, wenn man nicht mehr zur Jugend gehört«, fügte sie anschließend hinzu. »Was uns bleibt, sind schöne Erinnerungen, teure Klamotten und im besten Fall ein paar lustige Freundinnen.«

»Und unsere Männer.« Monika hob bedeutungsvoll den Zeigefinger. »Die darfst du nicht vergessen.«

»Aber leider nur die, die wir schon haben. Wer außer denen will uns alte Schachteln denn noch?« Sandra lachte erneut.

Die anderen ließen sich davon anstecken.

»Wir müssten die Kleider halt einmal anprobieren, dann kann ich mehr sagen«, meinte Anneliese, nachdem sie sich alle wieder beruhigt hatten. »Sollte es zu eng sein, kann ich mich zur Not vielleicht noch hineinhungern. Mit deinen Diättipps sollte es klappen, Sandra.«

»Na klar.« Sandra nickte eifrig.

»Folgen Sie mir bitte in die Anprobe.« Die Verkäuferin schritt mit beiden Kleidern über den Armen voraus zu den Umkleidekabinen im hinteren Teil des Showrooms.

Marion und Sandra bedienten sich derweil aus der eiskalten Proseccoflasche, die die Verkäuferin samt Gläsern auf einem kleinen kreisrunden Beistelltischchen platziert hatte.

Wenig später waren Anneliese und Monika zurück.

»Das sieht so was von superheiß aus, Mädels«, staunte Sandra mit offenem Mund. »Da braucht ihr gar nicht mehr großartig weiterzusuchen. Das ist es. Frech, sexy, aber trotzdem elegant und hochwertig. Super perfekt.«

Sie formte einen Kreis aus Daumen und Zeigefinger und hielt die Hand hoch.

»Da kann ich nur zustimmen. Ihr seht hot aus«, meinte Marion begeistert. »Hoffentlich sehe ich in eurem Alter noch genauso gut aus. Mein Gott, was für superschöne Beine ihr alle beide habt.«

»Viel in der Kneipe hin und her rennen, ab und zu ein Prosecco und den richtigen Mann an deiner Seite, so kannst du es locker schaffen.« Monika drehte sich zufrieden grinsend einmal um ihre Achse.

»Genau«, bestätigte Anneliese.

»Könnte mein Josef der Richtige sein?«, fragte Marion.

»Unbedingt. Der Josef ist eine super Partie. Er treibt Sport und ist reich.« Monika nickte mit einem vielsagenden Lächeln im Gesicht. Sandra und Anneliese taten es ihr gleich.

»Ach Gott, wisst ihr, was mir gerade einfällt?« Sandra hielt erschrocken die Hand vor den Mund. »Die Rosi Steininger ist doch tot. Wisst ihr ja schon.«

»Ja und?« Monika sah sie fragend an.

»Der Schmierfink in der Zeitung schreibt, dass es Franzi gewesen sein soll.«

»Was?« Monika sah ihre Freundin hellwach an.

»Der Typ spinnt echt«, fuhr Sandra fort. »Wir nehmen dem seinen Blödsinn gar nicht mehr ernst. Franzi war gestern früh die ganze Zeit über bei mir.«

»Wer könnte es dann gewesen sein?«, fragte Anneliese, während sie kritisch an ihrem Kleid herumzupfte.

»Bestimmt derselbe, der Rosi dazu erpresst hat, Franzi in der Zeitung anzuschwärzen.« Monika schaute bedeutungsvoll in die Runde.

»Wieso das?«, wollte Marion wissen.

»Weil sie ihre Aussage widerrufen wollte, und das hat

der Erpresser irgendwie erfahren und es hat ihm natürlich nicht in den Kram gepasst.«

»Woher weißt du das alles?« Marion blickte ein wenig verwirrt drein.

»Von Max und selbst kombiniert. Wäre nicht sein erster Fall, bei dem ich die Lösung finde.« Monika betrachtete sich noch einmal abschließend im Spiegel. Dann wandte sie sich an die Verkäuferin. »Ich nehme mein Kleid. Es ist genial«, sagte sie.

»Ich meins auch«, schloss sich ihr Anneliese an. »Wir werden super aussehen. Jetzt fehlen uns nur noch die passenden Schuhe. Ich kenne da ein superschönes Schuhgeschäft nicht weit von hier.«

»Dann nichts wie hin«, sagte Sandra, und sie und Marion erhoben sich aus ihren Sesseln.

»Umziehen dürfen wir uns aber schon noch?«, meinte Monika.

»Auf keinen Fall.« Sandra lachte erneut. Der Prosecco hatte ihre Stimmung offensichtlich gehoben. »Und die Rosi Steininger vergessen wir jetzt mal. Wenigstens solange wir beim Shoppen sind. Sie wird uns sicher nicht böse sein.« Sie schaute nach oben zur Zimmerdecke.

»So machen wir's«, stimmte Monika zu.

Anneliese und Marion nickten.

Wenig später verließen sie mit schwerem Gepäck das Modegeschäft und bogen zweimal um die nächsten Ecken. Anneliese ging voraus.

Nach 100 Metern fielen sie zum krönenden Abschluss des Vormittags fröhlich lachend und plaudernd wie die Heuschrecken in ein sehr exklusives Schuhgeschäft ein.

»Ach du liebe Güte. Seht doch nur mal. Diese roten da drüben. Der Wahnsinn.« Sandra stürzte mit leuchtenden Augen auf die knallroten High Heels im nächsten Regal zu. »Mein Gott, sind die scharf. Also, die muss ich unbedingt und auf der Stelle anprobieren. Die will ich, Leute.«

»Dann musst du sie auch haben«, meinte Anneliese mit einem amüsierten Lächeln im Gesicht.

»Hallo, Fräulein, Kundschaft!«, krähte Sandra laut.

»Guten Tag, die Damen. Was darf es denn sein, bitte?«

Die Verkäuferin war blitzschnell zur Stelle. Der erste kurze Blick auf die vier wie Packesel beladenen Damen hatte ihr offenbar bereits von weitem genügt, um zu wissen, dass hier Umsatz zu machen war.

»Diese roten Designer Heels hier. Ich muss sie haben. Auf der Stelle. Sonst sterbe ich.« Mit einer theatralisch gekünstelten Geste legte Sandra ihren linken Handrücken an die Stirn. »Haben Sie die in Größe 42? Ich lebe nämlich auf großem Fuß.« Sie kicherte kurz quietschend. Dann blickte sie der Verkäuferin forschend ins Gesicht.

»Ja, die müsste ich noch dahaben«, erwiderte diese. »Ich schaue mal ganz schnell im Lager nach. Ich bin sofort zurück. In Ordnung?«

Ihr Lächeln war mehr als zuvorkommend.

»Bitte tun Sie das. Machen Sie, was Sie wollen, aber machen Sie schnell.« Sandra gefiel sich anscheinend immer besser in der Rolle des durchgeknallten Schuhjunkies.

»Ach, und könnten Sie mir bitte diese weißen hier in Größe 40 mitbringen?« Auch Anneliese hielt das Objekt ihrer Begierde hoch in die Luft. Ein Paar wahnwitzige Sandalen mit hohem Absatz.

»Ja, und mir diese hier, bitte!« Mit beiden Händen deutete Marion auf ein Paar abgefahrene schwarze Stilettos im Regal nebenan. »In Größe 39, bitte!«

»Und die hier auch bitte! Größe 41«, rief Monika der Verkäuferin hinterher. Sie hatte sich ebenfalls ein Paar Stilettos gekrallt. Allerdings in einem sanften Hellbraun und nicht in Schwarz wie Marion.

»Max fällt zwar garantiert in Ohnmacht und hält mir erst einmal einen Vortrag über ungesunde zu hohe Schuhabsätze, wenn ich damit heimkomme. Aber die sind jetzt wirklich nur noch genial«, meinte sie zu den anderen.

Nach kurzer Zeit war die Verkäuferin mit den gewünschten Modellen auf ihren Armen wieder zurück.

»So, die Damen. Ich habe alles gefunden. Dann würde ich vorschlagen, Sie ziehen Ihre feschen Teile einfach einmal an und schauen, ob Sie sich auch wirklich wohl darin fühlen.«

»Oh, mein Gott, sind die heiß.« Wie ein Showgirl aus Las Vegas stand Sandra vor dem Spiegel und betrachtete sich und ihre Füße von allen Seiten. »Die muss ich haben, egal was es kostet!«

»Also, bei diesem Modell liegen wir bei 630 Euro!« Mit einem kleinen Räuspern rückte die dunkelhaarige Verkäuferin ihre dunkelgrüne Designerbrille ein wenig zurecht.

Dem Kunden neutral und beratend zur Seite stehen und dabei auf keinen Fall zu viel wollen. So hatte sie es offenkundig gelernt, und so funktionierte es. Das wusste auch Monika, die gerade noch überlegte, wann sie jemals so viel Geld für ein Paar Schuhe ausgegeben hatte.

»Huch! 630 Euro? Tatsächlich?«

Sandra erschrak theatralisch.

»Egal. Was sein muss, muss sein, sprach Wallenstein. Oder so ähnlich. Ich nehme sie. Klarer Fall. Packen Sie sie bitte ganz schnell ein, bevor ich es mir vielleicht doch noch anders überlege. Oh, mein Gott!«

Die anderen kauften ihre Modelle ebenfalls.

Kurz darauf verließen vier selige Frauen an einem herrlich warmen frühen Herbstabend ein herrlich exklusives, aber auch total nettes und schnuckeliges Schuhgeschäft.

»Wahnsinn, Mädels! Was für ein Tag. So teure Schuhe hatte ich noch nie.« Monika schüttelte ungläubig den Kopf über ihre eigene Courage beim Geldausgeben. »Was für ein toller Tag. Bevor wir die Männer im *Hofbräuhaus* treffen, gönnen wir uns aber noch einen Mädels-Champagner auf dem Viktualienmarkt. Was meint ihr?«

Die anderen stimmten begeistert zu.

»Ich hab schon einen ganz trockenen Mund.« Sandra leckte sich mit der Zunge über die Lippen.

»So kenne ich dich gar nicht, Sandra.« Monika schüttelte amüsiert den Kopf. »Was ist nur mit dir? Du trinkst doch sonst fast nichts.«

»Es ist die Erleichterung, Moni.«

»Welche Erleichterung?« Monika machte ein neugieriges Gesicht. »Darüber, dass Franz unschuldig ist?«

»Nein.« Sandra schüttelte den Kopf. »Darüber, dass ich mir gerade die teuersten Schuhe der Welt gegönnt habe.«

»Das erleichtert dich?«

»Mich nicht.« Sandra schüttelte erneut den Kopf. »Aber Franzis Bankkonto.« Sie prustete laut los, musste sich den Bauch vor Lachen halten. Dabei fielen ihr alle Taschen herunter.

Monika und die beiden anderen hoben sie schnell auf.

»Ein oder zwei Träger für die Sachen wären nicht schlecht«, meinte Anneliese.

»Tja, Männer sind eben doch für etwas gut«, sagte Sandra.

Alle lachten bestimmt zum 50. Mal an diesem Vormittag.

»Übrigens, habt ihr das Neueste gehört?«, sagte Monika. »Vom Powershoppen soll man jetzt angeblich auch schon ein Burn-out-Syndrom kriegen können. Das hat gestern Abend irgend so ein Heini im Fernsehen erzählt.«

»Also, mich betrifft das ganz bestimmt nicht.« Sandra lachte laut auf.

»Ich merke da auch nichts. Nicht das Geringste!« Auch Anneliese lachte laut. »Schon seit Jahren nicht. Also, echt nicht. Gar nichts. Bis auf meine abgebrochenen Fingernägel vom Graben im Wühltisch.«

»Na ja, bei mir ist es, fürchte ich, bald so weit! Ich glaube, ich spüre es schon im Rücken!« Marion beugte sich nach vorn und tat so, als könne sie nicht mehr gehen, und die ganze Runde lachte sich über den gelungenen Witz ein weiteres Mal schlapp.

In Anneliese Lieblingscafé fanden sie einen freien Tisch am Fenster. Monika sah sich um. Sie war bereits einige Male mit Anneliese hier gewesen und fand die topmoderne Einrichtung toll, die Gäste dagegen eher gewöhnungsbedürftig. Max mochte das Lokal überhaupt nicht.

Hier ins Café am Markt ging jeder hin, der etwas auf sich hielt. Nicht nur am Samstag. Täglich standen bekannte Schauspieler und mächtige Industrielle neben ausgeflippten Musikern mit Loch im Geldbeutel, hübschen Sternchen, reichen Witwen und zahllosen Möchtegerns und zeigten sich gegenseitig, wie schön, supertoll angezogen und voll gut drauf sie waren. Na, wenn das jetzt nicht der perfekte Rahmen für einen wirklich passenden Abschluss zu einem erfolgreichen Shoppingtag war, bei dem aber auch so gut wie nichts ausgelassen wurde, ja, lieber Gott im Himmel, was denn dann?

Anneliese ließ es sich nicht nehmen, die anderen auf Champagner und Kaviar einzuladen.

»Auf die edle Spenderin!«, rief Monika, sobald alle vier ein gefülltes Glas in der Hand hielten.

»Auf Annie!«, quietschte Sandra fröhlich.

»Danke für alles«, meinte Marion. »Ihr seid echt super.«

»Auf uns alle!« Annie stieß mit allen an und trank als Erste.

»Oh Gott, wie mag dieser Tag wohl enden?«, sagte Monika, nachdem sie ihre Gläser wieder abgestellt hatten, und lachte laut.

Die anderen lachten mit.

20

Annegret Bacher wohnte in einer prunkvollen Villa in Bogenhausen. Max staunte nicht schlecht, als er davorstand.

Sie öffnete ihm das große Eingangstor auf sein Klingeln, und er betrat das Grundstück. Dann folgte er der langgestreckten Auffahrt bis zum Haus hinauf, das auf einer kleinen Anhöhe lag.

»Raintaler, Grüß Gott«, grüßte er die sportliche ältere Dame im Tennisoutfit, die ihm öffnete. »Wir haben vorhin wegen Rosi Steininger telefoniert.«

»Annegret Bacher. Hallo, Herr Raintaler. Kommen Sie herein. Ich hoffe, ich kann Ihnen helfen.« Sie trat beiseite, um ihn hereinzulassen.

»Sie gehen Tennisspielen?«

»In einer Stunde, ja.« Sie nickte, während sie auf eine graue Sitzgruppe in der imposanten stuckverzierten Vorhalle zusteuerten. »Spielen Sie selbst?«

»Ja.« Max nickte. »Mein liebster Sport neben dem Ski-fahren.«

»Wie wunderbar.« Sie lud ihn mit einer eleganten Hand-bewegung ein, auf der Couch Platz zu nehmen. »Vielleicht können wir ja mal zusammen spielen.«

»Vielleicht. Man weiß nie.« Er lächelte mit undurchsich-tigem Gesichtsausdruck.

»Aber Sie sind wegen Rosis Tod gekommen«, fuhr sie schnell fort. »Ich sagte Ihnen ja bereits, dass ich Angst um mein Leben habe, wenn ich offiziell sage, was ich weiß.«

»Das stimmt. Aber ich hoffe, Sie davon überzeugen zu können, wie wichtig Ihre Aussage ist. Die ganze Existenz meines besten Freundes, Hauptkommissar Wurmdobler, hängt davon ab.«

»Der große Mann damals in Rosis Treppenhaus trug Tracht und sah irgendwie unheimlich aus. So viel darf ich Ihnen verraten.« Sie sah zum Fenster hinaus.

»Er war es, der Rosi Steininger dazu erpresste, Franz Wurmdobler der Vergewaltigung zu beschuldigen, sag-ten Sie.«

»Ja, das hat sie mir so erzählt.« Annegret nickte.

»Würden Sie ihn wiedererkennen?«

»Bestimmt.« Sie nickte erneut.

»Ist es dieser Mann hier?« Max zog sein Smartphone aus der Jacke und zeigte ihr ein Bild von Fred Fleischhau-ers Gesicht.

»Das ist er.« Sie sah Max an, ohne erneut auf Fleisch-hauers Foto zu schauen. »Der war bei Rosi im Treppen-haus. Ein fieser Kerl mit Bierbauch. Ich bekomme jetzt noch Gänsehaut, wenn ich daran denke.«

»Sicher?«

»Absolut sicher.«

»Er heißt Fred Fleischhauer. Wissen Sie sonst noch etwas

über ihn? Womit hat er Rosi Steininger erpresst? Was genau hat sie Ihnen erzählt?« Max steckte sein Handy wieder ein. Er sah sie erwartungsvoll an.

»Er wusste etwas über Rosis verstorbenen Mann Herbert.«

»Und was war das?«

»Herbert hatte einmal etwas mit einer 14-Jährigen bei einer Feier im Trachtenverein. Dieser Fred Fleischhauer hat die beiden offenbar in der Umkleidekabine erwischt.« Annegret machte ein leicht angewidertes Gesicht.

»Umkleidekabine?«

»Hab ich mich auch gefragt. Die kenne ich sonst nur vom Tennisverein und als Kind vom Schwimmbad. Aber anscheinend ziehen sich die Mitglieder dort für ihre Versammlungen oder Vereinsfeiern um, wenn sie es zu Hause nicht mehr geschafft haben. Zumindest meinte das Rosi.«

»Nie davon gehört.« Max schüttelte den Kopf. »Aber Unzucht mit einer Minderjährigen macht sich tatsächlich nicht sonderlich gut in der Vita eines ansonsten unbescholtenen Staranwaltes.«

»Eben.« Annegret nickte abermals.

»Wissen Sie, wann das war?«

»Rosi meinte, es wäre vor Fleischhauers Prozess wegen Misshandlung einer Prostituierten gewesen. Er hatte Herbert damals wohl schon damit erpresst, damit er ihn kostenfrei verteidigen würde.«

»Ein richtig netter Mensch also.« Max schüttelte nachdenklich den Kopf. Ratten wie dieser Fleischhauer fanden immer irgendwo ein Schlupfloch. Und wenn es nur eine geringere Strafe für ihre Taten war, weil sie die besten Anwälte hatten.

»Möchten Sie einen Espresso?«, fragte Annegret.

»Immer gern.« Max nickte.

Während sie seinen Kaffee holte, überlegte er fieberhaft, wie er sie dazu bringen konnte, ihre Beobachtung auf dem Revier zu Papier zu bringen, damit sie vor Gericht verwertbar wäre. Natürlich schnitt er das Gespräch auf seinem Handy mit. Aber reichte das als Beweis? Er war sich da gerade nicht sicher. Bei einem seiner letzten Fälle hatte die Richterin eine Handyaufnahme nicht als Beweismittel zugelassen, weil diese gefälscht hätte sein können.

Ein schlanker, dunkelhaariger junger Mann kam in den Vorraum. Er sah, wie man so sagte, unverschämt gut aus und trug ebenfalls Tennisklamotten.

»Hallo«, begrüßte er Max.

»Hallo.« Max betrachtete ihn neugierig. »Dann sind Sie also der Tennispartner von Frau Bacher?«

»Tennispartner, Lebensberater, Tröster und Heiler. Adrian heiße ich.« Er nickte feierlich.

»Soso, ein Mann der Heilkunst. Das ist interessant. Ich bin der Max, Lebenskünstler.« Max lächelte breit.

»Die Welt ist groß, und wir erweisen uns ihrer nicht als würdig.« Adrian entließ nach dieser umfassenden Erkenntnis langsam die Luft durch seine gespitzten Lippen aus seiner Lunge. »Der Atem lehrt uns, am Leben zu bleiben«, sagte er danach.

»Das ist wohl wahr«, erwiderte Max, innerlich amüsiert, ließ sich aber nichts anmerken. »Sagen Sie mal, Adrian, könnten Sie Frau Bacher nicht dazu bewegen, eine Aussage gegen einen mutmaßlichen Mörder und Erpresser zu machen? Das würde doch sicher ihre Seele reinigen.«

»Bestimmt.« Adrian nickte eifrig. »Nur eine reine Seele ist eine gute Seele.«

»Genau das meine ich. Würden Sie ihr bitte sagen, dass sie allein schon wegen ihrer Seele unbedingt aussagen muss. Sie sind da ganz sicher wesentlich kompetenter als ich.«

»Ich könnte es zumindest versuchen.«

»Das wäre toll, Meister.«

»Sie müssen nicht Meister zu mir sagen, Max. Adrian genügt.« Adrian lächelte milde.

Annegret kam mit Max' Kaffee in der Hand zurück.

»Da bist du ja, Schatz«, sagte sie zu Adrian. »Holst du bitte schon mal den Wagen aus der Garage und lüftest ihn? Es ist warm heute, da muss das Innere nicht auch noch stickig sein.«

»Gerne, Anne-Schatz«, erwiderte er und deutete einen Diener an. »Die Tennisschläger und unsere Kleidung für den Lunch danach tue ich in den Kofferraum. Ist das recht?«

»Wunderbar, Liebling.« Annegret lächelte ihm wohlwollend zu. »Ach, wenn du den Wagen rausgefahren hast, könntest du gleich auch noch kurz die Blumen neben der Garageneinfahrt gießen. Sie lassen schon ganz arg die Köpfchen hängen.«

»Mach ich, Anne-Schatz.«

»Und zieh doch bitte den neuen Pullunder an, den ich dir letzte Woche aus der Stadt mitgebracht habe. In dem alten Ding, das du anhast, siehst du schlampig aus. Wir wollen doch nicht, dass meine Freundinnen denken, ich hätte einen schlampigen Freund.«

»Natürlich, Anne-Schatz. Den neuen Pullunder. Mach ich gerne.« Adrian nickte und entfernte sich gemessenen Schrittes.

»Entschuldigen Sie, Herr Raintaler«, sagte Annegret zu Max, während sie ihm seinen Kaffee auf den quadratischen Couchtisch zu seinen Füßen stellte und auch noch eine Praline auf einem kleinen Untertellerchen dazu. »Ich habe ihn noch nicht so lange, da gibt es viel Redebedarf.«

»Natürlich.« Max nickte, in sich hineingrinsend. Da

schau her, so war das also, wenn man sich als Lebensberater und Heiler mit einer reichen älteren Frau einließ.

»Also, ich hab mir das mit der Aussage wegen Fred
Fleischhauer gerade noch mal überlegt«, fuhr Annegret fort.

»Und?«

»Ich tu's. Wenn er Rosi tatsächlich ermordet haben sollte,
würde ich es mir nie verzeihen, mit meinen Erkenntnissen
über ihn hinter dem Berg gehalten zu haben.« Sie setzte
sich zu Max. »Da muss ich meine Angst vor ihm halt über-
winden. Sie beschützen mich doch, oder?«

»Vielen Dank, das freut mich«, meinte Max und trank
einen Schluck Espresso. »Außerdem können wir Sie aus
der Sache so weit wie möglich heraushalten. Die Polizei
beschützt Sie natürlich auch vor dem Kerl.«

»Sie etwa nicht, Herr Raintaler? Sie sind doch auch Polizist, sagten Sie am Telefon.«

»Schon.« Max zögerte nur kurz. »Aber für den Perso-
nenschutz haben wir extra ausgebildete Spezialisten. Das
könnte ich gar nicht so gut wie die.« Er staunte über sich
selbst. Normalerweise war Monika die Ausredenkönigin,
der kleine Notlügen in Windeseile über die Lippen kamen.
Gerade hatte er ihr alle Ehre gemacht.

»Wie schade.« Sie lächelte geheimnisvoll. Zumindest
sollte es wohl so aussehen.

»Könnten Sie heute Nachmittag gegen 15 Uhr aufs Revier
im Westend kommen?« Max bemühte sich, so professionell
wie möglich zu klingen. Für einen Flirt, sei er auch noch
so harmlos, war in seinen Augen gerade überhaupt kein
Platz. Dazu war das Ganze zu ernst. »Herr Bernd Müller
wird Ihre Aussage dort aufnehmen. Das mit der Erpressung
könnten Sie dann auf jeden Fall unterschreiben. Den gestrigen Mord an Rosi Steininger müssen wir Fred Fleischhauer leider erst noch nachweisen.«

»Gerne, Herr Raintaler.« Sie lächelte und sah ihm dabei tief in die Augen. »Kommen Sie doch mal bei uns im Tennisklub vorbei. In drei Wochen am Wochenende haben wir dort ein kleines Seniorenturnier. Es gibt Spanferkel vom Grill mit Semmelknödeln.«

»Sehr verführerisch. Ein andermal gerne, vielleicht.« Max lächelte geschäftsmäßig zurück. »Aber in drei Wochen heirate ich. Da werde ich keine Zeit haben.«

»Na, dann machen Sie's gut.« Das Lächeln in ihrem Gesicht verschwand genauso schnell, wie es gekommen war. »Ich muss jetzt auch los.«

Sie stand brüsk auf.

Max stellte seine fast volle Kaffeetasse auf den Couchtisch und erhob sich ebenfalls. Nicht einmal die Praline hatte er essen können, so schnell ging auf einmal alles.

»Vergessen Sie nicht, um 15 Uhr auf dem Revier«, sagte er, während sie hintereinander aus dem Haus traten.

»Wenn ich etwas verspreche, halte ich mich für gewöhnlich daran«, sagte sie knapp und ließ ihn grußlos stehen.

Während Max die Auffahrt Richtung Straße hinunterging, überholten ihn Annegret und Adrian in einem riesigen dunkelblauen Oldtimer. Sie würdigten ihn keines Blickes. Ein alter Spruch kam ihm in den Sinn: *Enttäusche nie die Erwartungen einer Frau, die normalerweise immer bekommt, was sie will.*

21

»Ich bin's wieder.« Bernd grinste humorlos. Er stieß die halb geöffnete Tür mit Gewalt auf und schubste den überrascht dreinblickenden Harry Meiser rückwärts in seine Wohnung hinein.

»Hey, sind Sie verrückt geworden«, stammelte Harry ängstlich. »Hilfe! Polizei!«

»Aber ich bin doch schon da, Herr Meiser.« Bernd zog die Tür hinter sich zu und schob ihn weiter ins Wohnzimmer hinein. »Setz dich da hin, du Pfeife.« Er zeigte auf Harrys klamottenübersätes versifftes Sofa.

»Tun Sie mir nichts.« Harry setzte sich. »Sonst sage ich es meinem Anwalt. Der macht Sie fertig. Dann können Sie sich einen neuen Job suchen.«

»Was soll der Schwachsinn, den du da in der Zeitung schreibst?« Bernd baute sich unbeeindruckt vor Harry auf. »Jeder weiß, dass Franz Wurmdobler Rosi Steininger nicht umgebracht haben kann. Er war gestern in der Früh bei seiner Frau zu Hause. Außerdem hat er nicht das geringste Motiv.«

»Seine Frau kann doch lügen.« Harry setzte ein trotziges Gesicht auf.

»Warum sollte sie das tun?«

»Warum nicht?« Harry sah ihn mit großen Augen an. »Ich meine, sie ist seine Frau.« Er zuckte die Achseln.

»Du bist doch völlig geistesgestört, Mann.« Bernd packte Harry am Kragen und schüttelte ihn. »Erfindest einfach irgendeinen Käse, damit du nicht zugeben musst, dass dein erster Artikel über Franz Wurmdobler eine glatte Lüge war. Das wissen wir von Frau Steininger persönlich. Es gibt eine beglaubigte Aussage von ihr.« Er spielte auf Max' Handyaufnahme von Rosi an, die natürlich alles andere als beglaubigt war und auch nichts mit ihrer späteren Aussage am Telefon bezüglich Franz' Unschuld zu tun hatte. Aber das musste der hinterfotzige Schmierfink vor ihm schließlich nicht wissen.

»Ich habe nur geschrieben, was naheliegt.« Harry bibberte am ganzen Leib. Er schien Angst zu bekommen.

»Was naheliegt? Bist du irre? Du kannst doch nicht deine kranken privaten Vermutungen als Wahrheit verkaufen.« Bernd schüttelte ungläubig den Kopf und gab Harry einen kräftigen Klaps, sodass ihm die Brille vom Kopf flog.

»Hilfe! Polizei!«, schrie Harry. »Meine Brille! Ich bin blind!« Er tastete suchend auf der Couch umher, bis er sein Nasenfahrrad schließlich zu fassen kriegte und mit zitternden Händen wieder aufsetzte.

»Wenn du nicht aufhörst zu schreien, breche ich dir deine Hände«, erwiderte Bernd darauf. »Dann kannst du schauen, wie du weiter deine Lügen verbreitest.«

»Sie sind ja vollkommen wahnsinnig«, hauchte Harry und sah Bernd aus unruhig flackernden Augen an.

»Ich wahnsinnig? Dafür kriegst du gleich noch eine.« Bernd holte drohend zum nächsten Schlag aus. »Der einzige Wahnsinnige hier bist du. Merk dir das.«

»Hilfe!«, flüsterte Harry. Er hielt schützend die Arme über seinen Kopf. »Bitte nicht mehr schlagen. Ich habe ein kaputtes Trommelfell.«

»Wenn du weiterlügst, sind gleich noch ein paar andere Dinge bei dir kaputt. Du brauchst doch deine Hände noch, oder?« Bernd nahm seine Hand wieder herunter und sah Harry fragend an.

»Okay, okay. Ich gebe es zu. Ich habe gelogen. Aber bitte nicht mehr schlagen«, flehte Harry in jämmerlichem Tonfall.

»Ach, ist das so? Du hast also tatsächlich bewusst gelogen, und es war dir egal, dass du damit einen unbescholtenen Mitmenschen um seinen wohlverdienten Ruhestand bringst?« Bernd blickte ihn lange an. Er wusste nicht so recht, ob er den Kerl zutiefst verabscheuen oder einfach nur Mitleid mit ihm haben sollte. Harry schien wirklich am absoluten Tiefpunkt seiner Existenz angekommen zu sein.

»Ich dachte nicht, dass man so weit ginge und Herrn Wurmdobler die Pension streichen würde.« Tränen stiegen Harry in die Augen.

»Was denn sonst, du Vollpfosten? Hast du gedacht, sie verleihen ihm noch einen Orden für einen Mord und eine Vergewaltigung?« Bernd schüttelte ungläubig den Kopf. So viel Dummheit war schlichtweg unfassbar, und nein, so einer hatte auch kein Mitleid verdient. Immerhin wollte der Kerl Franz vernichten, um sich selbst ein journalistisches Denkmal zu setzen. Dazu fielen Bernd auf die Schnelle nur drei Worte ein: Egoismus, Geltungsdrang und Rücksichtslosigkeit.

»Es war dumm von mir«, gab Harry zu. Er plärrte laut los wie ein kleines Kind.

Bernd fand das peinlich, unwürdig und verachtenswert.

»Wie kommst du eigentlich auf den ganzen Schmarrn?«, wollte er wissen.

»Ich weiß es nicht.« Harry starrte auf den schmutzigen Fußboden.

»Schau mich gefälligst an, wenn ich dich etwas frage«, herrschte ihn Bernd an.

Harry hob den Kopf.

»Rosi Steininger wollte ihre Aussage in meinem ersten

Artikel vom Freitag zurücknehmen«, sagte er. »Ich sollte einen Widerruf für sie schreiben, da sie gelogen hätte, weil man sie dazu gezwungen hätte.« Harry schnäuzte sich ausgiebig in ein gebrauchtes Papiertaschentuch, das er aus seiner Hosentasche gezogen hatte.

»Aber das wolltest du nicht, weil man sonst so schnell keinen Artikel mehr von dir gedruckt hätte?«

»Schon möglich.« Harry nickte mit einer Mischung aus Angst und Beschämung im Gesicht.

»Und da dachtest du dir, dass dir keiner draufkommt, wenn du Franz Wurmdobler erst recht in die Pfanne haust und ihm jetzt auch noch den Mord an Rosi Steininger in die Schuhe schiebst.«

»Ich hab wohl nicht gründlich genug über die Folgen nachgedacht.« Harry schluchzte laut.

»Das stimmt. Hör endlich auf zu heulen, du armer Trottel.«

»Ist ja gut.« Harry schniefte.

»Du wirst jetzt sofort bei deinem Schmierblatt anrufen, dich anschließend auf deinen knochigen Hintern setzen und einen Widerruf schreiben«, fuhr Bernd fort. »Wenn ich den morgen nicht in der Zeitung lese, komme ich wieder, Freundchen. Dann lernst du mich mal richtig kennen. Hamma uns?«

»Ja, mach ich.« Harry senkte den Blick. Offenbar konnte oder wollte er Bernd vor lauter Angst nicht in die Augen sehen.

»Und lass dir bloß nicht einfallen wegzulaufen. Ich finde dich überall.« Bernd kam mit seinem Kopf ganz nah an Harrys Gesicht heran. Er hob dessen Kinn an und blickte ihm lange und tief in die Augen. »Hast du mich verstanden, Kleiner?«

»Ja, Sie haben gewonnen«, meinte Harry fast tonlos.

»Geht das auch lauter? Ich versteh dich so schlecht.«

»Ich schreibe den Widerruf«, erwiderte Harry eine Spur lauter.

»Sofort!«

»Sofort.« Harry nickte.

»Ob Franz Wurmdobler trotzdem eine Verleumdungsklage und eine wegen Rufschädigung gegen dich anstrengt, weiß ich nicht«, sagte Bernd abschließend. »Aber ich werde dich hinhängen, wo ich nur kann, wenn du ab jetzt nicht spurst.«

Dann verließ er Harrys Wohnung.

Bernd hatte zahlreiche seltsame Leute in seinem Leben als Kripobeamter kennengelernt. Vom glupschäugigen Dauerkiffer über rücksichtslose tätowierte Narzissten und Schlägertypen bis hin zu Koksern, Junkies, Erpressern, korrupten Politikern, Wirtschaftsverbrechern und Mördern. Bei allen diesen oft sehr unterschiedlichen Charakteren war eines immer klar gewesen, und das hatte ein mit ihm befreundeter Arzt von der Frauenklinik einmal perfekt auf den Punkt gebracht.

»Es gibt nur zwei Sorten Menschen«, hatte er gesagt, als sie eines Abends beim Bier zusammensaßen, »Arschlöcher und Nicht-Arschlöcher. Man sieht es ihnen bereits an, sobald sie aus der Mutter herausgekrochen kommen.«

»Nichts als ein verdammter Junkie-Depp, dieser Harry«, schimpfte Bernd jetzt vor sich hin, als er auf die Straße hinaustrat. »Mag ja sein, dass einige von denen unverschuldet in ihre Sucht schlittern. Aber der Kerl ist tatsächlich ein richtiges Arschloch.«

»Wenn das mal nicht der sportliche Bernd Müller ist«, hörte er plötzlich eine Frauenstimme hinter sich.

Er drehte sich um und erkannte seine alte Schulfreundin Nora Sprenger. Sie hatte sich kaum verändert, sah immer noch genauso apart aus wie zu ihrer Schulzeit damals, als sie drei Jahre zusammen waren. Schwarze Kurzhaarfrisur wie gehabt, schlank und teuer gekleidet. Kurz nach dem Abi hatten sie sich getrennt, weil sie – für ihn völlig überraschend – von einem Tag auf den anderen mit ihren Eltern in die USA gezogen war. Bernd hatte ihr monatelang bis zur Verzweiflung hinterhergetrauert.

»Nora?«, staunte er. »Was machst du denn hier in München? Und dann noch am Ostbahnhof? Das war doch nie deine Gegend.«

»Urlaub in der alten Heimat.« Sie lachte offen. »Doch auf einmal treffe ich völlig unvermutet meine erste große Liebe auf der Straße. Unglaublich. Früher hast du die Gegend hier auch nicht besonders gemocht, wenn ich mich recht erinnere.«

»Da sagst du ein wahres Wort. Ist immer noch so.« Er lachte ebenfalls und wurde rot. Nicht zu fassen, sie machte ihn nach all der Zeit immer noch verlegen.

»Was treibst du so?«, wollte sie wissen.

»Wie? Jetzt?« Er sah sie fragend an. »Ich habe gerade einen Verdächtigen verhört.«

»Und überhaupt so?« Sie nickte leicht und sah ihm dabei direkt ins Gesicht.

»Nichts Besonderes. Ich bin bei der Kripo.«

»Du klärst Mordfälle auf? Wie spannend.« Sie konnte einen immer noch so bewundernd anschauen, dass man sich als etwas Besonderes vorkam.

»Ja, hier und da.« Er lächelte. »Und du?«

»Ich bin Anwältin geworden. Mein Vater und ich betreiben eine erfolgreiche Kanzlei in New York.«

»Klingt aber auch spannend.«

»Ist es.« Sie nickte erneut und wiegte sich dabei unmerklich in den Hüften. »Der Berndi, ich fasse es nicht. Hast du

Zeit für einen Kaffee irgendwo?« Sie lächelte ihn abwartend an.

»Leider nein. Ich bin mit meiner Freundin und einigen anderen Leuten verabredet. Es geht um unsere Hochzeit.«

»Du heiratest?« Sie zog erstaunt die Brauen hoch. »Ich bin seit einem Jahr geschieden.«

»Das tut mir leid für dich.« Er schenkte ihr einen mitfühlenden Blick. »So, jetzt muss ich aber. Die anderen warten schon, und einen unangenehmen Fall haben wir auch noch am Hals. Ich sag bloß: Mord und Verleumdung.«

»Klingt wirklich sehr spannend. Schade, dass es mit einem Kaffee nicht klappt.« Sie sah ihn lange an. »Ich wollte dir damals noch so viel sagen, aber dann saß ich schon im Flieger.«

»Ja, echt dumm gelaufen damals.« Er nickte mit unbeteiligtem Gesichtsausdruck. »Mach's gut, Nora. Ich muss wirklich los.« Einfach abgehauen war sie, ohne ein Wort des Abschieds und ohne ihn auch nur irgendwie darauf vorzubereiten. Er wollte sich damals sogar von der Wittelsbacherbrücke in die eiskalten Fluten der Isar stürzen, um sein Leben zu beenden, weil er sie so sehr vermisst hatte. Jetzt spürte er, dass er immer noch einen sauberen Groll gegen sie hegte.

»Ich würde dir gerne meine Visitenkarte geben, falls du mal nach New York kommst mit deiner Frau. Ihr könntet bei uns wohnen.« Sie kramte in ihrer Handtasche herum.

»Lass stecken, Nora.« Er winkte ab. »Die Vergangenheit sollte man ruhen lassen.«

»Ich geb sie dir trotzdem. Wer weiß?« Sie reichte ihm die Karte, auf der in goldener Schrift ihr Name und ihre Adresse standen. Dabei fielen ihm ihre perfekt manikürten Hände auf. »Mach's gut, alter Brummbär. Du hast dich wirklich kein Stück verändert.« Sie grinste schief.

»Mach's besser.« Er winkte ihr kurz zu, drehte sich um und verschwand Richtung Innenstadt. Bei dem herrlichen Wetter wollte er zu Fuß zum *Hofbräuhaus* gehen. Mehr als eine halbe Stunde würde er für den Weg dorthin nicht brauchen.

»Leb endgültig wohl«, flüsterte er noch einmal abschließend, als er Noras Karte in den nächsten Mülleimer beförderte. »Ich wünsch dir von Herzen alles Gute.« Er dachte an Anneliese und was für ein Riesenglück er hatte, sie kennengelernt zu haben. Sie hatte ein größeres Herz als Nora. Das war alles, was er brauchte. Hoffentlich überlegte sie es sich mit der Hochzeit aus irgendeinem unerfindlichen Grund nicht kurz vorher noch anders. Das wäre eine Katastrophe für ihn gewesen.

22

Max, Franz, Josef, Bernd, Monika, Anneliese, Sandra und Marion saßen an einem großen Tisch im Biergarten des *Hofbräuhauses* zusammen und aßen zu Mittag. Max war vorher noch bei Rebekka Hirschberg oben gewesen und hatte mit ihr die Änderungen der Hochzeitsfeier wegen der Doppelhochzeit besprochen. Ein noch größerer Saal musste her und die Essens- und Trinkmengen entsprechend angepasst werden. Rebekka hatte die Sache im Nu erledigt, und so war Max erleichtert zu den anderen gestoßen..

»Wie war es bei Harry Meiser?« Er sah Bernd neugierig an.

»Er hat zugegeben, dass von Anfang an alles, was er über Franzi schrieb, gelogen war.«

»Auf einmal? Einfach so?«

»Na ja, ein bisschen nachhelfen musste ich schon.« Bernd grinste unbestimmt.

»In alter Bernd-Müller-Manier?« Max wusste, dass er eigentlich nicht zu fragen brauchte. Bernd war schon die ganze Zeit über stinksauer auf Harry Meiser, und ganz bestimmt hatte er ihn das auch körperlich spüren lassen.

»Könnte man sagen.« Bernd spießte ein Stück von der Nürnberger Bratwurst, die neben fünf anderen, einem großen Klecks scharfem Senf und einem duftenden Häufchen Sauerkraut auf seinem Teller lag, auf seine Gabel.

»Okay, ich will gar nicht mehr wissen.« Max, der noch nichts zu essen bestellt hatte, grinste breit. »Schreibt er eine Berichtigung seiner Artikel?«

»Er hat es mir zumindest versprochen.«

»Und wenn nicht?«

»Dann kümmere ich mich besonders gründlich um ihn.« Bernd grinste erneut, sodass jeder, der ihnen gerade zugehört hatte, wusste, dass es tatsächlich so geschehen würde, wie er es gesagt hatte. »Das habe ich ihm vorhin versprochen, und was man verspricht, sollte man auch halten.«

»Sehr gut«, erwiderte Max. »Ich konnte Annegret Bacher übrigens dazu bringen, jetzt doch offiziell auszusagen, was sie weiß. Sie kommt heute Nachmittag zu dir ins Revier im Westend, Bernd.«

»Und was weiß sie?«, wollte Josef wissen, der neben Bernd saß und alles mitbekommen hatte.

»Zum Beispiel, dass Fred Fleischhauer bei Rosi Steininger war und sie aller Wahrscheinlichkeit nach dazu erpresst hat, gegen Franzi zu stänkern.« Max trank einen Schluck von Monikas Bier, da seines offenbar immer noch im Zapfhahn steckte.

»Weiß Annegret Bacher zufällig auch, womit Fleischhauer Rosi Steininger erpresst hatte?«, fragte Franz, der ebenfalls neugierig mitgehört hatte. Er schaute gespannt drein, vergaß sogar für einen Moment, weiter auf dem Stück Schweinsbraten in seinem Mund herumzukauen.

»Anscheinend hatte Rosis sauberer Staranwalt Herbert Sex mit einer Minderjährigen, was Fleischhauer in der Garderobe des Trachtenvereinsheims zufällig beobachtet hat.«

»Wann war das?«, fragte Franz.

»Noch vor dem Prozess mit der Prostituierten damals, die Fleischhauer misshandelt hat.«

»Da schau her, der feine Herr Erfolgsanwalt mit der weißen Weste«, mischte sich Monika ins Gespräch, die direkt neben Max saß und ebenfalls zugehört hatte. »Wem ist in unserer sogenannten High Society eigentlich überhaupt zu trauen?«

»Die Antwort kennen wir alle: niemandem.« Bernd trank ebenfalls einen Schluck Bier. »Da hat sich seit dem Zweiten Weltkrieg nichts geändert.«

»Du meinst, seit den Kreuzzügen«, meinte Josef und lachte humorlos.

Die anderen lachten mit.

»Hallo?« Franz war ans Telefon gegangen. »Ja, sehr gut. Vielen Dank«, sagte er, legte auf und wendete sich dann seinen Freundinnen und Freunden zu.

»Was gibt's? Du schaust, als hättest du eine wichtige Nachricht für uns«, meinte Max.

»Sie haben Fred Fleischhauer gefunden.« Franz setzte eine ernste Miene auf.

»Wo?« Max staunte mit offenem Mund.

»Im Vereinsheim seines Trachtenvereins. Er lag sturzbetrunken unter einer Bank dort und hat geschlafen. Offenbar hat er noch einen Schlüssel aus seiner Zeit als Präsident.« Franz aß weiter, weil der Schweinsbraten auf seinem Teller im Moment das Wichtigste für ihn war.

»Dann nichts wie hin.« Max erhob sich halb von seinem Stuhl.

»Bleib sitzen. Meine Leute haben ihn bereits aufs Revier gebracht.« Franz kaute genüsslich.

»Und wer soll ihn dort verhören? Wir zwei haben da im Moment nichts verloren.« Max setzte sich wieder.

»*Ich* hab da nichts verloren.« Franz spießte das nächste Stück Braten auf und garnierte es mit einem großen Stück Kartoffelknödel.

»Meinst du, die lassen mich als deinen besten Freund und Privatperson einfach rein? Wer soll es jetzt für uns richten?« Max blickte Franz neugierig an.

»Unser bester Mann für Verhöre natürlich.« Franz zeigte auf Bernd, der gerade seine zweite Bratwurst in Angriff nahm.

»Herrschaftszeiten, bin ich blöd.« Max schlug sich mit der flachen Hand gegen die Stirn. »Sorry, Bernd, ich hab dich gerade mehr als Bräutigam gesehen. Offenbar hat ein Teil meines Gehirns völlig vergessen, dass du einer der besten Kripobeamten von ganz München bist.«

»Typischer Prähochzeitslapsus.« Bernd lachte.

Die anderen lachten mit.

»Lasst mich nur kurz meine Würschtl aufessen, dann bin

ich schon weg. Ich ruf euch an, wenn ich was aus Fleischhauer herauskriege.«

»Vergiss die Annegret Bacher nicht.« Max hob den Zeigefinger.

»Niemals, wie könnte ich.« Bernd schüttelte den Kopf.
»Ich lass sie auch gleich mal durch die Glasscheibe schauen,
ob sie Fleischhauer wiedererkennt.«

»Da sind die geilen alten Säcke ja wieder«, ertönte eine
Stimme hinter Max. Er drehte sich um. Das blonde Pun-
kermädchen im »Atomkraft-Nein-Danke«-Shirt und ihre
ebenfalls blonde kleinere Freundin waren wieder da.

»Darf man fragen, was euch zwei Gören schon wieder
in den Biergarten hier treibt?«, wollte er wissen. »Habt ihr
nichts Besseres zu tun?«

»Das geht dich gar nichts an, Alter.« Blondie Nummer
eins kaute mit weit geöffnetem Mund auf ihrem Kaugummi
herum.

»Das glaube ich aber schon. Zumindest, wenn ihr uns
andauernd beleidigt. So was tut man nicht.« Max erhob
sich und ging auf sie zu.

»So was tut man nicht«, äffte ihn Blondie Nummer eins
nach.

Nummer zwei lachte dreckig.

»So, jetzt ist aber Schluss mit lustig.« Max packte beide
Mädels an den Armen und schob sie sanft Richtung Ausgang.

»Hilfe, wir werden entführt!«, schrie Nummer eins.

»Der Kerl ist ein Gangster!«, wandte sich Nummer zwei
an die umsitzenden Gäste.

»Keine Angst. Meine Töchter haben nur zu tief in den
Maßkrug geschaut.« Max lachte.

Die Leute lachten mit.

Vor der Tür ließ Max die Mädchen wieder los.

»Schaut, dass ihr heimkommt«, sagte er. »Zwei junge Mädels wie ihr haben ohne Begleitung nichts im Biergarten verloren.«

»Aber unsere Eltern arbeiten hier.« Nummer eins zeigte auf das *Hofbräuhaus*. »Wir sind Schwestern.«

»Umso schlimmer. Soll ich denen gleich mal erzählen, wie ihr euch den Gästen gegenüber aufführt?« Max sah von einer zur anderen und wieder zurück.

»Sie wissen ja gar nicht, wer die sind«, wusste Nummer zwei.

»Das finde ich schnell raus. Ich stell mich an den Tresen und erzähle jedem, dass ich euch beim Koksen erwischt habe und dass ihr Männern zweideutige Angebote macht. So einfach geht das.«

»Das tust du nicht«, sagte Nummer eins.

»Sonst was?« Max sah sie lange mit ernster Miene an.

»Na gut, wir geben auf. Komm, Sandy.« Sie nickte ihrer kleinen Schwester zu. »Ciao, Arschloch.«

Sie drehten sich um und trollten sich Richtung Marienplatz.

Max ging kopfschüttelnd wieder hinein und setzte sich auf seinen Platz.

»Was war das denn?« Monika sah ihn erstaunt an.

»Zwei unverschämte Gören, die uns schon letztes Mal beschimpft haben. Irgendwann ist auch mal Schluss mit der allseits so hoch beschworenen Toleranz.« Max trank einen Schluck Bier.

»Aber du hättest sie nicht am Arm packen müssen.« Monika schüttelte den Kopf.

»Ich hab ihnen nicht wehgetan, keine Angst.«

»Trotzdem.« Sie sah ihm fest in die Augen.

»Von mir aus, Moni. Ein Fehler.« Er verdrehte genervt die Augen. »Wir alle machen Fehler, stimmt's?«

»Es gibt Fehler und es gibt Fehler, Max.«

»Stimmt. Ich hätte mich nicht von ihnen provozieren lassen sollen.« Er wusste, dass sie recht hatte. Er hätte es bei einer Ermahnung belassen oder den Geschäftsführer holen sollen. Nächstes Mal würde er umsichtiger handeln. Allein schon, um keinen Stress mit Monika zu bekommen.

»Das hättest du«, erwiderte sie.

»Ist ja wieder gut, Herrschaftszeiten. Als hättest du noch nie was falsch gemacht. Darf ich mir dann endlich auch was zu essen bestellen, Frau Moralapostelin?«

»Nur zu. Niemand hindert dich daran.« Monika warf ihm einen aufmunternden Blick zu.

Während sie sich weiter unterhielten, ertönte auf einmal lauter Gesang hinter ihnen. Dem Dialekt nach konnte es sich nur um Engländer handeln.

»Football's coming home! Davon träumen die doch nur. Bei der nächsten WM putzen wir die weg wie nichts.« Josef hob sein Glas. »Auf unsere Nationalmannschaft«, sagte er.

»Hör mir bloß mit der Gurkentruppe auf. Die brauchen einen neuen Trainer, sonst geht da bald gar nichts mehr.« Bernd hob ebenfalls sein Glas. »Auf einen neuen Trainer!«, rief er.

»Mir ist Fußball eigentlich wurscht«, meinte Franz mit vollem Mund. »Aber die Unseren spielen im Moment wirklich nur Schmarrn zusammen. Das merke sogar ich.«

»Das wird schon noch bis zur nächsten WM«, widersprach Josef. »Deutschland ist eine Turniermannschaft. Die hängen sich erst rein, wenn es um etwas geht.«

»Dein Wort in Gottes Ohr«, meinte Max. »Ich wäre mir da nicht so sicher.«

»Ich trink trotzdem auf sie. Macht jemand mit?« Josef schaute fragend in die Runde. »Nein? Na gut, auch egal.« Er trank sein Glas auf Ex aus und winkte den Kellner herbei.

Josef und Franz bestellten sich noch ein Bier.

Max hatte sich diesmal für einen Sauerbraten entschieden, weil sie den hier besonders gut machten, wie er wusste. Der Chefkoch, den er und Josef von ihrem Fußballverein, dem *FC Kneipenluft*, her kannten, hatte ihm einmal genau erklärt, was den Unterschied zwischen seinem und einem normalen Sauerbraten in anderen Lokalen ausmachte. Da waren einmal die speziellen Gewürze und dann eine überlange Garzeit bei niedriger Temperatur. Die Gewürzmischung hatte er Max nicht verraten, was dieser sofort verstanden hatte. Niemand gab sein Erfolgsrezept her, damit es andere kopieren konnten. Das war nicht gut fürs Geschäft.

Kurze Zeit später waren die motzigen Teenies und die grölenden Engländer Geschichte, und es wurde wieder ausgelassen geplaudert und gelacht am Tisch.

Bevor er ging, fragte Bernd Max, ob er nicht doch mit zum Verhör von Fred Fleischhauer aufs Revier kommen wolle. Es gäbe natürlich auch noch andere Kollegen, aber er wäre in dem Fall schon mitten drin. Außerdem hörten vier Ohren mehr als zwei. Um 15 Uhr käme dann auch Annegret Bacher wegen ihrer Aussage vorbei, und Max schien bestens mit ihr auszukommen. Das würde sicher einiges erleichtern.

Max hatte sofort zugesagt. Er hatte schon so manchen Schweigenden zum Reden gebracht. Zusammen mit Bernd würde es bestimmt ein Leichtes werden, dass dies bei Fleischhauer ebenso der Fall sein würde. Obwohl man nie den Tag vor dem Abend loben sollte, bremste er sich selbst gedanklich ein.

23

Max und Bernd hatten sich von den anderen verabschiedet. Die Damen wollten noch bleiben. Wann genau sie den Heimweg antreten würden, konnten sie nicht sagen. Sie waren in ausgelassener Feierlaune. Da konnte es spät werden. Franz und Josef wollten noch ein Bier mit ihnen trinken und dann noch woanders hingehen, damit beide Parteien ihre Ruhe hätten.

»Ich bin gespannt, was dieser Fred Fleischhauer uns zu sagen hat«, meinte Bernd, als sie das *Hofbräuhaus* verließen. »Er betreibt einen ziemlichen Aufwand, um Franzi zu schaden. Vielleicht steckt mehr dahinter als die banale Rache für den Prozess damals, in dem ihr gegen ihn ausgesagt habt.«

»Kann sein. Mich hat er bisher in Ruhe gelassen.« Max zuckte die Achseln. »Dabei müsste ich in seinen Augen genauso schuldig wie Franzi sein.« Er konnte sich immer noch nicht erklären, wieso Fleischhauer Franz gegenüber dermaßen ausrastete. Erstens war er dank Herbert Steininger mit einem vergleichsweise milden Urteil davongekommen, und zweitens hatte er, den Akten nach, sowieso nur die Hälfte seiner Strafe abgesessen.

»Ja, sehr merkwürdig.« Bernd schüttelte den Kopf. »Warten wir's ab.«

Sie nahmen ein Taxi zum Revier in der Hansastraße. Zu Fuß wäre der Weg quer durch die ganze Innenstadt definitiv zu weit gewesen.

»Mal ganz abgesehen von der Rosi Steininger ihrem Schmarrn«, sagte Bernd, nachdem sie im Fond Platz genommen und dem Fahrer erklärt hatten, wo sie hinwollten. »Unsere Vorgesetzten haben auch ganz schön ein Rad ab. Wie können die den Franzi bloß suspendieren? Auch wenn es nur vorläufig ist. Die Deppen kennen ihn doch genauso gut wie wir und müssten eigentlich wissen, dass er zu einer Vergewaltigung gar nicht in der Lage wäre. Egal wie betrunken er ist. Das ist einfach nicht seine Art.«

»Ich weiß es auch nicht.« Max schüttelte den Kopf. »Damals bei meiner Entlassung lief es so, dass ich anscheinend einem der Oberbosse, der Dreck am Stecken hatte, zu nahegekommen bin. Ab dem Moment wollten sie mich nur noch loswerden. Jeder geringste Grund war ihnen recht.«

»Du hättest natürlich gegen den Kerl aussagen können. Hab ich dir ja schon ein paarmal gesagt.«

»Dann hätten sie mich auf der Stelle rausgeworfen und meine Pension gestrichen.« Max wusste, dass er die Geschichte schon einige Male erzählt hatte, auch Bernd. Dennoch war er über das miese Verhalten seiner damaligen Vorgesetzten bis heute nicht hinweggekommen.

»Ich weiß.« Bernd nickte. »War eine Riesensauerei damals.«

»Das darfst du laut sagen.« Max nickte. »Da hast du keine Chance, wenn sie es auf dich abgesehen haben oder einen aus ihren Reihen schützen wollen.«

»Warum hast du mir gegenüber erst letztes Frühjahr etwas davon erwähnt?«

»Zuerst haben sie mich mit der Androhung von verlorenen Pensionsansprüchen zum Schweigen gezwungen, und später hab ich gar nicht mehr daran gedacht. Der Josef und der Franzi wussten es längst. Die Moni natürlich auch.«

»Aber ich erst seit unserem gemeinsamen Bier im letzten Frühjahr.«

»Immerhin.« Max grinste flüchtig. Wenn ihm Bernd gerade durch die Blume mitteilen wollte, dass er sich übergangen fühlte, war das ganz allein sein Problem. Wenn jemand etwas vergaß, dann vergaß er es eben. Er selbst würde niemandem jemals einen Vorwurf deswegen machen.

»Meinst du, dass es dem Franzi gerade ähnlich ergeht?« Bernd machte ein ernstes Gesicht. Die Sache mit Fleischhauer und Franzi schien ihm tatsächlich sehr nahezugehen.

»Ich weiß es nicht, aber es kann natürlich sein. Dem Rieker ist alles zuzutrauen.« Max nickte. Franz' Chef war allseits bekannt dafür, dass er nach oben schleimte, was das Zeug hielt, seinen Untergebenen aber respektlos bis überstreng und völlig rücksichtslos begegnete. Wahrlich kein angenehmer Zeitgenosse. Sieben angesehene Leute aus dem Kommissariat hatten sich seit seinem Amtsantritt vor vier Jahren entweder versetzen lassen oder gekündigt. Das sagte alles.

»Aber welchen Grund sollte es haben, dass sie ihn absägen wollen? Mir hat der Franzi jedenfalls nichts erzählt, was in die Richtung weisen könnte. Dir etwa?« Bernd sah Max gespannt an.

»Auch nicht.« Max zuckte die Achseln. »Vielleicht ist der Grund dermaßen lächerlich, dass er ihn nicht weiter ernst genommen hat.«

»Oder es läuft tatsächlich so wie vor deinem Rausschmiss damals, und sie haben ihm mit Konsequenzen gedroht, falls er redet. Das alles pünktlich vor der ordentlichen Pensionierung. Als hätte es der Teufel höchstpersönlich geplant.« Bernd schüttelte erneut den Kopf und schlug sich verärgert auf den Oberschenkel.

»Wir kriegen das schon wieder hin für den Franzi«, meinte Max. »Mach dir keine Sorgen.«

»Dein Wort in Gottes Ohr.« Bernd schnaufte tief durch.

»Wichtig ist jetzt erst mal, dass dieser Harry Meiser einen ausführlichen Widerruf schreibt, der dann auch tatsächlich veröffentlicht wird. Da sollten wir gegebenenfalls auch seine Chefredaktion unter Druck setzen.«

»Das macht unsere Presseabteilung.« Bernd winkte ab. »Die kennen sich mit so was aus, und wenn es Ärger gibt, kommt die Rechtsabteilung dazu.«

»Stimmt.« Max holte sein Smartphone heraus. Ihm war eingefallen, dass er Monika schon den ganzen Tag sagen wollte, dass er sie liebte. Auch nach so vielen Jahren durfte man das den anderen ruhig ab und zu mal wissen lassen, meinte er immer. Allerdings schickte er ihr nur eine Nachricht. Bernd und der Taxifahrer mussten nicht alles wissen.

Er schrieb: »Ich liebe dich.«

Monika schrieb sofort »Ich dich auch« zurück. »Auch wenn ich manchmal mit dir schimpfen muss.« Hinter den letzten Satz setzte sie ein Grinsegesicht.

»Hast ja recht«, tippte Max, bevor er breit lächelnd sein Handy wieder in seiner Lederjacke verstaute.

»Gute Nachrichten?«, fragte Bernd neugierig.

»Ja«, antwortete Max und beließ es dabei.

Das Taxi rumpelte, sodass es Max und Bernd in ihren Sicherheitsgurten hin und her warf.

»Der spinnt doch!«, rief der Fahrer, während er nach hinten zeigte. Ein schwarzer Van nahm dort gerade Anlauf, um sie erneut zu rammen. »Was will der von mir?«

»Das würde ich auch gern wissen«, brachte Max gerade noch heraus, bevor die nächste Attacke erfolgte. »Am besten, Sie geben Vollgas und hängen ihn ab.«

Er hatte vier vollbärtige Männer in dem Wagen hinter ihnen entdeckt, und sie sahen allesamt nicht besonders vertrauenerweckend aus. Möglicherweise waren sie mit schweren Waffen ausgestattet, sodass Bernd mit seiner Dienstpistole, die er gerade aus dem Holster holte, keine Chance gegen sie gehabt hätte. Max selbst hatte wie meistens keine Waffe dabei, obwohl er als Privatdetektiv die Erlaubnis hatte, eine mit sich zu führen.

»Hier mitten in der Stadt?« Der Taxifahrer warf ihm einen kurzen entsetzten Blick zu. »Wenn Sie dann den Ärger mit der Polizei erledigen, gerne.«

»Wir sind die Polizei«, sagte Bernd.

»Nützt uns bloß gerade nichts.« Max schaute besorgt drein. Einer ihrer Verfolger hatte eine Maschinenpistole gezückt und legte damit auf sie an. »Duckt euch!«

Der Taxifahrer bog mit quietschenden Reifen nach rechts in eine Seitengasse ein, blockierte die schmale Straße mit seinem quergestellten Auto und rief: »Raus, schnell. In die Kneipe da vorne rechts.«

Max und Bernd taten, was er gesagt hatte.

Als sie alle drei in der Kneipe *Zum Anatol* standen, schloss der schnurrbärtige Wirt blitzschnell auf Geheiß des Fahrers hin die Tür ab und zog die Vorhänge zu.

Sie schwiegen, als sie bemerkten, dass Leute an dem Lokal vorbeigingen.

»Scheiße, wo sind die hin?«, hörte man eine Stimme mit ausländischem Akzent von draußen. »Ich hab doch gesagt, du sollst abbiegen.«

»Keine Ahnung«, erwiderte eine andere Stimme. »Lass uns abhauen. Die Bullen kommen.«

»Woher willst du das wissen?«, fragte die erste Stimme.

»Ich höre Sirenen von Polizeiautos.«

»Hör ich nicht.«

»Bist du taub, Bruder? Komm schon. Nix wie weg.«

»Aber da vorne steht das Taxi von denen.«

»Die können überall rein sein, Bruder.«

»Und dieser Max Raintaler? Was machen wir jetzt mit ihm?«

»Wir erwischen ihn ein anderes Mal.«

»Na gut, lasst uns abhauen.«

Die Männer verschwanden in der Richtung, aus der sie gekommen waren. Wahrscheinlich waren sie an der kleinen Gasse hier vorbeigefahren, hatten ihren Van auf der großen Straße abgestellt und waren ein Stück zurückgelaufen.

Die vier Männer im Inneren der Kneipe atmeten gleichzeitig auf.

»Die sind hinter dir her«, meinte Bernd mit offenem Mund zu Max.

»Sag ich doch. Franzi und ich haben den gleichen Anteil an Fleischhauers Verurteilung.«

»Du meinst, dass er uns die Kerle auf den Hals geschickt hat?«

»Mir fällt sonst gerade niemand anderes ein. Dir?«

»Nein.« Bernd steckte kopfschüttelnd seine Pistole in das Holster zurück.

»Sollen wir weiterfahren? Die Männer sind weg«, fragte ihr Taxifahrer.

»Sehr gerne. Vielen Dank. Sie haben uns gerettet.« Max schüttelte ihm die Hand.

»Kannst du so sagen. Ich bin Yusuf.«

»Max Raintaler.«

»Bernd Müller«, sagte Bernd.

»Kennst du den Yusuf Islam?«, fragte Max Yusuf. »Früher hieß er mal Cat Stevens.«

»Klar kenne ich den.« Yusuf nickte begeistert. »Tolle Musik, toller Mensch.«

»›Father and Son‹ hab ich mal als Jugendlicher in einer Mädchenschule gespielt. Die Mädels sind ausgerastet.« Max bekam einen leicht verklärten Blick, als er sich daran erinnerte. Es war sein erster öffentlicher Auftritt gewesen. Anfangs hatte ihn die Nervosität in den Krallen gehabt, und er hatte sich andauernd auf seiner Gitarre verspielt. Doch am Ende hatte er sich erleichtert feiern lassen.

»Du bist Musiker?«, fragte Yusuf. »Ich liebe Musik. Habe eine arabische Hochzeitsband.«

»Eine Hochzeitsband? Soso. Das klingt sehr interessant.« Max warf Bernd einen fragenden Blick zu. Doch der zuckte nur mit den Achseln, was wohl so viel heißen sollte, wie »mach du das, ist deine Party«.

»Wir haben sogar schon bei BMW auf der Weihnachtsfeier gespielt.« Yusuf startete einen südlichen Singsang und bewegte seine Hüften dazu.

»Habt ihr Lust, in drei Wochen auf einer Doppelhochzeit im *Hofbräuhaus* zu spielen?« Max machte ein fragendes Gesicht.

»In drei Wochen?« Yusuf starrte ihn ungläubig an. »Im *Hofbräuhaus*?«

»Ja.« Max nickte. Manchmal war er von seiner eigenen Spontanität überrascht. Aber eine arabische Hochzeitsband konnte eine tolle Ergänzung zu seiner Band sein, die die alten amerikanischen Gassenhauer spielte. Multikulti in Reinkultur wäre das, und das wollten doch immer alle. Er auf jeden Fall sehr gerne.

»Dein Ernst?«

»Mein voller Ernst.« Max nickte erneut. »Meine Band spielt auch. Wir könnten uns den Auftritt mit euch teilen.«

»Aber warum?«, fragte Yusuf.

»Du hast uns gerade das Leben gerettet. Wenn das kein Grund ist.« Max sah ihn dankbar an. »Außerdem soll es ein rauschendes Fest werden. Da kann eure Musik sicher nicht schaden.«

»Und wer heiratet?«

»Wir.« Max zeigte auf sich und Bernd.

»Oh, das geht, fürchte ich, nicht.« Yusuf hob bedauernd die Hände. »Tut mir leid, Freunde.« Er trat unruhig von einem Bein auf das andere und presste dabei die Lippen zusammen.

»Warum nicht?«, fragte Bernd. »Seid doch froh über den Auftritt. Max und ich bezahlen gut.«

»Bei uns in Arabien ist es Männern verboten zu heiraten.« Yusuf schaute verlegen zu Boden.

»Woher kommen dann eure Familien?« Max sah ihn einigermaßen verblüfft an.

»Wir heiraten Frauen.«

»Aber wir doch auch.« Max machte große Augen.

»Ihr zwei seid nicht schwul?« Yusuf blieb vor Staunen der Mund offen stehen.

»Nein, wieso? Wie kommst du darauf? Schauen wir so aus?« Max zeigte erneut auf Bernd und sich.

»Eigentlich nicht«, gab Yusuf zu, nachdem er eine Weile überlegt hatte. »Aber als du sagtest, dass ihr zwei heiraten wollt ...«

»Ich habe aber auch etwas von Doppelhochzeit gesagt. Wer sollten denn die anderen beiden sein außer unseren Frauen?« Max lachte.

»Zwei andere Männer?« Yusuf musste selbst grinsen.

»Stimmt.« Max lachte noch lauter als zuvor. »Ist nur nicht so. Aber was wäre denn eigentlich so schlimm daran, wenn wir schwul wären?«, wollte Max wissen. »Ich kenne einen Haufen homosexueller Männer und Frauen, und die sind größtenteils sehr nett.«

»Kann ich nur zustimmen«, meinte Bernd.

»Sorry, habe ich falsch verstanden. Es hat mit unserer Religion zu tun«, meinte Yusuf ein wenig beschämt. »Persönlich habe ich nichts gegen homosexuelle Menschen.

Mein eigener Bruder ist schwul. Er lebt allerdings in England. Da hat er keine Probleme deswegen.«

»Schwul hin oder her, wollt ihr jetzt bei uns spielen oder nicht?«, fragte Max.

»Es wäre mir eine große Ehre, Max. Ich rufe die anderen an und geben euch noch heute Bescheid, in Ordnung?« Yusuf schaute fragend von einem zum anderen.

»Absolut.« Max nickte.

»So machen wir es«, meinte Bernd, wohl einzig aus dem Grund, damit er auch noch etwas dazu sagte.

Dann tranken sie mit dem Wirt, der ebenfalls Yusuf hieß, einen Schnaps auf den Schock mit den Maschinengewehrganoven, verabschiedeten sich von ihm und fuhren zu dritt zum Revier in der Hansastraße. Yusufs Taxi war zum Glück heil geblieben.

Draußen schien die Sonne unschuldig vom weiß-blauen bayerischen Himmel, so als wäre nichts passiert in der Hauptstadt. Als sich Max auf dem Weg ins Westend mehrmals nach hinten umdrehte, konnte er keine Verfolger entdecken. Sie schienen die Kerle zunächst einmal abgehängt zu haben. Was natürlich nicht hieß, dass das für immer so bleiben sollte. Sie kannten Max' Namen. Da war es zu seiner Wohnung, seinem Büro und Monikas Kneipe auch nicht mehr weit. Er rief Monika an, um ihr einen kurzen Lagebericht zu geben und sie zu warnen. Sie solle gut auf sich, Anneliese und Sandra aufpassen, möglicherweise kannten die Mistkerle sie ebenfalls.

24

»Sind Sie unser Taxifahrer?« Sandra sah den schlaksigen jungen Mann in Jeans und Lederjacke, der zu ihr, Annelise, Monika und Marion an den Tisch gekommen war, neugierig an. Franz und Josef waren beide kurz zur Toilette gegangen.

»Ja.« Er nickte. »Ich sollte mich hier bei Ihnen melden, meinte der Kellner dort drüben.« Er zeigte auf den Mann, der die Gruppe seit ihrer Ankunft bediente.

»Woher kommen Sie?«, fragte sie den Mann mit dem dunklen Teint eines Nordafrikaners.

»Vom Isartorplatz.« Er lächelte dienstbeflissen.

»Ursprünglich, meine ich.«

»Ist das wichtig?«

»Es interessiert mich.« Sandra musterte ihn von oben bis unten.

»Aus Hamburg.«

»So sehen Sie aber nicht aus.«

»Wie sehen Hamburger denn normalerweise aus?«

»Nicht so wie Sie jedenfalls.« Sandra bedachte ihn mit einem langen prüfenden Blick.

»Ich kann auch wieder gehen.« Der junge Mann machte Anstalten, sich umzudrehen. »Ich gebe draußen einem Kollegen aus München Bescheid.«

»Warten Sie, nicht so schnell«, bremste ihn Sandra. »Es ist nichts Persönliches. Aber es geht darum, dass Sie unsere Einkaufstüten in eine Kneipe bringen sollen. Da sind teure Sachen dabei. Hochzeitskleider zum Beispiel.«

»Sie heiraten?« Er blickte überrascht drein.

»Ich nicht, aber die zwei Damen hier an meiner Seite.«
Sie zeigte auf Monika und Anneliese.

»Gratuliere«, meinte der junge Fahrer. »Ich heiße Jürgen Olschewski. Habe selbst vor kurzem geheiratet und sogar schon einen kleinen Jungen. Gar nicht schlimm, Ihre Besorgnis. Hier mein Ausweis. Sie können gerne ein Foto mit Ihrem Handy davon machen.« Er hielt ihnen seine Ausweiskarte hin.

»Das mache ich glatt.« Sandra fotografierte seinen Personalausweis. »Nicht böse sein, bitte. Aber sicher ist sicher.«

»Wo sind Ihre Sachen?« Jürgen blickte sich suchend um.

»Hier.« Sandra zeigte auf den Berg von Einkaufstaschen hinter Monikas Stuhl.

»Wo muss ich damit hin und wer bezahlt mich?«

»Ich gebe Ihnen 50 Euro, wenn Sie die Sachen zuverlässig abliefern.« Sandra zückte ihre Brieftasche.

»Wo muss ich sie denn genau hinbringen?«

»*Monikas kleine Kneipe* beim Tierpark.« Sandra gab ihm seine 50 Euro.

»Kenne ich. Da war ich schon mal mit meiner Frau«, meinte Jürgen. »Der Schweinsbraten war eine Sensation.«

»Dürfen Sie überhaupt Schweinefleisch essen?«, wollte Sandra wissen.

»Wieso nicht?« Er sah sie verblüfft an. »Wir essen zwar viel Fisch daheim bei meinen Eltern in Hamburg. Aber mein Vater kommt ursprünglich aus Bayern und liebt Schweinsbraten über alles. Vor allem die Kartoffelknödel.«

»Das hier ist übrigens die Besitzerin des Lokals.« Sandra zeigte auf Monika.

»Freut mich sehr«, sagte Jürgen.

»Mich auch«, erwiderte Monika. »Kümmern Sie sich nicht um ihr Geschwätz.« Sie zeigte auf Sandra. »Sie hat schon zu viel getrunken. Normalerweise ist sie nicht so ätzend.«

»Ich ätzend?« Sandra verzog eingeschnappt ihr Gesicht. »Dann zahl du doch, wenn du meinst, dass ich alles falsch mache.« Sie riss Jürgen den 50 Euroschein wieder aus der Hand und steckte ihn zurück in ihre Brieftasche.

»Verstehen Sie jetzt, was ich meine?«, sagte Monika zu Jürgen.

»Kein Problem«, meinte er so diplomatisch wie möglich und nickte.

»Ich gebe Ihnen sogar 70 Euro, für die ich allerdings gerne eine Quittung hätte.« Monika hielt ihm das Geld hin.

»Der Quittungsblock ist im Auto. Wäre es okay, wenn ich sie zu den Sachen lege, sobald ich sie abgeliefert habe?«

»Geht auch okay. Vielen Dank schon mal im Voraus, Jürgen.« Monika steckte ihren großen Bedienungsgeldbeutel wieder in ihre Handtasche. »Der Schlüssel liegt übrigens links im großen Blumentopf. Sie dürfen sich auch gerne eine Flasche Sekt aus dem Kühlschrank nehmen.«

»Vielen Dank. Das ist wirklich sehr großzügig.« Jürgen steckte das Geld ein, griff sich sämtliche Einkaufstaschen auf einmal, verabschiedete sich bei allen und verließ den Biergarten.

»Dir werde ich noch einmal helfen«, sagte Sandra zu Monika, sobald er außer Hörweite war. »Was willst du denn machen, wenn er dir jetzt deine ganze Kneipe ausräumt?«

»Weißt du eigentlich, was du redest?«, empörte sich Monika, der Sandras betrunkenes Geschwätz gerade ein wenig auf die Nerven ging. »Du kannst doch nicht jemanden diskriminieren, nur weil dir seine Haut zu dunkel ist. Wofür haben wir damals als Studenten eigentlich gekämpft? Freiheit und gleiches Recht für alle, oder?«

»Ich wollte nur sichergehen, dass unsere Sachen heil ankommen und dass du nicht beklaut wirst.« Sandra zog nicht zurück. Offenbar wähnte sie sich nach wie vor im Recht.

»Hättest du das bei einem bayerischen Fahrer auch getan?« Monika wurde gerade richtig sauer. Sie wusste, dass Sandra genau wie Franz schon immer einen leichten Hang nach rechts hatte, rein politisch gesehen. Aber offen rassistisch wie gerade eben hatte sie sich heute zum ersten Mal gezeigt.

»Natürlich.« Sandra nickte entschieden. »Ich hätte es bei jedem getan.«

»Das hätte ich gern gesehen.« Monika hatte sich immer noch nicht beruhigt. Wenn sie etwas hasste, waren es Rassismus und blinde Voreingenommenheit. Das ging ihr von jeher rein privat so. Außerdem könnte sie übermorgen ihr Lokal dichtmachen, wenn sie sich beispielsweise ihren Kunden gegenüber so benehmen würde, wie Sandra gerade den Fahrer behandelt hatte. Was hatte ihre Freundin nur? Bestimmt ging ihr die Sache mit Franz zu nahe, und das äußerte sich bei ihr eben in solchem merkwürdigen Benehmen. Anders war es nicht zu erklären.

»Ich kann auch heimgehen, wenn dir das lieber ist«, meinte Sandra beleidigt. »Und zu eurer Hochzeit muss ich auch nicht kommen.« Ihre Gesichtszüge fielen auseinander. Sie brütete finster vor sich hin.

»Davon hat niemand geredet, Sandra. Aber überleg dir das nächste Mal lieber gut, wie du die Leute um dich herum behandelst. Schon aus reinem Selbstschutz. Irgendwann kannst du damit nämlich gut und gerne mal an den Falschen geraten. Wenn dann niemand in der Nähe ist, dir zu helfen, gute Nacht.«

»Siehst du, du hast auch nur Vorurteile.«

»Was?« Monika sah sie entsetzt an.

»Du sagst doch selbst gerade, dass diese Südländer lebensgefährlich sind.«

»Wann hab ich das gesagt? Annie? Marion? Wann?« Monika blickte von einer zur anderen.

»Direkt hast du das auf keinen Fall gesagt«, erwiderte Anneliese.

»Hast du nicht.« Marion nickte. »Tut mir leid, Sandra, aber es stimmt.«

»Haltet nur alle zusammen.« Sandra setzte eine verbitterte Miene auf. »Ich mache sowieso immer nur alles falsch. Das wussten meine Eltern schon, als ich noch ein Kind war. Immerzu wurde ich nur gerügt in meinem Leben.«

»Das hat niemand gesagt, dass du alles falsch machst.« Monika schüttelte den Kopf. Sie tat Sandras Verhalten innerlich als einfach nur launisch und g'spinnert ab und versuchte, wieder zur Normalität zurückzukehren. »So, und jetzt vergessen wir den Schmarrn, den wir geredet und sicher nicht so gemeint haben, und vertragen uns wieder. Herr Ober, noch eine Flasche Champagner bitte.«

»Na gut.« Sandra nickte. »Aber nur, wenn ich bezahlen darf. Hab mich wohl tatsächlich etwas danebenbenommen. Ich hab wirklich nichts gegen Dunkelhäutige. Hatte wohl nur übertriebene Sorgen wegen unseren Sachen.«

»Vergiss es einfach.« Monika winkte ab.

»Allerdings muss ich auch nicht jedem Fremden gleich blind vertrauen«, legte Sandra noch nach.

»Das sehe ich genauso. Da ist sie ja wieder, meine alte Sandra«, sagte Monika. »Natürlich darfst du bezahlen. Keiner hier am Tisch reißt sich darum.«

Alle lachten erleichtert. Es wäre auch zu dumm gewesen, den bisher wirklich einmalig schönen Tag mit einem mehr oder weniger albernen Streit zu beenden.

Außerdem ging Monika die Warnung von Max immer wieder durch den Kopf. Der Gedanke, dass ihr Leben womöglich jederzeit ganz schnell zu Ende sein konnte, ließ sie innerlich nicht zur Ruhe kommen.

25

»Wo waren Sie gestern in der Früh zwischen 6 Uhr und 9 Uhr, Herr Fleischhauer?« Bernd sah Fred Fleischhauer neugierig an, der übrigens tatsächlich so riesig war, wie Annegret Bacher gesagt hatte, und noch um einiges hässlicher als auf seinem Foto aussah.

»Der da soll gehen.« Fred zeigte auf Max.

»Herr Raintaler bleibt, Herr Fleischhauer. Seien Sie froh darüber. Mit mir wollen Sie sicher nicht allein sein, das kann ich Ihnen versichern.« Bernd erhob sich, ging um den Tisch im Verhörraum herum, stellte sich neben ihn und beugte sich zu seinem Gesicht hinunter, bis er nur noch wenige Zentimeter von ihm entfernt war.

»Was soll das? Gehen Sie weg.« Fred sah ihn unwillig an. »Ich will sofort meinen Anwalt sprechen.«

»Soll Herr Raintaler immer noch gehen? Könnte ja sein, dass Sie einen Zeugen brauchen.«

»Ich will meinen Anwalt, Doktor Willi Winkler. Man hat mir vorhin versprochen, dass er angerufen wird. Wo ist er? Lassen Sie mich sofort telefonieren.«

»Vielleicht steckt er im Stau.« Bernd zuckte die Achseln. »Soll Herr Raintaler wirklich gehen?«

»Von mir aus kann er auch sitzen bleiben. Ich habe euch Komikern eh nichts zu sagen.« Fred zuckte die Achseln und schaute in die Luft.

Max hatte die ganze Zeit über keine Miene verzogen, jetzt meldete er sich zum ersten Mal zu Wort.

»Herr Fleischhauer, wir haben Ihnen vorhin gesagt, dass Sie unter dem Verdacht stehen, Rosi Steininger ermordet zu haben. In letzter Konsequenz kann das für Sie lebenslänglich bedeuten.«

»Ich sage nichts ohne meinen Anwalt.«

»Zu der Erpressung von Herbert Steininger und später auch noch seiner Frau Rosi haben Sie uns ebenfalls nichts zu sagen?«

»Damit habe ich nichts zu tun.« Fred schüttelte den Kopf. »Ich wurde wegen guter Führung entlassen und habe an nichts Schuld.«

»Was hat Ihnen Herr Wurmdobler getan, dass Sie sich so dringend an ihm rächen wollten?« Max ließ nicht locker.

»Ich kenne keinen Herrn Wurmdobler.« Fred starrte stur geradeaus auf die Wand hinter Bernd und Max.

»Reden Sie doch keinen Schmarrn. Sie kennen ihn genauso gut wie mich.« Max sah Fred geradewegs in die Augen.

»Sie kenne ich auch nicht.« Fred schüttelte den Kopf.

»Warum wollten Sie dann vorhin, dass ich gehe?«

»Ich mag Sie nicht. Holen Sie endlich meinen Anwalt.« Fred starrte stur die Wand hinter Max und Bernd an.

»Sie haben mich noch nie gesehen? Auch nicht, als Franz Wurmdobler und ich Sie wegen der brutalen Körperverletzung an einer Prostituierten verhafteten?« Max blieb innerlich die Luft weg. Der Kerl hier würde ihnen eine Menge Arbeit machen, bis er mit der Wahrheit herausrückte. Vielleicht wäre es nicht ungeschickt gewesen, wenn er kurz auf die Toilette ginge und Bernd mit Fleischhauer allein ließe.

»Ich geh kurz mal für Königstiger«, sagte er prompt und trat vor die Tür.

Dort rief er Freds Anwalt Doktor Winkler an und sagte ihm, wo er seinen Klienten finden würde.

»Stell dir vor, Max. Herr Fleischhauer hat gerade beschlossen, dich doch zu kennen«, sagte Bernd, als Max nach zehn Minuten ins Verhörzimmer zurückkehrte.

»Da schau her. Einfach so?« Er runzelte erstaunt die Stirn.

»Einfach so.« Bernd nickte. »Stimmt doch, Herr Fleischhauer, oder?« Bernd setzte einen fragenden Blick auf.

»Ja, stimmt«, murmelte Fred undeutlich.

»Ich verstehe Sie nicht. Haben Sie sich den Kiefer ausgerenkt?« Bernd machte ein gespielt mitfühlendes Gesicht.

»Stimmt«, sagte Fred lauter.

»Ja, wunderbar. Das gibt mir Hoffnung in Bezug auf den Mord an Rosi Steininger gestern.« Max setzte sich wieder neben Bernd.

»Damit habe ich nichts zu tun.« Fred schüttelte heftig den Kopf.

»Mal angenommen, Sie lügen nicht. Dann sind Sie vielleicht kein Mörder. Da bleibt aber dann immer noch die Erpressung von Rosi Steininger.« Max sah ihn erwartungsvoll an.

»Damit habe ich auch nichts zu tun.« Fleischhauer schüttelte erneut den Kopf.

»Wir haben Rosi Steiningers Aussage und die einer Bekannten von ihr, dass Sie doch etwas damit zu tun haben. Was sagen Sie nun?« Max schlug mit der flachen Hand auf den Tisch. »Reden Sie endlich, Mann. Wir weisen Ihnen sowieso alles nach.«

»Die lügen.« Fred zuckte erneut die Achseln. Seinem verschlossenen Gesicht war beim besten Willen nicht anzusehen, ob er die Wahrheit sagte oder nicht.

»Sie sind also nicht bei Rosi Steininger gewesen, um sie zu erpressen?« Max fragte sich unentwegt, wie man das sture Monster vor ihnen wohl aus der Reserve locken könnte.

»Ich war nach meiner Entlassung mal bei ihr. Aber von Erpressung kann gar keine Rede sein. Ich habe ihr lediglich mein Beileid wegen Herbert ausgesprochen. Er war schließlich unser Kassenwart im Trachtenverein.«

»Den Sie auch nicht mit einer 14-Jährigen in der Garderobe dort überrascht und später dazu erpresst hatten, Sie gratis im Prozess mit der misshandelten Prostituierten zu verteidigen?«

»Nix als Schmarrn.« Fred kam aus dem Kopfschütteln nicht mehr heraus. »Ich habe dem Herbert damals ein fürstliches Honorar bezahlt, so wie es sich unter Ehrenmännern gehört.«

»Entschuldigen Sie, wenn ich beim Wort ›Ehrenmänner‹ lache, Herr Fleischhauer.« Max merkte, dass sie nicht viel aus ihrem Verdächtigen herausbekommen würden. Ein Geständnis schon gleich gar nicht.

»Tun Sie, was Sie wollen. Aber holen Sie endlich meinen Anwalt. Ich kenne meine Rechte.«

Max gab Bernd ein Zeichen, mit ihm vor die Tür zu kommen. Daraufhin erhoben sie sich und ließen Fleischhauer allein auf seinem Verhörstuhl sitzen.

»Das macht gerade nicht viel Sinn«, meinte Max, als sie im Flur standen. »Wenn wir den so vor den Ermittlungsrichter schleppen, zerreißt der unseren Verdacht in der Luft.«

»Und vor ihm tut es der Staatsanwalt.«

»Und wenn ihn diese Annegret Bacher identifiziert?«

»Das sagt auch nichts. Sie hat ihn ja nicht zur Tatzeit gesehen.«

»Wir werden ihn also vorerst laufen lassen müssen.«

»Schaut so aus.« Bernd nickte. »Und wenn jemand ganz anderes der Täter und Verleumder ist?« Bernd grübelte in den Fußboden hinein.

»Dann werden wir es herausfinden.«

»Hast recht, Max. Kein Grund zur Verzweiflung. Fleischhauer war der erste konkrete Verdächtige in dem Fall. Das ist nichts im Vergleich zu vielen anderen Fällen, die wir bereits gelöst haben.« Bernd sah auf seine Armbanduhr. »Es ist 15 Uhr. Wir sollten Annegret Bacher auf jeden Fall noch einen Blick auf ihn werfen lassen, oder?«

»Logisch, die hätte ich fast vergessen. Ich hol sie.«

Max lief in Bernds Büro, wo Annegret Bacher bereits auf einem Besucherstuhl vor dem Schreibtisch saß.

»Herr Raintaler, was für eine Überraschung.« Sie reichte ihm mit einer grazilen Geste ihre Hand. »Mache ich meine Aussage jetzt doch bei Ihnen?«

»Sieht so aus, Frau Bacher. Mein Kollege, der ursprünglich dafür vorgesehen war, ist immer noch mit Fred Fleischhauer beschäftigt.«

»Sie haben den Kerl erwischt? Ja, wunderbar!«

»Würden Sie ihn durch eine Glasscheibe identifizieren? Er kann Sie dabei nicht sehen.«

»Er kann mich wirklich nicht sehen?« Sie schaute ihn misstrauisch an.

»Nein.« Max schüttelte den Kopf. »Auf der anderen Seite ist die Scheibe ein riesiger Spiegel.«

»Dann mach ich es.«

Sie kam mit ihm in das kleine Vorzimmer zum Verhörraum und schaute sich Fred Fleischhauer gründlich an, der gerade mit Bernd sprach.

»Das ist der Mann, den ich bei Rosi gesehen habe«, sagte sie schließlich. »100-prozentig.«

»Danke, Frau Bacher. Bitte gehen Sie schon mal ins Büro zurück. Herr Müller oder ich kommen gleich nach.«

Annegret verließ ihn, und er kehrte in den Verhörraum zu Bernd zurück.

»Sie hat ihn erkannt«, flüsterte er Bernd ins Ohr.

»Und jetzt?«

»Lassen wir ihn gehen.«

»Sie können gehen«, sagte Bernd laut zu Fred.

»Wie jetzt? Einfach so? Ist mein Anwalt gekommen?«

»Sie können auch ohne Anwalt gehen. Aber bleiben Sie in der Stadt. Wir melden uns wieder bei Ihnen.«

»Ich habe Ihnen doch gesagt, dass ich unschuldig bin.« Fred stand auf und ging zur Tür.

Er trat wortlos in den Flur hinaus und verschwand.

»Ich sage einem Überwachungsteam, dass sie sich an ihn dranhängen sollen«, meinte Bernd und wählte eine Nummer auf seinem Handy. »Ich habe das komische Gefühl, als würde mehr hinter der ganzen Sache stecken.«

»Das denke ich auch. Was genau kann ich dir aber nicht sagen.« Max erhob sich ebenfalls aus seinem Stuhl. »Aber er hatte bis zum Schluss Angst, so viel ist sicher. Irgendwie hängt alles mit ihm, Herbert Steininger und seiner Rosi zusammen.«

»Schaut so aus.« Bernd nickte nachdenklich.

»Annegret Bacher sitzt übrigens schon wieder in deinem Büro. Sie hat ihn zweifelsfrei erkannt.«

»Nützt uns gerade bloß nicht viel, weil unsere einzige echte Zeugin tot ist.« Bernd biss sich ärgerlich auf die Unterlippe.

»Wo ist mein Mandant?« Ein Mann im legeren grauen Anzug steckte seine Nase zur Tür herein.

»Grüß Gott erst mal«, erwiderte Bernd. »Wer sind Sie überhaupt?«

»Doktor Winkler, Anwalt.« Willi zückte seinen Personalausweis, ging zu Max und Bernd hinüber und zeigte ihn ihnen.

»Ach so, der Herr Anwalt.« Bernd grinste nur. »Gegrüßt haben Sie uns aber immer noch nicht.«

»Papperlapapp. Geben Sie mir nun Auskunft oder muss ich erst mit Ihrem Vorgesetzten sprechen?« Winklers pampiger Ton sollte offensichtlich beeindruckend wirken. »Ich kenne Doktor Rieker seit der Uni.«

»Hast du das gehört, Kollege?« Bernd wandte sich bewusst an Max, ohne seinen Namen zu nennen, da er natürlich wusste, dass sie gerade nicht so ganz dem Gesetz nach handelten.

»Hab ich.« Max nickte. »Aber ein Grüß Gott habe ich nicht gehört. Du etwa?«

»Leider nein.« Bernd schüttelte den Kopf. »Vielleicht ist er ja absichtlich so unhöflich, der Herr Winkler.«

»Der Name klingt irgendwie nach Winkeladvokat, stimmt's, Bernd?« Max blickte Winkler unverwandt an.

»Stimmt auffallend.«

»Na gut. Grüß Gott, die Herren.« Winkler gab beiden die Hand. »Würden Sie mir jetzt bitte sagen, wo mein Mandant, Herr Fleischhauer, ist? Am Eingang hatte man mir gesagt, dass er verhört würde.«

»Der ist gegangen.«

»Weg?« Winkler starrte die beiden überrascht an. »Aber warum haben Sie das denn nicht gleich gesagt?«

»Na ja«, meinte Bernd, »erst wollten Sie uns nicht sagen, wer Sie sind, und dann war da die Sache mit dem Grüßen …«

»Ach, habt mich doch gern. Unverschämte Bagage, unverschämte.« Winkler rannte außer sich vor Ärger zur Tür zurück.

»Vorsicht, Herr Anwalt!«, rief ihm Bernd hinterher. »Eine Anzeige wegen Beamtenbeleidigung ist schnell geschrieben.«

»Kommen Sie jetzt doch einmal zu uns auf den Tennisplatz?«, fragte Annegret Max, nachdem sie wenig später das Schriftliche erledigt hatten. Sie sah ihm dabei erwartungsvoll tief in die Augen. Offenbar hatte sie den Glauben an einen Flirt mit ihm trotz des Wissens um seine bevorstehende Heirat noch nicht ganz aufgegeben.

»Kann ich noch nicht sagen.« Er ließ es bewusst offen.

26

Der Münchner Taxifahrer aus Hamburg, Jürgen Olschewski, fand den Schlüssel im Blumentopf, sperrte *Monikas kleine Kneipe* auf und brachte die Gepäckstücke der Damen aus dem *Hofbräuhaus* hinein. Er stellte die Taschen und Tüten auf dem nächstgelegenen Bistrotisch ab. Dann sah er sich um.

Er erinnerte sich genau an das kleine, im bayerischen Naturholzstil eingerichtete Lokal. Bestimmt würde er bald wieder einmal herkommen. Er fragte sich, ob er das Angebot der Besitzerin, sich eine Flasche Sekt aus dem Kühlschrank zu nehmen, annehmen sollte oder nicht. Irgendwie kam es ihm nicht ganz richtig vor, bei einer Fremden an den Kühlschrank zu gehen. Auch wenn sie es ihm ausdrücklich erlaubt hatte.

Als er eine Weile nachgedacht hatte, entschloss er sich dazu, es nicht zu tun. Es fühlte sich besser an. Er legte eine Quittung über 70 Euro auf den Tisch neben die Einkaufstaschen.

Anschließend ging er hinaus, sperrte die Tür hinter sich zu und legte den Schlüssel in den Blumentopf zurück. Im selben Moment, in dem er zu seinem Taxi zurückgehen wollte, spürte er etwas Hartes in seinem Rücken.

»Wo ist die Schlampe?«, hörte er eine männliche Stimme hinter sich. »Nimm deine Hände hoch und wage es nicht, dich umzudrehen. Das Ding in deinem Rücken macht ganz böse Löcher. Ehe du dich's versiehst, bist du mausetot.«

»Wo ist wer? Wen meinen Sie?«, erwiderte Jürgen.

»Diese Monika Schindler, die Besitzerin von der Kneipe. Du weißt doch genau, wen ich meine. Arbeitest schließlich für sie. Gevögelt hast du sie bestimmt auch schon, weil ihr alter Sack von Freund, dieser Raintaler, längst impotent ist.«

»Ich weiß nicht, wovon Sie reden.« Jürgen schüttelte langsam den Kopf. »Ich habe lediglich ein paar Einkäufe ins Lokal gelegt, so wie es mir aufgetragen wurde.«

»Und da haben sie dir gleich mal den Schlüssel fürs ganze Lokal gegeben.« Die Stimme klang jetzt mehr als ironisch.

»Wer ist denn so bescheuert? Jedenfalls niemand, den ich kenne.«

»Ich tue nur das, wofür ich bezahlt werde. Mein Taxi steht da drüben.« Jürgen zeigte auf seine hellgraue Limousine, die gleich in erster Reihe auf dem Parkplatz vor dem Lokal stand.

»Du bist tatsächlich nur ein Taxifahrer? Wie heißt du?«

»Das versuche ich Ihnen die ganze Zeit zu erklären. Ja, ich bin Taxifahrer und heiße Jürgen Olschewski.«

»Und das soll ich dir wirklich glauben?«

»Was mich angeht, ja.« Jürgen nickte. Er versuchte, sich ein wenig zu drehen und zu recken. Es wurde ihm langsam ungemütlich in seiner starren Position.

»Hm.«

»Wenn Sie mich fragen, habe ich nichts gehört und nichts gesehen.«

»Hier.« Der Mann hinter Jürgen reichte ihm ein Handy. »Mach ein Selfie von dir. Wenn du gelogen hast oder Scheiße baust, weiß ich, wie du aussiehst und wie du heißt. Moment mal, noch besser, du machst ein Foto von deinem Ausweis.«

»Okay.« Jürgen zog seinen Ausweis hervor, und zum zweiten Mal an diesem Tag wurde ein Bild davon gemacht. Als er fertig war, gab er dem Mann hinter sich das Handy zurück. Natürlich ohne sich umzudrehen. »Hier, bitte.«

»Weißt du, was du jetzt machst?«, fragte der Unbekannte.

»Äh, nein«, antwortete Jürgen wahrheitsgemäß. Er schüttelte dabei langsam den Kopf.

»Du drehst dich nicht zu mir um und steigst ganz vorsichtig in dein Taxi, und dann verschwindest du von hier, kapiert?«

»Geht klar«, sagte Jürgen und ging auf sein Auto zu.

Er öffnete die Fahrertür und setzte sich hinein. Dann nahm er aus dem Seitenfach die kleine Pistole heraus, die er sich vor einiger Zeit einmal angeschafft hatte, um sich gegen renitente Fahrgäste wehren zu können. Den Waffenschein dafür hatte er in seinem gefährlichen Job ohne Probleme bekommen.

Er ließ den Wagen an und das Fenster herunter. Dann zielte er auf den kleinen, leicht übergewichtigen Mann, der sich gerade zu Monikas Blumentopf hinunterbückte. Erkennen konnte er ihn nicht. Aber von hinten sah er aus wie ein Mitglied dieser Trachtenvereine, die Jürgen aus dem Fernsehen kannte. Lederhose, Trachtenweste, weißes Hemd.

»Hände hoch!«, rief Jürgen, die Waffe im Anschlag.

Der Mann drehte sich blitzschnell um und schoss auf ihn.

Jürgen schoss fast im selben Moment zurück. Er traf den Kerl am Arm, sodass der seine Waffe fallen ließ und wie von der Tarantel gestochen davonrannte.

Jürgen stieg aus und folgte ihm. Doch als er hinter Monikas Haus ankam, war der Bursche bereits im Gebüsch verschwunden. Er selbst hatte Gott sei Dank keinen Treffer abbekommen.

Jetzt bückte er sich, um die Waffe des Unbekannten einzusammeln.

»Ma hat ma Glück, ma hat ma Pech, Mahatma Gandhi«, sagte er, während er sie einsteckte. Er sah im Internet nach, um die Telefonnummer von Monika Schindler herauszubekommen, und er hatte Glück. Sie hatte ihre Handynummer auf der Website ihrer kleinen Kneipe angegeben.

Er setzte sich auf einen der Stühle im Biergarten vor dem Haus und rief sie sogleich an.

»Frau Schindler?«, fragte Jürgen, als sie sich mit »ja bitte« gemeldet hatte. »Hier ist Jürgen Olschewski, Ihr Taxifahrer, der Ihre Sachen zu Ihnen gebracht hat.«

»Hallo, Herr Olschewski, was gibt's?«

»Ich habe gerade Ihre Sachen ins Lokal gesperrt, da wurde ich von einem Mann mit einer Waffe bedroht. Er kennt Sie anscheinend und wollte in Ihr Lokal einbrechen.« Jürgen versuchte, nicht allzu dramatisch zu klingen, war aber nach wie vor reichlich aufgeregt.

»Um Himmels willen.« Monika hörte sich geschockt an. »Ist Ihnen was passiert?«

»Nein.« Jürgen schüttelte unwillkürlich den Kopf. »Ich habe selbst eine Waffe im Auto und konnte ihn damit vertreiben. Habe ihn wohl am Arm getroffen.«

»Konnten Sie erkennen, wie er aussah?«

»Nicht wirklich.« Jürgen schüttelte erneut den Kopf. »Nur, dass er eine Tracht anhatte. Lederhose, weißes Hemd, Trachtenweste.«

»Das ist doch schon was. Ich melde es gleich meinen Freunden bei der Polizei. Die sollen sofort eine Fahndung einleiten. Hat er stark geblutet?«

»Ziemlich.« Jürgen nickte. »Aber eine Fahndung wegen versuchtem Diebstahl?«

»Das Ganze könnte mit einem Mord zusammenhängen«, sagte Monika. »Außerdem hat der Kerl auf Sie geschossen. Mein Freund Max Raintaler wird sich mit Ihnen in Verbindung setzen. Sind Sie unter der Nummer, von der Sie gerade anrufen, erreichbar?«

»Natürlich. Seine Waffe habe ich übrigens sichergestellt.«

»Das ist ja echter Kripo-Sprech«, meinte Monika hörbar erstaunt. »Waren Sie auch mal bei der Polizei?«

»Ich schaue gern Krimis im Fernsehen.« Jürgen lächelte unwillkürlich. Dass er nach dem Abi kurz davorstand, in den Polizeidienst einzutreten, verriet er ihr nicht. Er war damals nur wenig ehrgeizig gewesen und hatte lieber Party gefeiert als gearbeitet. Aber das musste nicht jeder wissen, zumal er jetzt ein verantwortungsvoller Familienmensch und Vater war.

»Wissen Sie was? Gehen Sie ins Lokal und schenken Sie sich auf den Schock erst mal einen Schnaps ein.«

»Nein danke. Ich trinke nie harten Alkohol. Aber es wäre gut, wenn jemand von der Polizei zu mir kommen könnte. Dann könnte ich auch die Waffe übergeben. Vielleicht sind ja wichtige Fingerabdrücke des Täters drauf.«

»Perfekt, Herr Olschewski. Mein Freund Max wird so bald wie möglich bei Ihnen sein. Er ist ein ehemaliger Hauptkommissar und arbeitet als Privatdetektiv eng mit der Kripo zusammen. Nehmen Sie sich eine Limo oder etwas anderes, wenn Sie keinen Schnaps mögen.«

»Sekt?«

»Was Sie wollen. Es müsste sogar noch Champagner da sein.«

»Geht klar. Danke, Frau Schindler.«

»Nichts zu danken. Passen Sie auf sich auf.«

Sie legten auf.

Fünf Minuten später klingelte Jürgens Handy.

»Hallo, Herr Olschewski. Max Raintaler hier. Vielen Dank erst mal für Ihr mutiges Eingreifen. Monika hat mir alles erzählt. Ich kann in 20 Minuten bei Ihnen sein. Könnten Sie solange in Monis Kneipe auf mich warten?«

»Mach ich.«

»Perfekt, bis dann.«

Jürgen legte auf und sperrte zum zweiten Mal die kleine Kneipe auf. Er hatte Durst, und ein Glas Champagner konnte da sicher nicht schaden. Zumal er sowieso auf diesen Max Raintaler warten musste.

Er liebte Champagner über alles. Daheim bei seinen Eltern hatte es immer eine Flasche zu Weihnachten gegeben, und bereits als Kind hatte er immer einen kleinen

Schluck von dem lustigen Blubberwasser abbekommen. Natürlich nicht so viel, dass er eine Wirkung gespürt hätte, aber genug, um eine lebenslange Liebesbeziehung zu dem Zeug aufzubauen. Jedes Mal, wenn ihn seine Frau verwundert fragte, warum er so viel davon trank, wenn sich einmal die Gelegenheit dazu bot, erwiderte er immer wieder, dass das familiäre Gründe habe, über die er nicht sprechen wolle.

Auf seine Eltern wollte er nun mal nichts kommen lassen.

Er war schon neugierig auf Max Raintaler. Privatdetektiv und ehemaliger Kriminalbeamter klang spannend.

27

»Hallo, Herr Müller«, sagte Reinhard Spieß, der Kollege von der Kripo aus Frankfurt. »Die Zeugen, die Herr Fleischhauer benannt hat, haben übereinstimmend ausgesagt, dass er mit ihnen im gleichen Hotel übernachtet hat. Außerdem seien sie bis in die Morgenstunden mit ihm beim Kartenspiel zusammengesessen.«

»Danke, Herr Spieß«, erwiderte Bernd. »Das hilft uns weiter.«

»Allerdings sind zwei von ihnen als Kleinganoven und notorische Lügner aktenkundig«, fuhr Reinhard fort.

»Das ist jetzt wieder weniger hilfreich.«

»Einen der Zeugen, einen Roger Jennerwein, haben wir noch nicht erwischt. Aber unsere Leute sind dran. Ich gebe Ihnen wieder Bescheid, sobald ich etwas über ihn erfahre.«

»Herzlichen Dank und bis dann.« Bernd legte auf.

Er saß allein in seinem Büro.

Max hatte sich vorhin von ihm verabschiedet, um Jürgen Olschewski zu treffen, der einen versuchten Einbruch bei Monika verhindert hatte. Merkwürdigerweise war es erneut jemand in Tracht gewesen, der sich zu *Monikas kleiner Kneipe* Zugang verschaffen wollte. Vielleicht hatte Olschewski ja doch mehr vom Täter gesehen, als er zuerst dachte. Helfen würde ihnen das bestimmt. In diesem verworrenen Fall war jedes Stückchen Klarheit ein großer Gewinn.

Er lehnte sich in seinem Schreibtischstuhl zurück und ließ das Verhör mit Fleischhauer noch einmal an seinem geistigen Auge vorüberziehen. Sie konnten ihm zwar nichts nachweisen, aber irgendwas stimmte nicht mit dem Kerl. Da war er sich 100-prozentig sicher. Außerdem waren die Aussagen seiner Kollegen, dass sie mit ihm in Frankfurt bis in die Morgenstunden zusammengesessen wären, genau betrachtet ziemlich schwammig. Offensichtlich konnte sich keiner von ihnen daran erinnern, wann genau sie ins Bett gegangen waren.

Also könnte Fleischhauer mit einem Intercity oder einem schnellen Auto durchaus zur Tatzeit in Rosi Steiningers Wohnung gewesen sein. Blieb nur abzuwarten, was der letzte Zeuge, dieser Roger Jennerwein, zu der ganzen Angelegenheit zu sagen hatte. Er könnte das Zünglein an der Waage sein. Möglicherweise war dann alles schon wieder ganz anders. Hoffentlich fanden ihn die Frankfurter Kollegen bald.

Bernd hatte Hunger, sah an sich herunter und stellte wieder einmal fest, dass er einen ziemlichen Bauch bekommen hatte. Er wusste, dass er in den letzten ein, zwei Jahren seinen Körper vernachlässigt hatte. Anstatt nach der Arbeit in die Turnhalle zu gehen und sich zu bewegen, war er lieber in der Kneipe gesessen und hatte mit allen möglichen Leuten getrunken und geredet. Offenbar wurde der Mensch mit dem Alter behäbiger und brauchte mehr Gesellschaft.

So locker war er als Jugendlicher nicht mit sich umgegangen. Er war ein wahrer Sportfanatiker gewesen. Skifahren, Fußball, Bergsteigen, Schwimmen, Rennradfahren oder Tennis waren seine wichtigsten Hobbys gewesen. Beim Rennradfahren hatte er es sogar recht weit gebracht und so manche Bayerische, Süddeutsche und sogar einmal auch die Deutsche Meisterschaft in seiner Altersklasse gewonnen.

Seine Schulkameraden, die damals lieber tranken und kifften und hinter den Mädchen her waren, taten ihn als einzelgängerischen Spinner ab und wollten nichts mit ihm zu tun haben. Er sei viel zu wenig entspannt, ließen sie ihn nicht nur einmal wissen. Ein langweiliger Streber wäre er obendrein, und mit denen wolle sowieso niemand etwas zu tun haben. Wenn er sich irgendwann dazu entscheiden sollte, sein Leben grundlegend zu ändern, könnte man darüber reden, ob er ab und zu mit ihnen trinken und abhängen dürfe. Bis dahin solle er aber gefälligst bleiben, wo der Pfeffer wächst.

Bernd hatte die allgemeine Ablehnung insoweit verarbeitet, als dass er sich noch mehr in den Sport gestürzt hatte und fortan auf seine sogenannten Freunde lieber verzichtete.

Dann hatte der Sport ein jähes Ende für ihn gefunden.

Nora Sprenger war in sein Leben getreten. Er hatte sich Hals über Kopf in sie verliebt. Sie waren zusammen ausgegangen, hatten Konzerte besucht, waren stundenlang aneinandergepresst im Kino gesessen und hatten sich immer wieder geküsst, sobald sie sich trafen.

Sie hatte einen großen Bruder gehabt, Hansi, der sie immer wieder schlug. Wahrscheinlich war er eifersüchtig darauf, dass ihr Vater sie mehr verwöhnte als ihn. Zumindest vermutete sie das Bernd gegenüber.

Eines Tages waren sie ihm zu zweit vor dem Kino begegnet, und Hansi war ohne Grund auf Nora losgegangen. Bernd hatte ihn daraufhin verdroschen, wie er bestimmt noch nie verdroschen wurde. Von diesem Tag an war Bernd Noras großer Held. Hansi hatte ihr seitdem nie wieder auch nur das Geringste getan.

Als sie Bernd ohne Gruß oder ihm Bescheid zu sagen nach drei Jahren verließ, weil sie mit ihren Eltern nach Amerika zog, war er derart vor den Kopf gestoßen gewesen, dass sein ganzes Leben erneut in Unordnung geriet. Er trank und kiffte mit seinen Schulkameraden, schwänzte den Unterricht, schaffte gerade so mit Hängen und Würgen sein Abi und machte sich halbherzig an ein Jurastudium, das er wenig später wieder aufgab.

Schließlich landete er bei der Polizei und arbeitete sich dort bis heute langsam, aber sicher zum Hauptkommissar hoch. Die Erinnerung an Nora verblasste mit den Jahren, und so war er dem einen oder anderen Flirt nicht abgeneigt.

Bis er Anneliese traf. Sie veränderte sein Leben noch einmal von Grund auf. Er war treu und verliebt und nichts als unfassbar glücklich darüber.

Er überlegte kurz, ob er sie anrufen und ihr sagen sollte, dass er sie liebte wie nichts anderes auf der Welt. Dann dachte er, dass er sie womöglich im Moment besser mit ihren Freundinnen feiern ließe. Für die ganz großen Komplimente sollten Zeitpunkt und Ort stimmen, damit sie auch richtig beim Adressaten ankamen und sich in seiner Seele auf Dauer verankern konnten.

Sein Dienstapparat läutete. Er hob ab.

»Gibt es was Neues?«, meldete sich Franz.

»Leider nicht. Fleischhauer hat gemauert, und wir konnten ihm nichts nachweisen.«

»Habt ihr ihn laufen lassen?«

»Mussten wir. Sein Anwalt kam dann auch noch rein.«

»Aber er war's. Das hab ich im Gefühl.«

»Ich glaube auch, dass er was mit der Sache zu tun hat. Aber ohne Beweise oder Geständnis können wir nichts machen.« Bernd räusperte sich. Er fand die momentane Lage genauso wenig prickelnd wie Franz.

»Macht nix. Wir kriegen den Kerl schon noch. Vielmehr du und Max.« Dem Klang seiner Stimme nach hegte Franz nicht den geringsten Zweifel an dem, was er sagte.

»Versprochen!« Bernd nickte bekräftigend, obwohl es niemand sehen konnte.

»Unsere Damen haben sich gerade von uns verabschiedet, und so sitzen der Josef und ich immer noch gemütlich bei einem Bier hier im guten alten *Hofbräuhaus*. Hast du Lust dazuzustoßen? Max habe ich schon gefragt, aber der muss in Monis Kneipe einen Zeugen befragen.«

»Leider nicht, Franzi. Ich muss hier gerade noch auf einen Anruf aus Frankfurt warten und danach habe ich eine Besprechung mit den Kollegen. Schließlich wollen wir den Täter so schnell wie möglich fassen.«

»Klar, sorry. Ich hab mich offenbar schon zu sehr an meine freie Zeit gewöhnt. Und leicht einen sitzen hab ich auch schon.«

»Kein Problem. Genießt es.« Bernd grinste. Er wusste wie jeder andere aus ihrem Freundeskreis, dass Franz von jeher zu viel trank. Aber nach der ganzen Aufregung in den letzten Tagen gönnte er es ihm zum ersten Mal von ganzem Herzen.

»Erinnerst du dich an die zwei frechen Mädchen vom letzten Mal und von vorhin?«, wollte Franz noch wissen.

»Die eine mit dem ›Atomkraft-Nein-Danke‹-Shirt?«

»Genau. Die und ihre Freundin waren gerade wieder hier.«

»Und haben euch erneut übel beschimpft?«

»Nein.«

»Nein?«

»Du wirst es nicht glauben.« Franz machte eine Kunstpause, um die Spannung zu erhöhen.

»Was denn?«

»Sie haben Josef und mir jedem eine Maß und einen Schnaps auf den Tisch gestellt und sich dann bei mir für ihre Frechheiten entschuldigt.«

»Ist nicht wahr.« Bernd blieb vor Staunen der Mund offen stehen.

»Doch. Es gibt noch Hoffnung für die Jugend.« Franz lachte.

»Wo haben die denn das Geld her?«

»Was weiß denn ich.«

Sie legten auf, und kurz darauf klingelte sein Dienstapparat erneut. Das Überwachungsteam, das sich um Fleischhauer kümmern sollte, war dran und meldete, dass er ihnen entwischt war.

28

Max war mit dem MVV zu *Monikas kleiner Kneipe* gefahren. Zu Fuß wäre es zu weit gewesen, und Geld für ein Taxi rauszuschmeißen war überflüssig, weil er sowieso eine Monatskarte hatte.

Als er das kleine Lokal erreichte, sah er schon von weitem einen jungen Mann im Biergarten sitzen. Das musste Jürgen Olschewski sein, mit dem er verabredet war.

»Sind Sie der Max Raintaler?«, fragte ihn Jürgen, als er bei dessen Tisch ankam.

»Richtig. Und du bist der mutige Taxifahrer, Jürgen, richtig?«

»Jürgen Olschewski.« Jürgen nickte. Er stand auf, und sie gaben sich die Hände. »Ich bin froh, dass Sie hier sind. Der Kerl, der hier einbrechen wollte, hätte mit Verstärkung zurückkommen können. Das wäre möglicherweise problematisch gewesen.«

»Ist der Champagner gut?« Max zeigte auf die angebrochene Flasche, die im Kühler auf dem Tisch stand.

»Hervorragend. Frau Schindler hat es mir ausdrücklich erlaubt«, beeilte sich Jürgen, den Sachverhalt zu klären.

»Kein Problem. Da ist auch sicher noch mehr, wo der herkommt.« Max grinste wissend.

»Wollen Sie auch?«

»Ich hole mir schnell ein Glas.« Max nickte. »Von mir aus können wir uns gerne duzen. Ich bin der Max.«

»Okay.«

Sie gaben sich erneut die Hände.

Als er mit einem Champagnerglas zurück war, setzte sich Max zu Jürgen und schenkte sich ein.

»Wie hat der Kerl denn ausgesehen, den du verjagt hast?«, fragte Max, nachdem sie angestoßen und von dem edlen Tropfen getrunken hatten.

»Eher klein, korpulent, und er hatte Lederhosen und einen Trachtenjanker an.«

»War irgendetwas an ihm besonders auffällig?«

»Könnte ich nicht sagen.« Jürgen schüttelte den Kopf. »Es ging alles rasend schnell, und die meiste Zeit stand oder lief er hinter mir oder stand mit dem Rücken zu mir.«

»Klein, korpulent und Tracht. Das ist doch schon mal was.« Max tippte die Beschreibung, die ihm Monika so ähnlich auch schon gegeben hatte, erneut in sein Handy. Fleischhauer kam damit nicht infrage. Klein und korpulent traf auf den zwei Meter großen Koloss keinesfalls zu. Außerdem war er zur Tatzeit noch bei ihnen im Westend gewesen, und fliegen konnte er ganz sicher nicht.

Sie tranken erneut.

Eines musste man Monika lassen, dachte Max. Wenn sie etwas machte, dann machte sie es richtig. Das betraf auch die Auswahl ihrer Getränke für die Kneipe und in diesem speziellen Fall die Qualität des Champagners. Er schmeckte vorzüglich. In null Komma nichts hatten sie die Flasche geleert, und er hatte Nachschub geholt.

»Hoffentlich ist die Frau Schindler nicht böse, wenn wir so viel Champagner trinken«, meinte Jürgen.

»Das passt schon. Mir gehört das Lokal zur Hälfte.« Max grinste, während er die neue Flasche öffnete.

»Ach so, na dann.« Jürgen lächelte erleichtert.

»Ist dir inzwischen noch etwas zu dem Einbrecher eingefallen?«

»Leider nein.« Jürgen schüttelte den Kopf. »Aber an der Waffe war sein Blut, und auch an der Tür müssen seine Fingerabdrücke sein. Vielleicht kann man das untersuchen lassen und seine Identität anhand des Ergebnisses feststellen.«

»Das machen wir doch glatt, Sherlock Holmes.« Max holte sein Smartphone heraus und bat Bernd, zwei Leute von der Spurensicherung herzuschicken. Es gäbe Fingerabdrücke an Monikas Tür und an einer Pistole, die der Einbrecher verloren hatte. Außerdem wären überall jede Menge Blutspuren von ihm.

»Geht klar, Max. Die zwei sind spätestens in einer halben Stunde bei euch.«

»Wir warten hier.« Max legte auf. »Weißt du, was wir jetzt machen?«, fragte er Jürgen.

»Nein.«

»Wir hören anständige Musik zu unserem Schampus. Bin gleich zurück.«

Max verschwand abermals im Inneren des Lokals, und wenig später erklang Johnny Cash aus dem Inneren.

»American Recordings?« Jürgen sah ihn fragend an, als er zurück war.

»Ja, nur Gitarre und seine Stimme.« Max nickte. »Da haben er und der Rick Rubin ganze Arbeit geleistet.«

»›Thirteen‹ ist mein absoluter Lieblingssong.«

»Meiner auch. Und später in der Reihe dann Hurt. Unschlagbar.« Max nickte wissend.

»Großes Kino mit minimalistischen Mitteln.« Jürgen hatte Gänsehaut an den Armen und trank noch einen Schluck.

Die Musik schien ihn tatsächlich zu berühren. Max freute das. Nichts war schlimmer als die theoretischen Klugschwätzer, die mit ihrem großartigen Wissen über Musik prahlten, aber eigentlich keine Ahnung davon hatten, wie sie sich tatsächlich anfühlte. Das konnten nur gute Musiker oder sehr empathische Zuhörer sagen. Punkt.

»Folsom Prison ist auch eine starke Nummer«, meinte Max jetzt.

»Absolut«, gab ihm Jürgen recht. »Genau wie sein Auftritt im Gefängnis selbst. Schon eine unvergessliche Erscheinung, der Johnny Cash.«

»Die großen alten Stars sterben immer mehr aus. Bald haben wir nur noch säuselnde Popsänger auf dieser Welt, die jammernd ihren eigenen Seelenzustand bespiegeln.«

»Das Ego siegt über alles, sagt meine Frau immer.«

»Du bist verheiratet?« Max staunte. Der junge Mann vor ihm machte eher den Eindruck eines abenteuerlustigen Junggesellen auf ihn.

»Mit der tollsten Frau auf dieser Welt.« Jürgen nickte. »Und einen wunderbaren Sohn haben wir auch.«

»Ich heirate in drei Wochen«, platzte es aus Max heraus.

»Wen? Etwa Monika Schindler?«

»Treffer versenkt.« Max nickte. »Sie ist übrigens auch die tollste Frau auf dieser Welt.«

»Gibt es das? Zwei tollste Frauen der Welt?« Jürgen grinste.

»Unbedingt.« Max grinste ebenfalls.

Dann tranken sie erneut und reckten ihre Gesichter der wärmenden Sonne entgegen.

»Hoffentlich verblutet er nicht«, meinte Jürgen nach einer Weile.

»Wie kommst du darauf?« Max sah ihn fragend über den Rand seines Champagnerglases hinweg an.

»Er hat sehr stark geblutet. Man kann es hinter dem Haus deutlich sehen. Möglicherweise habe ich eine Schlagader getroffen.«

»Kannst du mir zeigen, wo genau man es sehen kann?«

»Na klar.«

Als sie im Garten hinter dem Haus durch die Wiese streiften, stießen sie tatsächlich auf eine Menge Blut. Teils war es bereits getrocknet, teils noch feucht.

»Da schau her, ein Handy.« Max hob das blutverschmierte Telefon mit einem Papiertaschentuch auf und legte es anschließend wieder ins Gras zurück. »Bestimmt ein Prepaidphone aus dem Ausland«, sagte er. »Da lässt sich nur schwer die Identität des Kerls feststellen.«

»Aber ein Bild von meinem Ausweis hat er gemacht. Könntest du das bitte löschen? Nicht dass die Adresse noch aus Versehen in die falschen Hände gerät.«

»Was soll passieren? Wir haben es doch jetzt.«

»Ich würde mich einfach besser fühlen.«

»Kann ich verstehen. Aber erzähl das bloß niemandem.« Max nahm wieder sein Papiertaschentuch zur Hand, hob das Handy erneut vom Boden auf und löschte das Bild mit Jürgens Ausweis darauf.

Dann rief er noch mal bei Bernd an.

»Max noch mal«, sagte er. »Wir haben hier eine große Menge an Blutspuren. Der Täter wurde bei der Flucht angeschossen. Vielleicht fragt ihr mal in den Krankenhäusern und bei den einschlägigen Ärzten nach Schusswunden am Arm.«

»Angeschossen? Von wem?«

»Der Taxifahrer hat sich mit seiner eigenen Waffe zur Wehr gesetzt.«

»Gibt es Zeugen dafür?«

»Denke ich nicht. Aber es wird schon stimmen. Da müssen wir jetzt einfach mal an das Gute glauben, Bernd.« Max schlug einen frostigen Ton an. Manchmal übertrieb es Bernd seiner Meinung nach mit seiner Beamtenmentalität. Schon ein Witz. Ausgerechnet er, der Ohrfeigenverteiler der Nation, wurde kleinlich, wenn es um andere mögliche Gewalttaten ging.

»Ich frag ja nur«, erwiderte Bernd. »Also gut. Wir checken alle Ärzte, Kliniken und Krankenhäuser.«

»Perfekt.« Max legte auf.

»Alles okay?«, fragte Jürgen, der das Gespräch naturgemäß nur zur Hälfte mitbekommen hatte.

»Er wollte nicht so ganz glauben, dass du dich nur gewehrt hast.«

»Aber das war so, ich schwöre es.« Jürgen hob die Hand zum Schwur. »Warum hätte ich denn Frau Schindler sonst angerufen? Ein Schuldiger ruft doch nirgends an und sagt, dass er jemanden angeschossen hat, der danach verschwunden ist.«

»Ich glaub dir ja«, sagte Max. »Bernd früher oder später sicher auch. Prost, Junge. Auf das Leben, die Liebe und die Sonne.«

Natürlich wusste Max, dass es nie 100-prozentige Sicherheit im Leben gab und dass es aus welchem Grund auch immer ebenso gut so gewesen sein konnte, dass Jürgen hier mit einem Komplizen zugange gewesen war, um Monikas Kneipe leerzuräumen, und diesen im Streit angeschossen hatte. Aber das erschien Max alles gerade äußerst unwahrscheinlich. Da hätte er seine ganze Menschenkenntnis mitsamt seinem gesamten Weltbild vergessen müssen, und das tat er nicht, weil es ein Schmarrn gewesen wäre. Obwohl man bekanntermaßen niemals nie sagen sollte.

29

Sandra, Marion, Anneliese und Monika waren inzwischen im *Komm Rein*, einer weit über die Grenzen Münchens hinaus bekannten ehemaligen Promi-Bar, gelandet. Anneliese war hier einmal ein beliebter Stammgast gewesen, und so wurden sie von Giovanni, dem italienischen Barkeeper und Besitzer in einer Person, aufs Fröhlichste begrüßt. Er trug einen dunklen Anzug über einem blütenweißen Hemd und hatte seine grauen Haare straff nach hinten gekämmt.

»Servus, Schatzi!«, rief er Anneliese zu, sobald er sie erblickt hatte. »Ja, und so eine fesche Begleitung.« Er schaute die anderen drei mit einem unverhohlen bewundernden Blick an. »Vier wunderschöne Damen in meinem bescheidenen Lokal. Darf's ein Flascherl Schampus sein?« Er warf Anneliese ein übertriebenes Kusshändchen zu.

Natürlich war sein Lokal alles andere als bescheiden zu nennen. Mit teuren Hölzern, echten Bildern und hochwertigen Stoffen eingerichtet, gehörte es, obwohl inzwischen ein wenig angestaubt, immer noch zu den einzigartigen seiner Art in München.

»Servus, Giovanni«, erwiderte Anneliese. »Wir bräuchten einen Tisch für vier. Und ein Flascherl vom Besten darfst du uns natürlich gerne bringen.«

»Sucht euch einen Tisch aus, es sind genügend frei. Oder wollt ihr ins Separee?« Giovanni hantierte mit vier Champagnergläsern, holte die dazu passende Flasche aus der Kühlung und lief direkt auf Anneliese zu.

»Danke, das passt schon hier, oder, Mädels?«

Monika, Sandra und Marion nickten unisono.

Giovanni gab allen ein Bussi links und ein Bussi rechts, wie es bei ihm seit Jahren gang und gäbe war. Früher hatte man hier zu jeder Tages- und Nachtzeit bekannte Schauspieler, Moderatoren und sonstige wichtige Persönlichkeiten des gesellschaftlichen Lebens getroffen. Das hatte sich offenkundig geändert, dachte Monika, während sie sich umschaute. Prominente waren jedenfalls keine zu entdecken.

»Mensch, Annie, dich hab ich aber schon lange nicht mehr gesehen«, meinte er, während er ihnen einschenkte. »Wo bist du?«

»Hier und da«, antwortete sie lächelnd. »Es gibt immer was zu tun. Vor allem, wenn man sich mit Hochzeitsplänen trägt.«

»Du willst wieder heiraten? Sag, dass das nicht wahr ist.« Giovanni bekam vor Staunen den Mund nicht mehr zu. »Du wolltest dich doch nie wieder binden nach der unguten Sache mit deinem Bernhard.« Er klang aufgeregt und ungläubig zugleich. »Ich hätte dich sofort auf Händen getragen.«

»Bis der Richtige vorbeischneit, habe ich immer gesagt, erinnerst du dich?« Sie setzte sich zu ihren Freundinnen, die bereits auf den Barhockern um einen runden Bistrotisch am Fenster Platz genommen hatten. »Du warst es leider nicht, mein Lieber, wie viele andere.«

Monika blickte sich weiter um. Dabei fielen ihr drei vollbärtige Südländer an einem Tisch in der anderen Ecke des Raumes auf, die immer wieder zu ihnen herüberstarrten.

»Jetzt erst mal Prost, ihr Lieben. Lasst es euch schmecken. Wenn ihr irgendwas braucht, lasst es mich sofort wissen.« Giovanni stellte die Flasche in den Kühler neben dem Tisch. Dann ließ er die Damen wieder alleine.

»Nicht umdrehen. Aber da hinten stehen drei Araber oder so was, die starren andauernd zu uns her«, sagte Monika, sobald er weg war.

»Wahrscheinlich haben sie noch nie vier so attraktive Damen im mittleren bis höheren Alter auf einem Haufen gesehen.« Sandra lachte.

Anneliese und Marion lachten mit.

»Ich hab irgendwie nicht das Gefühl, dass die mit uns anbandeln wollen. Sie schauen für mich eher wie Ganoven aus.« Monika sprach leise, damit auf keinen Fall ein Wort von ihr bis zu den dreien hinüberdringen konnte. »Hoffentlich sind die uns nicht gefolgt, weil sie wissen, dass wir zu Franzi gehören.«

»Wer hat denn hier jetzt die Vorurteile, Moni?« Sandra sah Monika neugierig an.

»Das ist doch was ganz anderes.«

»Ach tatsächlich?«

»Sollen wir die Polizei holen?«, fragte Marion, die immer mehr in alberne Feierlaune geriet. Wunder war das keins. Schließlich hatten sie bereits einiges getrunken.

»Vorsicht«, zischte Monika. »Einer von denen kommt zu uns rüber.« Sie zog unwillkürlich den Kopf ein. Was, wenn die Kerle bewaffnet waren und ihnen nach dem Leben trachteten oder wenn sie sie entführen wollten? Sie holte ihr Handy heraus, um Max im Notfall blitzschnell noch eine Nachricht schicken zu können.

»Guten Tag, meine Damen«, sagte der junge Mann im Anzug, als er bei ihnen angelangt war. »Mein Name ist Scheich Achmed Ali Ben. Ich komme aus Dubai. Meine zwei Cousins und ich fragen uns, ob wir Ihnen ein wenig Gesellschaft leisten und Sie auf eine Flasche Champagner und ein paar ausgesuchte Kleinigkeiten zu essen einladen dürfen.«

»Ganoven?«, zischte Anneliese Monika ins Ohr. »Wenn du dich da mal nicht täuschst, Watson.«

»Also ich hätte nichts dagegen«, platzte es aus Marion heraus.

»Warum nicht«, meinte Sandra lächelnd. »Wir sind aber alle bereits vergeben.« Sie hob mahnend den Zeigefinger.

»Mehr oder weniger«, sagte Anneliese lächelnd.

»Spinnst du, Annie«, fauchte Monika fast unhörbar. Sie schlug sich dabei mit der flachen Hand gegen die Stirn.

Achmed ging zu seinen Cousins und sprach mit ihnen.

»Vor der Hochzeit soll man sich noch mal richtig austoben, heißt es doch immer«, meinte Marion. »Dann ist auch noch mindestens einer von denen ein Scheich. Das ist doch der Hammer, Leute.«

»Du heiratest doch gar nicht.« Monika sah sie verwundert an.

»Noch nicht so bald wie ihr.«

»Verstehe ich nicht.« Monika schüttelte den Kopf. »Willst du Josef etwa auch heiraten?«

»Könnte schon sein.« Marion machte ein verschlossenes Gesicht.

»Sag bloß«, staunte Annie. »Hat er dich denn schon gefragt?«

»Könnte schon sein.«

Bevor sie das Thema vertiefen konnten, war Scheich Achmed mit seinen Cousins zurück.

»Ich habe mir erlaubt, in einem größeren Separee einige Speisen und Getränke servieren zu lassen«, meinte er. »Wollen Sie uns bitte folgen?«

Er ging voraus, und seine Cousins und die vier Damen aus München Süd folgten ihm.

»Hier war ich noch nie«, sagte Annelise, als sie einen

mittelgroßen Raum mit einem langen Tisch in der Mitte betraten. »Das sieht ja aus wie in einem Palast.«

»Es ist mein privates Separee«, meinte Achmed. »Freut mich sehr, dass es Ihnen gefällt. Bitte setzen Sie sich doch.« Er zeigte auf die mit Getränken und feinsten Speisen beladene Tafel.

»Schade, dass ich im *Hofbräuhaus* schon einen Salat gegessen habe«, meinte Sandra, während sie in einem der riesigen, bequem aussehenden Holzstühle Platz nahm.

»A bissl was geht immer«, meinte Anneliese, die genau wie Monika und Marion mit feuchten Augen auf den Tisch starrte. »Aber wenn du nicht essen magst, halt dich doch einfach an den Schampus. Die Sorte auf dem Tisch ist besonders gut, weil besonders teuer. Hab ich bisher erst einmal getrunken, als Bernhard eine Flasche davon zu unserem zweiten Hochzeitstag bestellt hatte.«

»Was genau machen Sie denn in München, Achmed?«, wollte Monika wissen. Sie hatte sich entschlossen, die Bärtigen erst mal auszufragen und dann zu entscheiden, was sie über das Ganze hier denken sollte.

»Wir verhandeln mit Ihrer bayerischen Staatsregierung über Gas- und Öllieferungen«, erwiderte Achmed.

Erst als alle Damen saßen, setzte er sich mit seinen Cousins zu ihnen.

»Aber nicht zu teuer«, grätschte Sandra hinein. »Die Preise sind in den letzten Jahren ins Uferlose gestiegen. Bald kann es sich niemand in ganz Deutschland mehr leisten, im Winter seine Wohnung zu heizen. Vom Autofahren ganz zu schweigen.«

»Auf keinen Fall. Wir machen faire Preise«, versicherte ihr Achmed mit einem geschäftsmäßigen Lächeln im Gesicht.

»Hoffen wir's.« Monika waren die drei Kerle nicht

geheuer. Sollten sie sie tatsächlich bis hierher verfolgt haben und in der Sache mit Rosi Steiningers Verleumdung von Franz mit drinhängen, war die ganze Sache bestimmt viel größer als zunächst angenommen. Blieb nur abzuwarten, wie groß tatsächlich und wer sonst noch daran beteiligt war. Internationale Ölkonzerne zum Beispiel waren eine ganz andere Hausnummer als irgendein kleiner Trachtenvereinspräsident wie Fred Fleischhauer, der Frauen verprügelte.

30

»Eines verstehe ich nicht, Franzi«, meinte Josef. »Es ist doch inzwischen mehr als erwiesen, dass du Rosi Steininger niemals vergewaltigt hast. Warum lassen dich deine Vorgesetzten dann nicht einfach wieder in deinen Job zurück?«

»Die Aussagen von Max und von Annegret Bacher reichen ihnen wohl nicht. Anscheinend wollen sie handfeste Beweise.« Franz hob sein Glas und trank einen Schluck von seinem Bier. »Außerdem glaube ich, dass die Sache dem Rieker ganz recht kommt. Der will mir seit langem eins auswischen.«

»Aber wieso? Was hast du ihm denn getan?« Josef trank ebenfalls einen Schluck.

»Eigentlich nichts.« Franz zuckte die Achseln.

»Aber ohne Grund führt sich doch niemand so auf.«

»Keine Ahnung.« Franz stierte vor sich hin auf den Biertisch.

»War da nicht doch irgendwann mal etwas?«

»Na ja. Einmal wollte er unsere Abteilung verkleinern. Da bin ich zu seinem direkten Vorgesetzten und hab dem gesagt, dass das nicht geht, weil wir sowieso schon zu wenige Leute sind.«

»Und dann?«

»Dann hat sich der Rieker fürchterlich aufgeregt. Von wegen, ich würde ihm in den Rücken fallen und versuchen, seine Autorität zu untergraben.« Franz winkte den Kellner herbei und bedeutete ihm, dass sie noch zwei Halbe bräuchten.

»Hat er die Abteilung danach verkleinert?«

»Nein, er durfte nicht.«

»Und seitdem ist er sauer auf dich?«

»Richtig. Weil ich meinen Leuten ihren Arbeitsplatz sichern wollte. Stell dir das vor.«

»So ein kleinliches Arschgesicht.«

»Das kannst du laut sagen.«

»Aber dass er deswegen so weit geht und dir deine Pension verwehren will, ist schon reichlich übertrieben. Hört sich irgendwie krank an.«

»Das finde ich auch.« Franz nickte.

»Was, wenn er in der Sache mit drinhängt?« Josef sah ihn neugierig an.

»In welcher Sache?«

»Die Vergewaltigungsvorwürfe gegen dich.«

»Warum sollte er?« Franz zuckte erneut die Achseln.

»Weil er genau wie Rosi Steininger erpresst wird?«

»Aber was hätten die denn alle davon, mich fertigzumachen?«

»Fred Fleischhauer will sich ausgiebig an dir rächen. Reicht das nicht?«

»Du meinst, dass er sogar meine Vorgesetzten unter Druck setzt und auf mich hetzt?«

»Möglich wäre es.« Jetzt war Josef an der Reihe, mit den Achseln zu zucken. »Kommt ganz drauf an, womit er den Rieker im Würgegriff hat.«

»Ja, hallo, wenn das nicht der Franzi Wurmdobler ist.« Zwei Männer in Franz' Alter standen wie aus dem Nichts vor ihnen.

»Servus Günni, Servus Ludwig«, begrüßte Franz die beiden. Ein freudiges Lächeln huschte dabei über sein Gesicht. Endlich mal jemand, der noch nichts von seinen Problemen wusste. »Was macht ihr denn hier, Männer? Ist unser Stammtisch nicht erst am Donnerstag?«

»Meinst du vielleicht, wir haben bloß einmal in der Woche Durscht?« Günni schaute ihn verwundert an.

»Wollt ihr euch zu uns setzen?« Franz zeigte auf die freien Stühle am Tisch.

»Schon«, meinte Günni, der ungefähr doppelt so groß und genauso dick wie Franz war. »Aber nicht, dass wir am Ende von dir vergewaltigt werden.« Günni lachte laut über seinen schlechten Kalauer.

»Keine Angst. Ihr seid mir viel zu hässlich.« Sie wussten es also auch. Eigentlich kein Wunder, schließlich stand alles groß und breit in der Zeitung. Franz musste trotz der mehr als angespannten Lage, in der er sich befand, laut lachen.

Die anderen drei lachten mit, am lautesten wieder Günni.

Günni und Ludwig nahmen Platz und bestellten sich ebenfalls zwei Halbe Bier.

Kaum war der Ober wieder weg, kam Gerald an ihren Tisch, der langjährige Chefkellner der Schwemme, wo Franz', Günnis und Ludwigs wöchentlicher Stammtisch stattfand.

»Gut, dass ich euch sehe, Leute«, sagte er. »Servus, Josef. Schön, dass du als Nichtstammtischler auch mal wieder da bist.«

»Servus, Gerald.« Josef lächelte ihn an.

»Mir geht es auf einmal gar nicht gut, Jungs«, fuhr Gerald fort. »Seit ich vorhin den riesigen Teller Zaziki vom Griechen auf der anderen Straßenseite gegessen habe, ist mir total schlecht!«

»Das ist ganz einfach, Gerald«, meinte Günni. »Im Zaziki ist jede Menge Knoblauch drin. Und der Knoblauch verdünnt das Blut. Da kann der Blutdruck schon mal anständig absinken, wenn man zu viel erwischt. Und davon wird es einem dann auch so flau. Da brauchst du dich eigentlich gar nicht groß zu wundern.« Er schaute mit wissendem Blick in die Runde.

»Meinst du wirklich, Günni? Kann der Blutdruck von ein bisserl Knoblauch echt so weit absinken?« Franz konnte gar nicht fassen, wie ungesund und gefährlich die sonst so vor allem auch von seiner Sandra hochgelobte mediterrane Ernährung auf einmal doch wieder sein sollte.

»Doch, doch!« Josef nickte wissend. »Hab ich auch schon mal irgendwo gelesen.«

»Ja, logisch kann der Blutdruck bei zu viel Knoblauch absinken«, mischte sich Ludwig ein. »Es ist genauso, wie der Günni sagt. Der Knoblauch verdünnt das Blut. Das Blut hat dadurch weniger Widerstand, und der Druck sinkt. So einfach ist das. Lass dann noch einen doppelten Schnaps dazukommen. Da kann einem schon mal sauber flau werden.«

»Drum ist es mir immer so schlecht, wenn ich beim Griechen war«, meinte Franz.

»Das liegt nicht am Zaziki, sondern am Ouzo, Franzi«, sagte Josef, und alle lachten erneut.

»Aber schädlich ist das nicht mit dem niedrigen Blutdruck«, fuhr Ludwig fort. »Der hohe Druck ist der gefährliche. Beim niedrigen, da haut es dich vielleicht einmal um, aber der hohe, der ist wirklich gefährlich. Mit dem ist nicht zu spaßen. Da gibt es ganz schnell einmal einen Herzinfarkt, und dann heißt es ›Saufen ade‹.« Er machte ein der Ernsthaftigkeit des Themas angemessen tragisches Gesicht.

Gerald wurde derweil immer blasser. Er stand auf, holte aus einer Schublade hinter dem Tresen ein kleines Blutdruckmessgerät für das Handgelenk hervor und ging damit in die Küche hinaus.

Was ein Blutdruckmessgerät für das Handgelenk hinter dem Tresen des Biergartens im *Hofbräuhaus* zu suchen hatte, konnte sich niemand am Tisch so recht erklären. Und weil ein paar spaßhaft angestellte Vermutungen, wie »vielleicht ist der Koch herzkrank von seinem eigenen Essen« auch nicht sehr viel weiterführten, vergaßen alle die Frage auch ganz schnell wieder.

Schließlich konnte keiner der Anwesenden wissen, dass Paul Grätzer, der vorherige Wirt des Lokals, dieses Blutdruckmessgerät vor Jahren auf Anraten seines Hausarztes gekauft hatte. Genützt hatte es ihm allerdings wenig, denn er hatte es nie benützt und hatte auch all die anderen Tipps des Herrn Doktor, wie man einen Infarkt oder einen Hirnschlag am besten vermeiden kann, stets in den Wind geschlagen.

Bei einem der regelmäßigen exzessiven Saufgelage mit seinen besten Freunden landete er dann schließlich auch prompt wie von der Axt gefällt um 4 Uhr morgens auf seinem eigenen Kneipenboden, und der herbeigeeilte Notarzt konnte nur noch den Exitus feststellen.

Pauls ganz spezielle Vorliebe für mexikanischen *Mezcal* mit Wurm drinnen und dicke kubanische Zigarren wurde dann von seinen Freunden bei der Beerdigungsfeier aus reiner Solidarität noch einmal ausgiebig gewürdigt, indem jeder von ihnen noch vor der Zeremonie eine fette *Havanna* geraucht und den heftigen Tabakgeschmack anschließend mit der mexikanischen Schnapsspezialität hinuntergespült hatte.

Dass einer von Pauls besten Freunden, Manuel Seitensteller, ein sehr übergewichtiger, aber nicht besonders trinkfester Schwabe aus Stuttgart, nachdem der Sarg bereits am Boden vom Grab angekommen war, dann zwei der umstehenden Trauergäste mit in das noch offene Loch hinuntergerissen hatte, als er, völlig betrunken, beim Blumenwerfen das Gleichgewicht verloren hatte, hatte der bis dahin sowieso schon recht ungewöhnlichen Trauerfeier für den zu seinen Lebzeiten dauerbetrunkenen Wirt noch eine ganz besondere persönliche Note verliehen.

Franz, Josef, Ludwig und Günni waren inzwischen längst bei diversen anderen Themen gelandet, wie zum Beispiel den Außerirdischen, dem Ouzo und dem Bier. Günni behauptete gerade, dass Ludwig noch viel eher ein Außerirdischer sein müsste als jeder andere, weil der so verdächtig viel über Medizin wisse, obwohl er dieses Fach eigentlich nie studiert habe.

Doch noch bevor die Diskussion darüber richtig losgehen konnte, war Gerald auch schon aus der Küche zurück, das bereits abgeschnallte Blutdruckmessgerät in der Hand.

»Und wie viel?«, fragte Ludwig gleich, als er ihn an den Tisch kommen sah.

»Hier, schau selber.« Stolz zeigte Gerald auf die digitale Anzeige des Messgerätes.

»180 zu 120.« Ludwig zog überrascht die Augenbrauen hoch. »Ja, Mensch, Gerald, das ist aber viel zu hoch! Damit solltest du wirklich mal zum Arzt gehen! Vor allem der untere Wert, also die 120, das ist richtig gefährlich!«

»Ja, Wahnsinn.« Franz nickte wissend, hatte aber nicht die geringste Ahnung, um was genau es ging. Sein Arzt hatte ihm zwar bereits einige Male den Blutdruck gemessen, aber er selbst hatte sich nie großartig für das Ergebnis interessiert.

»Rauchst du denn so viel, Gerald? Das kann den Blutdruck nämlich auch ganz schön hochtreiben!« Auch Günni besann sich, wie Ludwig zuvor, wieder auf sein Fachwissen. »Und der viele Kaffee, den du den ganzen Tag trinkst, haut ihn natürlich noch mehr rauf. Das ist alles erwiesen!«

»Ich habe heute nur einen Kaffee getrunken und nur zwei Zigaretten geraucht.« Langsam, aber sicher wurde Gerald unsicher. Er wankte leicht. Seine Augen bewegten sich unruhig von einem zum anderen.

»Schon komisch, dass man überhaupt einen Blutdruck hat, stimmt's, Günni?« Franz hatte jetzt diesen gewissen philosophischen Gesichtsausdruck auf, den er gerne mal nach fünf bis acht Bier zeigte.

»Ja, du bist gut, Franzi.« Günni setzte im Gegenzug seine allseits bekannte gönnerhaft überlegene Alleswissermiene auf. »Ohne Blutdruck, da hätten wir überhaupt keinen Kreislauf. Und ohne Kreislauf? Aus die Maus. Da bist du ruckzuck unter der Erde. Oder erst gar nicht auf der Welt.«

»Das glaub ich dir ja, Günni«, sagte Franz. »Aber irgendwie komisch ist es halt trotzdem.«

Da hatte der anerkannte Blutdruckfachmann Nummer eins, Ludwig, auf einmal die zündende Idee. »Wie hast du deinen Blutdruck denn eigentlich gemessen, Gerald? Zeig uns das doch einmal.«

»Na, ganz einfach. Ich habe es drangemacht und eingeschaltet.«

»Ja wie? Im Stehen vielleicht? Hast du dich nicht einmal hingesetzt?«

»Nein, wieso!«

»Und deine Hand war wo? Ganz unten?«

»Ja sicher. Wieso nicht?« Gerald blickte einigermaßen verwirrt drein.

»Ja, du Schlaumeier! Das kann ich dir schon sagen, wieso nicht«, sagte Ludwig. »So ein Blutdruckmessgerät gibt doch völlig falsche Werte aus, wenn man nicht richtig misst. Da musst du jetzt wirklich kein Außerirdischer sein, um das zu wissen. Da brauchst du dich auch nicht wundern, wenn die Werte viel zu hoch sind.«

»Und jetzt?«, fragte Gerald.

»Jetzt setzt du dich erst mal ganz ruhig hierher zu uns und hältst das Handgelenk mit dem Messgerät in Herzhöhe. So, und jetzt atme tief durch, sonst sind die Werte gleich wieder zu hoch. Du sollst ihn in Ruhe messen, den Blutdruck! Also, auf geht's.«

Offenkundig tief beeindruckt von der geballten Ladung an Fachkenntnis, die vor ihm ausgebreitet wurde, gehorchte Gerald auf der Stelle und maß erneut seinen Blutdruck. Streng nach Vorschrift, ruhig am Tisch sitzend und unter den wachsamen Augen der Anwesenden.

Dann nahm er das Gerät wieder ab.

»Und?« Ludwig wollte es auf der Stelle wissen.

»Schau selber.« Gerald hielt ihm das Display hin.

»110 und 76. Das ist völlig normal. Na, siehst du«, sagte Ludwig zu Gerald, und dann zu den anderen, »das hab ich mir doch gleich gedacht, dass einer, der den ganzen Tag herumrennt und Bier hin und her trägt, keinen hohen Blutdruck haben kann!«

»Na super«, pflichtete ihm Franz bei, der das Bier und den Schnaps heute schneller merkte als gewöhnlich. Wahnsinn, ich hab schon einen echten Schwips von dem bisserl Bier. Da wird doch wohl nichts mit der Leber sein, dachte er kurz.

»Na, das ist ja gerade noch einmal gut ausgegangen«, sagte Günni. »So, Gerald, dann bringst du uns jetzt allen erst einmal noch ein schönes Bier und einen ordentlichen Schnaps auf den Schock. Und dir schenkst du auch gleich einen ein, einen Doppelten, auf Ludwigs Rechnung. Aber kein Zaziki mehr heute, und dein Blutdruckmessgerät nimmst du auch gleich wieder mit. Weil, wir brauchen das Ding sicher nicht hier am Tisch.«

Zustimmendes lautes Gelächter aus drei hochroten Köpfen über wackelnden Bierbäuchen und fröhliches Gläserstoßen folgten. Josef stieß, schlank und durchtrainiert, wie er schon immer war, mit an.

Im anschließenden Gespräch waren sich dann alle einig, dass die Gesundheit auf jeden Fall ein wertvolles Gut sei, auf das jeder so gut wie möglich zu achten habe.

»Eines wollte ich dir übrigens noch sagen, Franzi«, meinte Ludwig danach noch. »Alle deine Stammtischfreunde halten zu dir. Wir wissen, dass du das, was der Schmierfink in der Zeitung geschrieben hat, niemals getan hast.«

»Das freut mich sehr, Ludwig. Gut zu wissen, dass man Freunde auf dieser Welt hat.« Franz bekam feuchte Augen.

»Ist eh so gut wie bewiesen, dass der Franzi nichts gemacht hat«, steuerte Josef noch bei. »Die wahren Täter werden bereits verfolgt.«

»Das freut uns natürlich noch mehr«, meinte Ludwig und bestellte noch eine Runde Schnaps für alle.

»Hoffentlich habt ihr alle recht«, meinte Franz und schaute auf die Tischplatte.

»Hast du etwa Zweifel?«, wollte Ludwig wissen.

»Zweifel sind immer angebracht, wenn es um Erpressung, Vergewaltigung und Mord geht und um Trunkenheit.« Franz brütete sekundenlang dumpf vor sich hin. Dann holte ihn die gute Laune am Tisch wieder ein.

31

Der Chef der Spurensicherung höchstpersönlich, Rainer Keller, tauchte mit seinem jüngeren Kollegen, Lukas Schnürschuh, bei *Monikas kleiner Kneipe* auf. Max gab ihnen die Pistole des Einbrechers, und dann zeigten er und Jürgen ihnen, wo das Handy, die Fingerabdrücke und die Blutspuren des Einbrechers zu sehen waren.

»Hoffentlich finden sie verwertbare Spuren«, sagte Jürgen, als er und Max wieder an ihrem Tisch im Biergarten saßen.

»Warten wir es ab«, erwiderte Max und schenkte beiden Champagner nach.

»Ich habe drinnen im Schankraum eine Gitarre gesehen«, meinte Jürgen, nachdem er einen Schluck getrunken hatte. »Spielt da auch jemand drauf?«

»Ja, ich, wenn ich Zeit und Lust habe.« Max nickte.

»Das ist ja super. Was für Songs denn?«

»Alles Mögliche. Rock, Country, Blues und so. Bin früher sogar in vielen Klubs hier in der Stadt damit aufgetreten.«

»Ich hatte eine stadtbekannte Band in Hamburg. Wir standen kurz vor einem Plattenvertrag, als unser Gitarrist ausstieg, weil er meinte, ein besseres Angebot zu haben.« Jürgen starrte einen Augenblick lang nachdenklich ins Leere.

»Aber es gibt Gitarristen wie Sand am Meer.«

»Er war wirklich gut. So jemanden ersetzt du nicht so schnell. Er spielt jetzt bei einem Superstar aus Amerika in der Band mit.« Jürgen schüttelte den Kopf.

Die verpasste Chance schien ihm immer noch schwer auf dem Herzen zu liegen. Max konnte es ihm nachfühlen. Auch seine Band damals hatte sich kurz vor einem Plattenvertrag aufgelöst, weil zwei Leute aus anderweitigen Karrieregründen ausgestiegen waren. Alle beide waren bei wirklich sehr professionellen und international bekannten Bands untergekommen. Nur er und Bruno, der Bassist, waren übrig geblieben. Sie hatten noch eine Zeit lang gemeinsam weitergemacht, das Ganze dann aber mangels dauerhaften Erfolges aufgegeben.

Max hatte den Schritt damals nicht bereut. Hätte er nicht mit der Musik aufgehört, wäre er niemals bei der Kripo gelandet, wo er im Laufe der Jahre zu einem der besten Ermittler Münchens wurde.

»Welche Musikrichtung habt ihr gespielt?«, wollte Max wissen.

»Rock und Country, ähnlich wie du. Aber auch eigene Stücke. Meistens nachdenkliche Texte.«

»Wir sollten mal zusammen eine Session machen.« Max

grinste erfreut. Immer wenn er mit Musikern zusammen war, fühlte er sich sofort pudelwohl.

»Sag mir nur wann und wo, ich bin dabei.« Jürgen grinste ebenfalls. »Spielfreude und Repertoire sind nach wie vor vorhanden.«

»Wie wäre es in drei Wochen auf meiner Hochzeit? Da spielen zwar schon einige Musiker, aber je mehr, umso besser.« Max sah ihn erwartungsvoll an.

»Gerne.« Jürgen nickte begeistert. »Darf ich meine Frau mitbringen? Sie liebt Musik.«

»Logisch.« Das wird eine megageile Fete, dachte Max. Live gespielte Musik vom Besten, tolles Essen und Getränke bis zum Abwinken, und das alles in Münchens weltweit bekanntem Biertempel, dem *Hofbräuhaus*. Davon werden unsere Freunde und Bekannten noch jahrelang reden.

Eine halbe Stunde später kamen Rainer und Lukas zu ihnen an den Tisch, um kurz Bericht zu erstatten. Doch vorher bot Max ihnen zwei Plätze an und lief schnell hinein, um noch zwei Gläser zu holen.

»Wir haben tatsächlich Fingerabdrücke, Blutspuren und DNA-Spuren gefunden«, meinte Rainer, nachdem Max ihnen ebenfalls Champagner eingeschenkt hatte. »Gibt es übrigens einen besonderen Grund zum Feiern?« Er zeigte auf sein Glas.

»Durst«, erwiderte Max und lachte.

Die anderen lachten mit.

»Könnt ihr schon mehr zu den Spuren sagen?«, erkundigte sich Max, nachdem sie alle getrunken hatten.

»Die Fingerabdrücke können wir durch den Computer jagen«, meinte Rainer. »Ich schicke gleich mal ein Foto davon aufs Revier. Vielleicht haben wir ja Glück.«

»Du meinst, die Ergebnisse sind schnell hier?«

»Jawohl.« Rainer nickte.

»Moderne Ermittlungstechnik, perfekt.« Max rieb sich voller Vorfreude die Hände.

Zusätzlich zu den Gläsern hatte er eine Familienpackung Chips und eine große Tüte Erdnüsse mitgebracht und öffnete beides. Die anderen bedienten sich gierig.

»Na dann Prost, Leute.«

Erdnüsse und Chips gehen immer, dachte Max grinsend. Kurz darauf bekam Max einen Anruf von Bernd.

»Der Zeuge Roger Jennerwein aus Frankfurt hat ausgesagt, dass Fred bereits um 3 Uhr morgens nach einer ausgiebigen Pokerpartie nach München gefahren ist. Er hätte dort etwas Dringendes zu erledigen, habe er gemeint.«

»Also doch«, meinte Max. »Nimmst du ihn fest?«

»Natürlich. Der hat uns die Hucke vollgelogen, wie es im Bilderbuch steht, wetten?«

»Keine Ahnung. Mag sein.« Max zuckte die Achseln. »Merkwürdig kommt es mir aber auch vor.«

»Kommst du mit?«

»Na sicher. Holst du mich bei Monis Kneipe ab? Wir warten hier gerade noch auf den Abgleich von Fingerabdrücken des Einbrechers.«

»Ist die Spusi etwa schon da?«

»Ja. Sogar der Chef persönlich.«

»Alles klar, bis später.«

Sie legten auf.

Max war gespannt auf die Ergebnisse des Computers. Im besten Fall waren die Fingerabdrücke des Einbrechers gespeichert, und sie kamen womöglich ein großes Stück weiter bei ihren Ermittlungen. Im schlechtesten Fall waren sie unbekannt, und dann wussten sie genauso viel wie vorher.

Aber es konnte dennoch gut sein, dass sie irgendwann irgendwo auf den am Arm verletzten Täter stießen. Dann konnten sie ihn anhand der Spuren gleich festnageln und womöglich seine Auftraggeber oder Komplizen herausfinden und schnappen. Gut möglich, dass Fred Fleischhauer einer von ihnen war. Im Moment war allerdings nicht die Zeit für wilde Spekulationen, sondern für Handeln.

»Mein Kollege wird mich gleich abholen«, sagte er zu den anderen. »Ich hole euch noch eine Flasche, und ihr könnt ohne mich gemütlich weitertrinken.«

»Wir müssen ins Büro zurück«, meinte Rainer, während er abwinkte. »Aber vielen Dank für das Angebot.«

»Ich könnte meine Frau anrufen«, schlug Jürgen vor. »Vielleicht mag Melanie herkommen und dann mit mir zusammen heimfahren. In einem anderen Taxi natürlich. Meines lass ich bis morgen hier stehen, wenn ich darf.« Er lachte übermütig.

»Und dein Sohn? Kommt der auch mit?

»Der ist zurzeit bei den Großeltern. Sommerferien.«

»Gut, dann noch eine Flasche für das junge Paar.« Max stand auf und ging ins Haus.

Dort nahm er seine Lederjacke vom Garderobehaken, holte noch ein Flasche Champagner und zwei frische Gläser und ging wieder hinaus.

»Ich komme später wieder«, meinte er zu Jürgen, während er die Flasche in den Eimer mit dem Eis beförderte, den er vorhin extra bereitgestellt hatte. »Vielleicht lerne ich deine Frau dann noch kennen. Wenn nicht, spätestens auf meiner Hochzeit.«

»Sie heiraten, Herr Raintaler?« Rainer sah fragend zu ihm auf.

»Hab ich euch zwei noch nicht eingeladen?« Max zeigte auf ihn und Lukas.

»Nein«, erwiderte Rainer, und alle beide schüttelten dabei den Kopf.

»Dann tue ich es hiermit. In drei Wochen seid ihr dabei im *Hofbräuhaus*. Bringt gute Laune mit.«

»Vielen Dank, Herr Raintaler.« Rainer lächelte begeistert. »Ich komme auf jeden Fall gern. Ich liebe Hochzeiten. Ein schöner Ausgleich für all die Toten jeden Tag.«

»Eure Adressen für die Einladung könnt ihr mir gerne hierlassen.«

»Visitenkarte?« Rainer schaute neugierig zu ihm hoch.

»Gerne.« Max nahm Rainers Karte entgegen.

»Ich fahre in zwei Wochen für längere Zeit in den Urlaub«, meinte Lukas. »Aber vielen Dank und alles Gute.«

»Alles klar. Ich bin übrigens der Max.«

»Rainer«, sagte Rainer.

»Lukas«, sagte Lukas.

»Jürgen«, sagte Jürgen und lachte albern.

Rainer bekam einen Anruf. Nur wenige Minuten später legte er wieder auf.

»Leider Pech«, meinte er. »Die von mir übermittelten Fingerabdrücke sind nicht bei uns im Archiv zu finden.«

»Also kein Name zu den Spuren?« Max sah ihn erwartungsvoll an. Er wollte die Hoffnung noch nicht aufgeben, dass der Einbrecher sie möglicherweise zu Fred Fleischhauer führte.

»Kein Name zu den Fingerabdrücken«, meinte Rainer. »Für die DNA-Spuren und das Blut fehlen die Testergebnisse noch. Sobald ich da was Neues weiß, sage ich natürlich Bescheid, Max.«

»Okay, schade.« Max kniff leicht verärgert die Lippen zusammen. »Aber jetzt ist der Kerl wenigstens gespeichert.«

»Sicher.« Rainer nickte.

Max hob einen mittelschweren Kiesel vom Boden auf und warf ihn seitlich vom Haus in die Wiese.

»Ein Karnickel?«, fragte Jürgen stirnrunzelnd.

»Eher Frust«, erwiderte Max.

Dann erblickte er ein Auto, das auf den Parkplatz vor dem Haus einbog. Bernd stieg aus und winkte ihm zu.

»Ich muss los«, meinte Max zu den anderen. »Macht's gut, Leute. Ihr seid hier in *Monikas kleiner Kneipe* jederzeit mit oder ohne Begleitung gern gesehene Gäste.«

»Servus, Max«, sagte Rainer.

»Servus und viel Glück«, sagte Lukas.

»Tschüss, ne?«, alberte Jürgen.

Max ging zum Parkplatz und stieg in Bernds Wagen.

»Wo fangen wir mit der Suche nach ihm an?«, fragte er Bernd, nachdem er sich angeschnallt hatte.

»Bei seiner Schwester?«

»Gute Idee. Und wenn er da nicht ist, fahren wir in seinen Trachtenverein.«

Bernd legte den ersten Gang ein und fuhr los.

32

»Sie sind eine sehr schöne Frau«, sagte Achmed zu Monika, als er ihr mit einer galanten Geste ein weiteres Glas Champagner reichte.

»Danke sehr. Man tut, was man kann.« Sie sah ihn stirnrunzelnd an. Meinte er ernsthaft, dass er sie anbaggern konnte, nur weil er eine Runde Schampus und ein paar kleine Naschereien ausgab? Für wie dumm musste er sie halten.

»Eine schöne Frau wie Sie sollte jeden Tag in Champagner baden und nur die erlesensten Schmucksteine tragen«, fuhr Achmed fort.

»Ach, tatsächlich?« Jetzt wurde es interessant. Wollte er ihr etwa weismachen, dass er tatsächlich meinte, was er sagte?

»Ja, und sie sollte in einem Palast mit vielen Angestellten leben, die ihr jeden Wunsch von den Augen ablesen.«

»Aber das ist nicht Ihr Ernst, oder?« Sie grinste. Er schien vorzuhaben, sie aus welchem Grund auch immer gnadenlos einzuseifen.

»Mein voller Ernst.« Achmed machte ein feierliches Gesicht.

»Stellen Sie sich vor, bei mir in der Kneipe wollte vorhin jemand einbrechen.« Monika startete diesen gezielten Versuchsballon, um zu sehen, wie er darauf reagierte. Wenn die drei Burschen aus dem Morgenland tatsächlich etwas mit Fred Fleischhauer und Rosi Steininger zu tun hatten und genau wussten, wen sie vor sich hatten, würden sie sich bestimmt irgendwie verraten.

»Das ist sehr unerfreulich.« Achmeds Stimme klang bedauernd und empathisch. »Es ist dem Einbrecher aber nicht gelungen hineinzukommen?«

»Nein, er wurde erwischt und angeschossen. So leicht kommt man nicht an eine Monika Schindler und ihren Besitz heran.«

»Hoffentlich haben Sie nun keine Unannehmlichkeiten«, meinte Achmed.

»Keineswegs.« Sie schüttelte den Kopf. »Die Polizei von ganz München sucht nach dem Kerl, und wenn sie ihn erwischen, wird er verraten müssen, was das Ganze sollte.«

»Hast du den Kaviar schon probiert, Moni?«, fragte Anneliese, die auf dem Stuhl neben Monika und Achmed saß. »Er ist wirklich ausgezeichnet. Faisal hat mir gerade ein Brötchen damit geschmiert.« Sie zeigte auf Achmeds Cousin mit den dunklen Locken, der links von ihr saß.

»Ob er mir wohl auch eines macht?« Monika lächelte zurückhaltend.

»Natürlich«, erwiderte Achmed und sagte einige Worte auf Arabisch zu Faisal, der daraufhin geschäftig nickte und ein weiteres Brötchen für Monika zubereitete.

Kurz darauf klingelte Achmeds Handy, und er ging ran.

»Ja«, sagte er und danach, »aha. In Ordnung, machen wir.«

»Geschäftlich?«, fragte ihn Monika.

»Ja«, erwiderte er und rief seine Cousins zu sich.

»Wir müssen draußen kurz etwas besprechen«, sagte er zu Monika und den anderen. »In zehn Minuten sind wir wieder zurück.«

»Na klar, nur zu. Wir machen uns solange über den Fasan her«, meinte Anneliese leichthin.

»Die drei Scheinheiligen aus dem Morgenland sind mir nicht geheuer«, sagte Monika zu den anderen, sobald die Araber den Raum verlassen hatten.

»Warum?« Anneliese zuckte die Achseln. »Sie sind sehr nett und zuvorkommend.«

»Finde ich auch«, meinte Sandra und trank einen Schluck von dem wahrlich köstlichen Champagner. »Außerdem sehen sie wirklich sehr gut aus.«

»Habt ihr schon mal überlegt, warum die ausgerechnet uns alte Frachtschiffe in ihr bestimmt sündhaft teures Separee einladen?« Monika schaute fragend in die Runde. »Und habt ihr gemerkt, wie diesem Achmed die Klappe runtergefallen ist, als ich ihm erzählt habe, dass der Einbrecher vor meinem Lokal angeschossen wurde?«

»Ich bin nicht alt«, widersprach Marion. »Zumindest noch nicht sehr alt.«

»Stimmt.« Monika nickte. »Aber wir anderen sind wahrlich nicht mehr die Frischesten. Was könnten da drei junge, gutaussehende Scheichs, die mit ihren Millionen an jeder Hand fünf superhübsche junge Mädels haben könnten, ausgerechnet von uns wollen? Klingelt es?«

»So gesehen könntest du natürlich recht haben«, sagte Anneliese und legte nachdenklich die Stirn in Falten. »Aber vielleicht wollen sie nur nett sein.«

»Wer auf dieser Welt will einfach nur nett sein?« Monika atmete tief ein und aus. »Findet ihr es nicht auch komisch, dass sie sich ausgerechnet dann beraten wollten, als ich von dem missglückten Einbruch in meine Kneipe erzählte und nachdem kurz darauf das Telefon von diesem Achmed klingelte?«

»Stimmt auch wieder.« Anneliese nickte und trank jetzt ebenfalls einen Schluck. »Aber was könnten sie denn von uns wollen?«

»Vielleicht sind sie irgendwie mit Fred Fleischhauer verbandelt.«

»Du meinst, er will seine Rache an Franzi ausweiten und uns da mit reinziehen?« Anneliese machte große Augen vor Staunen. »So habe ich das noch gar nicht betrachtet.«

»Das könnte natürlich sein«, sagte Sandra. »Allerdings müsste Fleischhauer dann Franzis engstes Umfeld ausgeforscht haben.«

»Diesem brutalen Schlägertypen traue ich alles zu.«
Monika zog ihre Jacke an.

Marion nickte nur stumm.

»Und was machen wir jetzt?« Anneliese schaute Monika
erwartungsvoll an. »Ich bekomme es gerade ziemlich mit
der Angst.«

»Ich würde sagen, wir hauen heimlich, still und leise
ab, bevor die Kerle handgreiflich werden und uns entführen oder einen Kopf kürzer machen.« Monika machte ein
nachdenkliches Gesicht. Sie wusste, dass sie die asiatische
Kampfkunst beherrschte. Aber gegen drei junge, sportliche Gegner, die womöglich auch noch bewaffnet waren,
standen ihre Chancen so ganz alleine wohl eher schlecht.

»Na gut, hast recht.« Anneliese streifte ihren hellen Sommermantel über.

»Bin dabei«, sagte Sandra und schlüpfte in ihren mintfarbenen Blazer. »Obwohl es echt schade um den teuren
Champagner ist.«

»Wir nehmen die Flasche einfach mit«, meinte Marion.

»Das haben wir nicht nötig.« Monika schüttelte entschieden den Kopf. Sie hatte nun mal ihren Stolz, und den sollten die anderen auch haben. »Ich spendiere uns in meiner
Kneipe eine neue.«

»Umso besser.« Anneliese grinste.

Dann schlichen sie hintereinander aus dem Separee. In
dem großen Flur hinter der Tür war niemand zu sehen.

»Entweder sind sie verschwunden oder sie tagen ganz
woanders und hatten gar nicht vorgehabt, wieder zu uns
zurückzukehren«, flüsterte Monika, die mutig vorausging.
»Kommt schnell. Da vorne ist eine Seitentür, vielleicht geht
es da nach draußen.«

Sie ging voraus, drückte die Klinke, und prompt
schwenkte die schwere Metalltür auf. Dahinter kamen

sie in eine enge Seitengasse, die sie schnell rechts hinunterliefen.

Nur wenige Minuten später standen sie auf dem sonnenbeschienenen Viktualienmarkt.

»Bus oder Taxi?«, fragte Monika in die Runde. Sie wagte es noch nicht aufzuatmen.

»Taxi«, erwiderte Anneliese. »Nur schnell weg von hier. Direkt vor die Haustür deiner Kneipe, und dann nichts wie ab in den Biergarten und weitergefeiert.«

Marion und Sandra nickten eifrig.

»Ich sag nur Max noch schnell Bescheid über die merkwürdigen Typen gerade.«

Monika holte ihr Handy heraus und erzählte Max von dem angeblichen Scheich und seinen Cousins und dass sie auf einmal spurlos verschwunden gewesen wären. Er riet ihr, auf jeden Fall so schnell es ging nach Hause zu fahren. Hinter ihnen wären vorhin ebenfalls ein paar Burschen her gewesen. Vielleicht wären es ja dieselben gewesen. Bernd und er würden so bald wie möglich nachkommen.

Sie legte auf, winkte ein freies Taxi herbei, und sie stiegen eilig ein.

»Zum Tierpark bitte«, sagte Monika. »Wir hätten auch nichts dagegen, wenn es schnell geht.«

»Hoffentlich warten die drei seltsamen Kerle nicht schon vor deiner Kneipe auf uns«, meinte Anneliese, der offenbar immer mehr der Stift ging.

»Kenne ich Sie nicht?«, fragte Monika, die auf dem Beifahrersitz Platz genommen hatte, den Fahrer.

»Könnte sein.« Er nickte.

»Woher? Waren Sie schon mal in meiner Kneipe?«

»Wer weiß?«

»Aha, wieder mal einer, der es besonders spannend machen will.« Sie verschränkte genervt die Arme vor ihrer Brust.

»Du bist die Monika Schindler, oder?«, erwiderte er lachend.

»Ja, aber was gibt es da zu lachen?« Sie schüttelte unwillig den Kopf. »Und wer bist du?«

»Kennst du mich wirklich nicht mehr?« Er drehte ihr sein Gesicht zu und grinste breit.

»Nein, das gibt es doch nicht. Raffi, bist du das?« Sie staunte ihn ungläubig an.

»Wer sonst?« Er grinste noch breiter.

»Ich glaube es ja nicht.« Monika lachte ausgelassen. »Der gute alte Raffi aus der 10 b. Mein Gott, war ich damals in dich verschossen.«

»Und ich erst in dich.« Er lachte ebenfalls.

»Sie nannten uns immer die zwei Königskinder, die nicht zusammenfinden konnten, weißt du noch?«

»Stimmt.« Er nickte. »Habt ihr Ärger mit irgendwelchen Kerlen?«

»Nicht wirklich.« Sie schüttelte den Kopf. »Aber wir haben Angst davor, vielleicht welchen zu bekommen.«

»Ich hab auf jeden Fall Angst«, warf Anneliese vom Rücksitz aus ein.

»Ich langsam auch«, meinte Sandra. »Vielleicht sollte uns Franzi ein paar Polizisten zum Schutz in deinen Biergarten abstellen. Ich kann ihn ja gleich mal anrufen.«

»Nicht nötig«, meinte Raffi, der eigentlich Raffael hieß, aber schon seit der Schulzeit von aller Welt mit seinem Spitznamen angesprochen wurde, wie Monika wusste. »Wenn es um Schutzmaßnahmen im Biergarten geht, habe ich genau die Richtigen für euch.«

»Echt? Das wäre ja super.« Monika sah ihn gespannt an, während er an der Isar auf die Straße in den Süden von München einbog. »Wer ist es?«

»Sagen euch die *Ultras* was?«

»Die Fußballfans?« Monika horchte auf. Sie selbst kannte die *Ultras der 1860er*, ein wilder, aber im Grunde genommen sympathischer Haufen.

»Die sind auch okay.« Raffi drückte aufs Gas, um die nächste Ampel gerade noch bei Dunkelgelb zu überfahren. »Aber die meine ich nicht. Meine *Ultras* sind eine Bikergang aus Neuperlach. Zuverlässige, brave Jungs, die nur, wenn sie zu viel Bier erwischt haben, auch mal ein bisserl die Sau rauslassen.«

»Oh Gott. Noch mehr Ärger. Nein danke.« Monika winkte lachend ab.

»Nein, kein Ärger.« Raffi schüttelte heftig den Kopf. »Nicht wenn ich ihnen sage, dass sie nur auf euch aufpassen sollen.«

»Bist du etwa ihr Boss?«

»Kann man sagen.« Er zwinkerte ihr zu.

»Und was kostet mich der Spaß? Umsonst machen die das doch sicher nicht.«

»Nichts, Moni. Stell ihnen eine Kiste Bier hin, und sie sind bis an dein Lebensende deine Freunde.«

»Wenn es doch immer so leicht wäre.« Monika musste erneut lachen. Alles hätte sie im Moment erwartet. Aber dass sie ausgerechnet zu ihrem alten Jugendfreund Raffi ins Taxi stieg, hätte sie nie und nimmer gedacht, und jetzt stellte er sich auch noch als Rocker mit einer eigenen Gang aus München heraus. Manchmal schlug das Leben seltsame Wege ein.

Anneliese, Sandra und Marion lachten mit.

»Soll ich sie anrufen? Ja oder nein.« Raffi sah Monika neugierig an.

»Was meint ihr, Mädels?« Sie drehte sich zu den anderen um.

»Anrufen«, erwiderte Anneliese.

»Unbedingt. Bestimmt sehen sie auch gut aus.« Sandra grinste zweideutig vor sich hin.

»Das erzähl ich dem Franzi«, scherzte Monika. Sie war ein wenig überrascht von Sandra, die sich heute teilweise von einer Seite gezeigt hatte, die man so von ihr gar nicht kannte. Normalerweise gab sie sich immer sehr ernsthaft, zurückhaltend und fast streng in ihren Meinungen über die Welt. So locker und voreingenommen zugleich wie heute war sie jedenfalls noch nie drauf gewesen. Zumindest meinte Monika das gerade so festzustellen.

»Tu das«, krähte Sandra lachend. »Vielleicht spornt es ihn endlich mal an, ein paar Kilo abzuspecken.«

»Ich wäre auch für einen Anruf«, sagte Marion. »Ich hab vorhin nichts gesagt, um niemanden zu beunruhigen. Aber ehrlich gesagt haben mir der Scheich und seine zwei Cousins ebenfalls ziemlich Angst gemacht. Der eine von den zwei Cousins trug eine Waffe unter seiner Jacke. Ich konnte es deutlich sehen, als er sich neben mich setzte.«

»Okay, Raffi. Du hast es gehört. Einen Kasten Bier gegen einen Abend lang Schutz vor Attentätern. Hört sich nach einem guten Geschäft an.« Monika schlug Raffi aus alter Vertrautheit auf den Oberschenkel. »Übrigens heirate ich in drei Wochen. Kommst du zu meiner Hochzeit?«

»Nur wenn meine Süße mitkommen darf.« Raffi überholte einen ewig langen Lastwagen, der die rechte Spur blockierte.

»Natürlich darf sie mitkommen. Bist du etwa verheiratet?« Sie schaute ihn staunend an.

»Ja.« Er nickte. »Und sehr glücklich obendrein.«

»Dass du mir das antust, also wirklich.« Monika schüttelte mit gespielter Empörung den Kopf.

33

Bei seiner Schwester hatten sie Fred nicht angetroffen. Jetzt betraten Max und Bernd das flache Gebäude in Pasing, in dem der *Trachtenverein Rausch und Wandern* untergebracht war.

»Grüß Gott, die Herren«, wurden sie von einem riesigen älteren Mann mit Lederhosen und Seppelhut begrüßt. »Suchen Sie jemanden? Kann ich Ihnen helfen?« Er baute sich so vor ihnen auf, dass sie nicht an ihm vorbeikamen.

»Kripo München.« Bernd zeigte ihm seinen Dienstausweis. »Wir suchen Fred Fleischhauer. Ist er hier?«

»Das darf ich niemandem sagen.«

»Uns schon.« Bernd steckte seinen Ausweis wieder ein. »Warum?«

»Ganz einfach. Weil Sie sich strafbar machen, wenn Sie es uns nicht sagen. Herr Fleischhauer wird offiziell gesucht.«

»Ich weiß nicht, wo er ist. Auf jeden Fall war er heute noch nicht hier«, meinte der Riese achselzuckend.

»Sind Sie sich da ganz sicher?« Max sah ihn prüfend an. »Wie heißen Sie eigentlich? Mein Name ist Raintaler. Der Mann neben mir heißt Müller.« Er zeigte auf Bernd.

»Sterntaler Siegfried.« Siegfried deutete eine leichte Verbeugung an.

»Gut, Herr Sterntaler. Wissen Sie, wo sich Herr Fleischhauer aufhält? Hat er sich bei Ihnen gemeldet?« Max sah Bernd an. Er glaubte Siegfried kein Wort und wusste, dass es Bernd genauso ging.

»Nein.« Siegfried schüttelte den Kopf. »Er war heute noch nicht hier. Glauben Sie mir etwa nicht?«

»Doch.« Max nickte. »Aber es könnte ja auch sein, dass Sie wissen, wo er sich aufhält, wenn er nicht hier ist.«

»Könnte sein, tut es aber nicht.« Siegfried blickte in aller Seelenruhe von einem zum anderen. »Ich bin schließlich nicht sein Kindermädchen.«

»Welches Amt haben Sie hier inne?«, wollte Max wissen.

»Ich bin der Schatzmeister.«

»Und Herr Fleischhauer ist immer noch der Präsident?«

»Nein.« Siegfried schüttelte den Kopf. »Seit er im Gefängnis war, nicht mehr.«

»Wer ist dann Präsident?«

»Der Hans Schneider.«

»Ist er zu sprechen?« Max sah von Siegfried zu Bernd und wieder zurück. Ein neuer Präsident, interessant. Bisher waren sie immer davon ausgegangen, dass Fleischhauer nach seiner Entlassung in sein altes Amt zurückgekehrt war.

»Kommen Sie mit.«

Siegfried führte sie durch einen langen, dunklen Flur. An dessen Ende befand sich auf der rechten Seite eine Tür. Siegfried klopfte an.

»Wer ist da?«, ertönte es von der anderen Seite.

»Hier sind zwei Männer von der Kripo, die wollen dich was fragen, Hansi.« Siegfried brüllte laut genug, dass man ihn bestimmt noch am Ostbahnhof hören konnte.

»Reinkommen.«

»Bitte.« Siegfried öffnete ihnen, und sie betraten ein riesiges Büro, in dem ein Schreibtisch, ein Billardtisch und ein Flipperautomat standen.

»Gemütlich haben Sie es hier. Präsident müsste man sein. Müller mein Name. Das hier ist Herr Raintaler«, stellte Bernd sich und Max vor.

»Schneider Hans. Grüß Gott, die Herren.« Hans stand von seinem Bürosessel auf und gab ihnen die Hand. Dann setzte er sich wieder und zeigte auf die Besucherstühle vor seinem Schreibtisch. »Bitte nehmen Sie Platz«, sagte er. »Was führt Sie zu mir? Hab ich etwas angestellt, von dem ich nichts weiß?« Er lachte hölzern.

»Nein, Herr Schneider. Und wenn, dann wüssten wir auch nichts davon«, entgegnete ihm Bernd. »Wir suchen Herrn Fleischhauer. Wissen Sie zufällig, wo er sich aufhält?«

»Was hat er denn jetzt wieder gemacht?«

»Er steht unter Mordverdacht. So viel kann ich Ihnen verraten.« Bernd sah ihn neugierig an.

»Um Himmels willen. Wir alle hier wissen ja, dass er gelegentlich Ärger mit dem Gesetz hat. Frauen schlagen und so weiter. Aber Mord? Das kann ich mir nicht vorstellen.« Hans schüttelte ungläubig den Kopf.

»Sie wissen nichts davon, dass er Rosi Steininger erpresst hatte?« Max schaute sich den Burschen von oben bis unten an. Er trug eine alte Münchner Tracht zu seinem aufgezwirbelten Schnurrbart. Sogar die passenden Haferlschuhe dazu hatte er an. Sein Gesichtsausdruck war sachlich verschlossen wie bei einem Politiker, der seine Wählerschaft von seiner Redlichkeit überzeugen wollte. Schwierig zu sagen, ob er die Wahrheit sagte oder nicht.

»Die Rosi war schon ewig nicht mehr hier«, sagte Hans. »Genau genommen, seit ihr Herbert gestorben ist.«

»Wissen Sie von der Erpressung durch Fleischhauer, ja oder nein?« Bernd setzte eine undurchdringliche Miene auf.

»Was für eine Erpressung sollte das sein?« Hans spielte mit dem Bleistift in seiner rechten Hand.

»Er hat Rosi Steininger dazu erpresst, einem Kriminalbeamten eine Vergewaltigung zu unterstellen, weil er sich an dem Mann rächen wollte.«

»Ach so, die Sache mit diesem Herrn Wurmdobler meinen Sie.«

»Ganz genau. Schau an, sogar den Namen haben Sie sich gemerkt.« Max schaute Hans lange in die Augen, erkannte aber immer noch keine Unsicherheit oder Anzeichen einer Lüge darin, obwohl er überzeugt davon war, dass er ihnen etwas verheimlichte. Schließlich kannten sich Fleischhauer und er sicher nicht erst seit gestern, und deshalb wusste er bestimmt weit mehr, als er zugab.

»Was das betrifft, weiß ich nur das, was in der Zeitung stand. Fred hat niemandem davon erzählt, was er außerhalb des Vereinsheims tut, und so hält er es auch heute noch.«

»Wo hält sich Fleischhauer auf, Herr Schneider?« Max klopfte ungeduldig mit seinen Fingern auf seinem Knie herum. Ihm dauerte das Ganze viel zu lange. Er vermutete, dass sie hingehalten werden sollten, während sich Fleischhauer gerade irgendwo im Gebäude klammheimlich aus dem Staub machte. Er hatte sich sowieso schon darüber gewundert, dass Siegfried sie ohne weitere Umstände zu seinem Präsidenten geführt hatte.

»Ich weiß es wirklich nicht, meine Herren.« Hans hob bedauernd die Hände. »Waren Sie schon bei Freds Schwester? Die weiß eigentlich immer, was er gerade tut. Die beiden sind quasi unzertrennlich. Von Kindheit an.«

»Danke, Herr Schneider.« Max stand auf und schickte sich an zu gehen.

Bernd erhob sich ebenfalls, und sie gingen zur Tür hinaus. Im Flur sagte Max, dass das mit Schneider keinen großen Sinn habe.

»Der Kerl lügt, wenn du mich fragst«, meinte er. »Aber uns das noch länger anzuhören, hilft uns gerade auch nicht weiter. Je mehr Zeit vergeht, umso weiter kommt Fleischhauer, und irgendwann ist er über alle Berge.«

»Auch wieder wahr.« Bernd nickte.

»Was ist eigentlich mit seinen Freunden von der Poker-partie in Frankfurt? Habt ihr herausgefunden, was die Kerle und Fleischhauer miteinander verbindet?«

»Die Kollegen da oben haben bis jetzt leider nichts her-ausgefunden.« Bernd schüttelte den Kopf. »Ich habe vor-hin noch mal mit ihnen telefoniert.«

»Herrschaftszeiten, irgendwas stinkt hier ganz gewal-tig.« Max fluchte auch innerlich. »Ich glaube inzwischen schon nicht mehr, dass die Erpressung und der Mord von Rosi Steininger alles sind, was uns interessieren sollte.«

»Wie kommst du darauf?«

»Die Kerle mit den Maschinengewehren in der Stadt. Der Einbruch bei Moni. Die angeblichen Scheichs, die Moni und die Mädels eingeladen haben. Der Mord an Rosi Stein-inger. Alles auf einmal und gerade jetzt. Das scheint irgend-wie zusammenzuhängen.« Max starrte nachdenklich vor sich hin.

»Fragt sich bloß, wie.«

»Ganz genau.«

Sie gingen zurück zur Eingangshalle, als sich gleich links neben Schneiders Büro eine Tür auftat.

»Bitte kommen Sie herein«, flüsterte eine Stimme im Inneren.

Sie betraten das Zimmer, in dem nur wenig zu sehen war. Sämtliche Jalousien waren heruntergelassen.

»Wer sind Sie?«, fragte Max, als er eine blonde voll-schlanke Frau erkannte, die nur einen Meter vor ihnen stand.

»Sahra Brandner«, flüsterte sie. »Bitte machen Sie die Tür zu und reden Sie leise. Am besten flüstern Sie so wie ich.«

»Geht in Ordnung«, hauchte Max. »Was wollen Sie von uns?«

»Ich habe gehört, wie Sie nebenan mit Hansi sprachen.«

»Aha. Und?« Max sah sie neugierig an.

»Ich weiß etwas über Fred Fleischhauer.«

»Was Sie uns jetzt verraten wollen?« Max kam die Frau nicht ganz geheuer vor. Ihr Benehmen und ihre Gesten erschienen ihm auf merkwürdige Weise unnatürlich. Trotz des Flüsterns völlig überdreht. Gut möglich, dass sie einen psychischen Defekt hatte. Trotzdem war er gespannt darauf, was sie ihnen zu sagen hatte. Er stieß Bernd leicht in die Seite, um ihn darauf aufmerksam zu machen, dass sie eigenartig war.

Der nickte nur. Offenkundig verstand er genau, was Max meinte.

»Fred Fleischhauer ist in eine riesige Verschwörung involviert«, meinte Sahra. »Ich hab da auch mitgemacht, will aber aussteigen, weil mir das Ganze als zu verbrecherisch erscheint. Ein Verbrechen an der Menschheit, um genau zu sein.«

»Soso.« Max schüttelte innerlich den Kopf. Er hatte also recht gehabt. Eine Spinnerin.

»Wenn ich sage, was ich weiß, bekomme ich dann Polizeischutz von Ihnen?« Sahra blickte von einem zum anderen.

»Haben Sie es deswegen auch so dunkel hier? Weil Sie aussteigen wollen?«, fragte Max.

»Nein, ich hab Migräne«, sagte Sahra. »Wenn nur der leiseste Föhn dazukommt, sind die Schmerzen unerträglich und die geringste Helligkeit blendet mich.«

»Verstehe«, sagte Max.

»Für den Polizeischutz oder eine mögliche Zeugenschutzregelung kommt es ganz darauf an, wie brisant das ist, was Sie uns zu sagen haben.« Bernd sah ihr fest in die Augen. »Wissen Sie auch etwas über den Mord an Rosi Steininger?«

»Ja.« Sahra nickte. »Sie und ihr Mann gehörten irgendwie zu der Verschwörung dazu.«

»Was wissen Sie noch?«

»Dass Fred und seine Freunde, zu denen übrigens auch Hansi Schneider, Siegfried Sterntaler und Freds Schwester Agathe gehören, etwas absolut Ungeheuerliches vorhaben. So etwas hat es noch nie gegeben, seit es die Menschheit gibt.«

»Und was soll das sein?«, wollte Max wissen.

»Wenn ich Ihnen jetzt etwas ganz Schreckliches erzähle, bekomme ich dann meinen Zeugenschutz?«

»Reden Sie, dann sehen wir weiter.« Bernd sah sie neugierig an.

»Fred hat auch Freunde in Frankfurt. Aber nicht nur Freunde, sondern auch Bosse.«

»Fred hat Bosse in Frankfurt, für die er arbeitet?« Max zog ungläubig die Brauen hoch. »Von seinen Pokerfreunden wussten wir bereits, aber das ist uns neu.«

»Richtig.« Sahra nickte. »Das sind absolut gefährliche und grausame Leute. Sie bilden ein weltweites Netz aus Mördern und Terroristen.«

»Woher wissen Sie das?«

»Ich arbeite seit Jahren mit ihnen zusammen, sagte ich das nicht gerade?«

»Doch.« Max nickte. »Sind da auch Araber mit im Spiel?«, fragte Max rein intuitiv. Ihm war das kurze Telefonat mit Monika von vorhin noch im Gedächtnis.

»Auch.« Sie nickte erneut. »Aber auch Amerikaner, Inder, Italiener, Russen, Chinesen und so weiter. Das Ganze ist ein internationales unfassbar gefährliches Ding, das da ablaufen soll.«

»Klingt äußerst beunruhigend, was Sie da sagen.« Also könnte doch alles irgendwie zusammenhängen. Fred, Rosi,

Franzi, Herbert Steininger, der *Trachtenverein Rausch und Wandern*. »Können wir nicht wenigstens eine Jalousie ein Stück weit hochziehen?« Max fand es pervers, am schönsten hellen Sommertag im Dunkeln zu stehen.

»Nein, bitte nicht. Meine Schmerzen.« Sahra hob abwehrend die Hände.

»Na gut. Wollen Sie uns dann jetzt bitte sagen, worum es bei dieser großen Verschwörung, von der Sie da sprechen, genau geht?« Bisher hat sie uns noch nichts wirklich Brisantes erzählt, dachte er und war gespannt, ob der ganz große Hammer gleich noch nachkommen würde oder ob sie sich nur wichtigmachte.

34

Kurz nachdem Raffi mit Monika, Marion, Sandra und Anneliese bei *Monikas kleiner Kneipe* angekommen war, konnte man auch schon den Lärm herannahender Motorräder hören. Er blieb auf dem Parkplatz stehen, um seine Kumpels zu begrüßen. Monika ging mit den anderen Ladys derweil in den Biergarten, wo Jürgen inzwischen mit seiner Frau Melanie saß und mit ihr Champagner schlürfte.

»Wenn das nicht unser tapferer Taxifahrer ist«, begrüßte ihn Monika und nickte Melanie freundlich zu.

»Hallo, Max hat uns erlaubt, zusammen eine Flasche zu leeren«, sagte Jürgen, der unsicher darüber erschien, ob er da gerade das Richtige tat.

»Das geht absolut in Ordnung.« Monika nickte lächelnd. »Habt ihr Hunger? Ich wollte meinen Mädels gerade was kochen.«

»Also wenn Sie so fragen, gerne.« Jürgen und Melanie sahen sich an und nickten begeistert.

»Moni und du, bitte.«

»Okay.« Jürgen nickte. »Jürgen und Melanie.«

»Der Esel nennt sich immer zuerst.«

»Wie bitte?« Jürgen sah leicht verwirrt aus.

»Alles gut.« Monika lachte. »Bleibt einfach sitzen. Essen kommt in einer halben Stunde.«

»Ihr habt wohl Verstärkung mitgebracht.« Jürgen zeigte auf den Parkplatz, wo inzwischen an die 20 Motorräder angekommen waren. Die Fahrer hatten Bärte, Glatzen oder lange Haare und trugen allesamt schwere Lederjacken und Jeans. Man hätte meinen können, in die Zeit von *Easy Rider* zurückversetzt zu werden.

»Alte Freunde, die uns beschützen sollen, damit nicht noch mehr passiert«, erwiderte sie fröhlich. Dann ging sie ins Haus, um Brotzeit zu machen. Natürlich würde sie den Motorradfahrern ebenfalls etwas zubereiten. Bier auf nüchternen Magen war nicht gesund, wusste sie. Außerdem war ihr der Schutz, den Raffi versprochen hatte, das auf jeden Fall wert.

Sie ging in die Küche, um Würschtel anzubraten. Natürlich würde es Sauerkraut und Semmeln dazu geben, wie es sich gehörte. Von allem war Gott sei Dank noch genügend vorrätig. Anneliese hatte sich bereiterklärt, solange alle Anwesenden mit Getränken zu versorgen.

Marion und Sandra setzten sich zu Jürgen und Melanie an den Tisch. Sandra hatte ein schlechtes Gewissen ihm gegenüber und wollte ihr voreiliges Fehlverhalten im *Hofbräuhaus* auf jeden Fall wiedergutmachen.

»Ich muss mich bei Ihnen entschuldigen«, sagte Sandra zu Jürgen. »Prima, dass Sie so gut aufgepasst haben.«

»Kein Problem.« Er winkte lässig ab. »Ein gesundes Misstrauen ist auch immer angebracht. Aber in meinem Fall lagen Sie halt ein wenig daneben. Was soll's?«

»Ich bin die Sandra.« Sie reichte ihm die Hand.

»Jürgen und Melanie.«

»Marion«, sagte Marion. »Wir sind gerade drei total unheimlichen Kerlen entkommen, die aber zuerst sehr charmant getan haben. Einer von ihnen sagte, er wäre ein Scheich, war er aber ziemlich sicher gar nicht, sondern bestimmt ein Verbrecher.«

»Da habt ihr ja gerade noch Glück gehabt.«

»Das kann man wohl sagen.« Marion nickte. »Monikas Schulfreund hat uns ganz schnell mit seinem Taxi hergefahren, und Gott sei Dank ist uns niemand gefolgt.« Sie zeigte auf Raffi, der gerade mit seinen Freunden den Biergarten betrat.

»Seine Begleiter sehen so aus, als müsste man keine Angst haben, wenn sie einen beschützen.« Jürgen grinste selig. Offenkundig war er bereits angetrunken und sah wohl alles durch eine rosarote Brille.

»Der Sekt schmeckt?«, fragte Sandra und grinste ebenfalls.

»Champagner«, korrigierte Jürgen sie. »Er ist einfach lecker.«

»Lecker und Tschüss solltest du in Bayern nicht sagen«, korrigierte sie ihn zurück. »Dafür wurde schon so mancher gekreuzigt.«

Sie lachten.

»Wir hatten übrigens inzwischen auch eine Menge Champagner. Ich hab schon Magenschmerzen und bin zugegebenermaßen nicht mehr ganz nüchtern.«

»Dito.« Jürgen lächelte breit. »Ist das Leben nicht schön?«

»Es könnte weniger gefährlich sein«, meinte Marion stirnrunzelnd.

Raffi und seine Kumpels setzten sich neben sie an die freien Tische.

»Gut ausschauen tun sie zum Teil ja wirklich«, raunte Sandra Marion zu. »Schau bloß mal. Der eine mit dem freien Oberkörper. Das nenne ich mal einen echten Six-pack.« Sie staunte den muskulösen jungen Mann, der direkt neben Raffi saß, unverhohlen an. »Den hätte ich gern zu Weihnachten, mit einem rosa Schleiferl drum.«

»Hör auf, Sandra. Du hast doch deinen Franzi.« Marion schüttelte halb amüsiert, halb höhere moralische Instanz den Kopf.

»Der hat aber keinen Sixpack«, sagte Sandra.

»Aber dafür einen gestandenen Onepack.« Marion gackerte albern.

»Wohl eher ein Bierfass.« Sandra prustete laut los.

»Mein Gott, bist du böse«, meinte Marion mit gespielter Empörung und lachte ebenfalls laut.

»Das muss der viele Champagner sein«, meinte Sandra, nach wie vor lachend. »So böse bin ich normalerweise gar nicht«, erklärte sie den anderen beiden am Tisch.

»Wir haben nichts gehört«, sagte Jürgen. »Stimmt's, Melanie?«

»Stimmt.« Melanie nickte, musste aber auf einmal ebenfalls lachen, was die anderen wiederum ansteckte, und so lachten sie alle vier, bis sie Bauchschmerzen bekamen.

Während ihre Freundinnen im Biergarten saßen und herumalberten, beeilten sich Monika und Anneliese, ihre spontanen Gäste an diesem etwas anderen Ruhetag mit dem Nötigsten zu versorgen.

Schon bald hatte jeder etwas zu essen und zu trinken, und sie konnten sich ebenfalls setzen.

Gerade als Monika mit Raffi ein Gespräch über die guten alten Zeiten beginnen wollte, tauchte ein schwarzer Van mit verdunkelten Scheiben auf der Straße vor dem Lokal auf und blieb am Straßenrand stehen.

Sie machte Raffi darauf aufmerksam.

Er winkte daraufhin drei seiner Jungs herbei und eilte mit ihnen auf den Parkplatz hinaus. Dort holten sie zwei Pistolen und zwei abgeschnittene Schrotflinten von ihren Motorrädern und gingen auf das Fahrzeug zu, aus dem bis jetzt immer noch niemand ausgestiegen war.

Als sie den Van fast erreicht hatten, gab der Fahrer Gas und fuhr davon.

Raffi und seine Leute eilten zu ihren Motorrädern und nahmen die Verfolgung auf. Schon bald waren sie nicht mehr zu hören und zu sehen.

Monika setzte sich zu Sandra und Marion.

»Es täte mich sehr wundern, wenn das nicht unsere Scheichs vom Viktualienmarkt waren«, sagte sie.

»Aber was können die nur von uns wollen?« Sandra schüttelte den Kopf. »Vielmehr von dir?«

»Ich glaube nach wie vor, dass das alles mit Franzi, Rosi Steininger und Fred Fleischhauer zu tun hat. Wer sonst hätte aktuell irgendeinen Grund, einer von uns ans Leder zu wollen.«

»Stimmt schon.« Sandra nickte einigermaßen ernüchtert. »Vielleicht wollen die über uns an unsere Männer rankommen oder sie zu irgendwas erpressen«, spekulierte Monika.

»Nur gut, dass Raffi und seine Leute da sind«, meinte Marion.

»Und was machen wir jetzt?« Sandra trank einen Schluck von dem Champagner, den Anneliese vorhin extra noch an ihren Tisch gebracht hatte.

»Abwarten und Schampus trinken«, erwiderte Monika. »Wir können nicht viel machen, nur hoffen, dass Raffi und seine Jungs die Kerle erwischen. Das wäre dann wenigstens schon mal eine Sorge weniger.«

»Na dann, Prost.« Sie stießen alle miteinander an.

Monika schüttelte langsam den Kopf, während sie nachdachte. Bereits früher, als Max noch gemeinsam mit Franz bei der Kripo gewesen war, hatte sie geahnt, dass das Leben an der Seite eines Kriminalers gefährlich werden könnte.

Über die Jahre hatte sich ihre Befürchtung dann bewahrheitet. Etliche Fälle waren es gewesen, bei denen Franz und Max selbst zur Zielscheibe der Täter wurden, die sie hinter Gitter gebracht hatten, und natürlich wurde sie als Max' Freundin dabei oft mit hineingezogen. Bisher war keinem von ihnen etwas wirklich Schlimmes dabei geschehen. Aber das konnte sich mit jedem neuen Fall natürlich schnell ändern.

Sie überlegte kurz, ob das mit der Hochzeit wirklich eine gute Idee war oder ob es nicht besser für sie und ihre Gesundheit wäre, wenn sie sich ohne Max in ganz andere Gefilde begeben würde. Eine kleine Strandbar in Mexiko oder auf Jamaika zum Beispiel wäre schließlich auch nicht schlecht. Ob es dort allerdings für eine alleinstehende Frau tatsächlich sicherer war, blieb dahingestellt. Gerade in Mexiko war die Zahl der Morde an Frauen extrem hoch. Kein Vergleich mit Deutschland und schon gar nicht mit München.

»Du liebst ihn doch. Also hör schon auf, so einen Mist zu denken«, murmelte sie nahezu unhörbar vor sich hin.

»Was sagst du, Moni?«, fragte Sandra, die direkt neben ihr saß.

»Ach, nichts.« Monika winkte ab. »Sinnlose Gedankenspiele.«

»Angst vor der Hochzeit?« Sandra warf ihr einen erwartungsvollen Blick zu.

»Ein bisschen vielleicht.« Monika nickte. »Ist ja schon ein großer Schritt.«

»Und dann heiratet man auch noch einen, der bei der Kripo war und immer noch hinter Verbrechern her ist.« Sandra nickte wissend. »Aber denk dir nichts. Erstens bist du sowieso mit dem Max zusammen und es wird sich nach der Hochzeit nicht viel ändern, und zweitens soll niemand seine große Liebe nur aus Angst aufgeben. Das würdest du spätestens auf dem Sterbebett bitter bereuen.«

»Du musst es ja wissen.« Monika sah Sandra lange an.

»Das tue ich auch, glaub mir.« Sandra gönnte sich noch einen Schluck Champagner, weil jetzt sowieso schon alles egal war. Sie würde morgen auf jeden Fall einen Riesenkater haben, also konnte sie auch gleich weitertrinken. »Ich habe mir meine Entscheidung, mit Franzi zusammen zu sein, damals nicht leicht gemacht. Hatte große Zweifel, ob ich das Richtige tue. Aber ich liebe ihn nun mal. Daran werden alle Verbrecher der Welt und sogar sein dicker Bierbauch nichts mehr ändern.«

»Ich liebe den Max doch auch.« Monika hatte Tränen in den Augen. Die ganze Hochzeitssache ging ihr näher, als sie anfangs gedacht hatte. »Sehr sogar. Ehrlich gesagt ist er mein absoluter Traummann.«

»Auf die Liebe!«, rief Jürgen und hob sein Glas hoch in die Luft, während er seiner Melanie einen langen Kuss gab.

»Auf die Liebe«, sagte Monika.

»Auf die Liebe!«, ertönte ein Chor aus annähernd 20 Männerkehlen hinter ihnen.

»Ich hab gar nicht gewusst, wie hellhörig mein Biergarten ist«, flüsterte Monika Sandra peinlich berührt zu.

»Ich glaube eher, dass wir nach dem ganzen Champagner ein wenig lauter sind als gewöhnlich. Jürgen sowieso.« Sandra grinste und winkte gleichzeitig ab. »Aber ist doch auch völlig egal.«

Der junge Mann mit dem freien Oberkörper, der vorhin mit Raffi am Tisch gesessen war, näherte sich ihnen und blieb vor Sandra stehen.

»Hallo, ich bin der Marko«, sagte er und grinste sie ausführlich an.

»Hallo, Marko, das … äh, ist ja … ganz wunderbar«, stammelte sie errötend. »Magst du dich zu uns setzen?«

»Gern.« Er nahm neben ihr Platz. »Magst du später bei mir hinten aufsteigen?«

»Äh, wie meinst du das jetzt?« Sandra bekam sichtlich nur noch schwer Luft. Sie fasste sich an den Hals, als müsse sie einen imaginären Schal lösen.

»Auf mein Motorrad, meine ich«, erwiderte er und zwinkerte ihr verschwörerisch zu. »Wir könnten an einen See fahren und hineinspringen.«

»Also, das … wäre wirklich ganz toll, Marko.« Sandra trank ihr Glas auf Ex aus und schenkte es auf der Stelle wieder voll.

Monika musste aufpassen, dass sie nicht vor Lachen laut herausplatzte. Die ansonsten mehr als schüchterne Sandra war wieder mal reichlich unberechenbar, weil sie etwas getrunken hatte. Sie gönnte ihr den kleinen Flirt aber von Herzen. Blieb nur zu hoffen, dass Franz inzwischen ebenfalls einen im Tee hatte und früh ins Bett ging.

Nicht dass da noch irgendwer irgendwem aus Versehen ins Gehege kam.

»Du bist eine sehr schöne Frau«, sagte Marko zu Sandra und legte seinen Arm um ihre Taille.

»Man tut, was man kann.« Sie kicherte wie ein Teenager.

»Du kannst.« Markos Blick drückte ehrliche Bewunderung für sie aus.

»Magst du noch ein Bier, Marko?«, fragte Monika, die sich gerade erhob, um auch an den anderen Tischen weitere Bestellungen entgegenzunehmen.

»Sehr gerne«, erwiderte er. »Aber ein alkoholfreies, bitte. Sonst kann ich nachher nicht mehr fahren, und das wäre doch sehr schade.« Er blickte Sandra tief in die Augen.

»Unheimlich schade«, sagte sie und trank schnell auch ihr nächstes Glas auf Ex.

35

»Es ist so«, sagte Sahra. »Der große Boss aus Amerika hat ein Netz gespannt, das um den ganzen Erdball geht. Die deutsche Zentrale ist in Frankfurt.«

»Was für ein Netz?« Bernd schüttelte unwillig den Kopf.

Max wusste, dass sein Ex-Kollege mit kryptischen Andeutungen schon immer nichts anzufangen wusste.

»Ein gezieltes Netz aus Intrigen, Erpressung, Bestechung und Lügen«, fuhr Sahra fort. »In jedem Land dieser Welt werden Politiker und mächtige Wirtschaftsbosse für ein ganz bestimmtes Ziel gekauft.«

»Geh, so ein Schmarrn«, meinte Bernd. »So was gibt es doch gar nicht.«

»Hört sich nach Verschwörungstheorie an«, meinte Max.

»Ist aber die Wahrheit. Die Chefs der Gang inklusive Fred Fleischhauer schrecken vor keinem Mord zurück. Sie alle wollen nur die Weltmacht und über andere herrschen.«

»Und wie wollen sie das anstellen?« Bernd schüttelte mit zweifelnder Miene den Kopf.

»Nur Geduld. Kommt gleich. Auf jeden Fall ist es so, dass ich aussteigen will, weil das Verbrechen, das diese Leute an der Menschheit vorhaben, nichts anderes als ungeheuerlich ist. Wenn Fleischhauer und die anderen Bosse allerdings davon erfahren, bin ich tot.«

»Bis jetzt haben Sie uns nur erzählt, dass weltweit gelogen und betrogen wird«, sagte Max. »Mir persönlich ist das nichts unbedingt Neues.«

»Fred hat Freunde in der Pharmazie und in der rechten Politszene«, sprach Sahra weiter.

»Hätte ich ihm sofort zugetraut.« Max nickte. »Und?« Er sah Sahra erwartungsvoll an. Tatsächlich war er sehr gespannt, was jetzt kommen würde.

»Sie alle haben Folgendes vor: Jedem Bürger, der öffentlich hustet oder sich auch nur räuspert, soll zwingend die Einnahme von ganz bestimmten chinesischen Hustentabletten vorgeschrieben werden.«

»So ähnlich hatten wir das doch schon mit der Corona-Impfung«, meinte Max. »Ich meine Impfung, Masken und so weiter.«

»Warten Sie es ab.« Sahra räusperte sich. »Bei dem Plan von Fred und seinen Freunden sind nun weltweit alle Passanten, Bekannten und Freunde angehalten, jeden Huster sofort offiziell zu melden.«

»Kommt mir auch irgendwie bekannt vor.« Max schaute ernst drein. »Man nehme nur die ganzen Denunzianten zu Beginn der Pandemie, die sofort gemeldet haben, wenn jemand mehr Besuch hatte, als er durfte.«

»Es kommt noch besser. Ein wöchentlicher Zwangsbluttest beim Gesundheitsamt oder beim Hausarzt soll sicherstellen, dass die Tabletten auch wirklich von den Hustern geschluckt werden.«

»Also ich glaube, das ist bloß irgendein Riesenschmarrn, den Sie uns da auftischen.« Bernd schüttelte ungläubig den Kopf. »Wie wollen Sie denn die Leute dazu bringen, die Kranken mit Husten zu denunzieren?«

»Mit Geld«, sagte Sahra knochentrocken. »Jeder, der einen Huster meldet, bekommt 50 Euro.«

»Und das soll funktionieren?« Bernd kratzte sich ungläubig am Hinterkopf.

»Jesus wurde für 30 Silberlinge verraten«, meinte Max, der bewusst auf Sarahs Zug aufsprang, um noch mehr aus ihr herauszukitzeln.

»Trotzdem Schmarrn«, erwiderte Bernd. »Wozu sollen denn diese speziellen Hustentabletten gut sein? Es gibt doch auch Hustensaft und alle möglichen anderen Medikamente. Und was soll der Witz an einem Zwangstest sein, der den Betreiber der Sache ein Vermögen kostet. Wissen Sie, wie viel 50 Euro pro weltweiten Hustern sind?«

»Das ist der Clou an der ganzen Sache.« Sahra atmete

tief ein und aus. »Die Kranken selbst müssen die 50 Euro und noch viel mehr zurückgeben, wenn sie ihre Medikamente abholen.«

»Das tut doch keiner freiwillig«, warf Max ein. »Was ist mit den Hustern, wenn sie sich selbst anzeigen?«

»Die müssen nichts zahlen.«

»Ich habe immer noch nicht verstanden, was das Ganze soll«, sagte Bernd.

»Dann sage ich es Ihnen jetzt. Sie müssen mir aber versprechen, dass Sie mich in ein Zeugenschutzprogramm holen. Ich möchte irgendwohin, wo mich niemand kennt.« Sahra kaute nervös an ihren rot lackierten Fingernägeln.

»Versprechen kann ich gar nichts«, antwortete Bernd. »Es kommt wie gesagt darauf an, wie brisant das ist, was Sie uns zu sagen haben.«

»Also gut, halten Sie sich fest. Jeder von uns hustet das eine oder andere Mal, richtig?« Sahra sah Max und Bernd fragend an.

»Richtig.« Max nickte.

Bernd nickte ebenfalls.

»Und so ist es auch logisch, dass jeder von uns früher oder später in den Genuss der chinesischen Hustentabletten kommen würde, richtig?«

Max und Bernd nickten gleichzeitig.

»Was glauben Sie denn, ist in diesen Pillen tatsächlich drinnen?«

»Hustenblocker?« Bernd zuckte die Achseln.

»Falsch.« Sahra machte eine bedeutungsvolle Kunstpause.

»Keine Hustenblocker?«, fragte Max.

»Nein.« Sie schüttelte langsam den Kopf.

»Was dann? Sagen Sie schon.« Max wurde das Ganze langsam zu dumm.

»In Wahrheit handelt es sich dabei um Psychowirkstoffe, die den eigenen Willen ausschalten und auf lange Sicht die ganze Menschheit zu lammfrommen Jasagern umwandeln sollen, mit denen die Mächtigen, in dem Fall Fred und seine Freunde, dann machen können, was sie wollen.« Sahra sah die beiden mit weit aufgerissenen Augen an.

»Die hat sie doch nicht mehr alle«, flüsterte Bernd Max ins Ohr. »Wir verschwenden hier nur unsere Zeit. Während sie uns ihren Schmarrn erzählt, macht sich Fred Fleischhauer auf und davon.«

»Psychopillen aus China, die die Welt zu einer riesigen Diktatur machen sollen. Darauf haben wir alle schon immer gewartet.« Max lachte. »Warum erzählen Sie uns so einen Mist?« Er sah Sahra lange nachdenklich an. »Wo ist Fred Fleischhauer gerade?«

»Ich habe keine Ahnung, wo er ist.« Sahra zuckte die Achseln. »Aber Sie müssen mir glauben, meine Herren. Etliche Menschen mussten wegen dieser Sache schon sterben. Unter anderem Herbert Steininger, der darüber Bescheid wusste und zuerst mitmachen wollte.«

»Warum hätte er das tun sollen? Außerdem ist er bei einem Autounfall gestorben, soweit ich mich erinnere.«

»Weil die zu erwartende Rendite astronomisch war.« Sahra fasste sich an den Kopf, als seien ihre Schmerzen gerade wieder schlimmer geworden. »Das mit seinem Tod haben die nur als Unfall aussehen lassen. Dafür sind sie in ihren Kreisen weltweit als Spezialisten bekannt.«

»Und was ist dann passiert?«

»Herbert wollte aussteigen und wurde letztlich umgebracht, genau wie seine Rosi, die am Ende damit gedroht hatte, den Mord an ihm und alles andere an die Öffentlichkeit zu bringen.«

»Sie hatte also keine Angst mehr um ihren Ruf und den ihres Mannes?«, fragte Max.

»Zuletzt nicht mehr. Sie wollte wohl nur mit allen Mitteln verhindern, dass der Plan von Fred und seinen Freunden aufging. Sie hätte sogar einen Journalisten an der Hand, der ihr bei der Sache helfen könnte, meinte sie.«

»Und deswegen musste sie sterben?«

»Richtig.« Sie nickte. »Genau wie ihr Mann.«

»Warum genau stieg Herbert Steininger aus der Sache wieder aus?« Max sah sie fragend an.

»Weil er dann irgendwann doch das Flattern bekam und die Informationen, die er hatte, an die Öffentlichkeit bringen wollte, um seinen Hals zu retten. Fred und seine Freunde konnten das natürlich nicht zulassen und erpressten ihn deshalb zuerst wegen der 14-Jährigen in der Garderobe damals. Als er vor nicht allzu langer Zeit trotzdem gegen die Bande aussagen wollte, weil ihm eh schon alles wurscht war, machten sie kurzen Prozess mit ihm und jetzt auch noch mit seiner Frau.«

»Wer hat das getan?«

»Sie haben für so was, wie gesagt, ihre Leute.«

»Das ist natürlich ein großer Brocken, den Sie uns da auftischen.« Max legte nachdenklich die Stirn in Falten. »Es wird einige Zeit dauern, bis wir überprüft haben, ob das alles auch wirklich stimmt.«

»Bitte glauben Sie mir doch. Ich möchte unbedingt in ein Zeugenschutzprogramm.« Sahra weinte vor Verzweiflung. »Können Sie mich nicht einfach mitnehmen? Ich muss hier weg, bevor sie mich ebenfalls umbringen.«

»Wo ist Fred Fleischhauer?«, fragte Max wieder.

»Ich weiß es nicht.« Sie schüttelte den Kopf.

»Sie scheinen doch sonst alles zu wissen.« Max sah sie herausfordernd an.

»Er war vor zwei Stunden hier und ist dann verschwunden, nachdem er einen Anruf bekommen hatte. Wohin er ging, weiß niemand.« Sahra machte wie schon die ganze Zeit über nicht den Eindruck, als würde sie bewusst lügen. Entweder stimmte ihre ganze ungeheuerliche Geschichte tatsächlich, oder sie glaubte so fest daran, dass sie gar nicht merkte, dass sie in einer wilden Fantasiewelt gefangen war. Das wiederum konnte allerdings nur ein Spezialist herausfinden.

Da er und Bernd diesbezüglich keine ausgewiesenen Fachleute waren und außerdem keine Zeit hatten, lang und breit nachzufragen, glaubte er ihr zunächst einmal, dass zumindest irgendetwas an der ganzen Verschwörungssache dran war.

Jetzt mussten sie Fred Fleischhauer noch dringender finden. Es eilte wirklich, auch Bernd wusste das, obwohl er von Sahras Geschichte wenig bis gar nicht überzeugt schien.

Dennoch machte er Nägel mit Köpfen und rief auf dem Revier an, damit ein paar Uniformierte herkämen, um Sahra in ihrem Büro abzuholen. Zunächst würde man sie in Schutzhaft nehmen und dann möglichst schnell nach einem sicheren Aufenthaltsort für sie suchen.

Max ahnte, dass er hier vor einer wirklich schrägen Sache stand, und entsprechend wichtig wäre es gewesen, Franz sofort in alles einzubinden. Allerdings befürchtete er, dass Franz und Josef inzwischen in den höheren Gefilden eines ausgewachsenen Bierrausches unterwegs waren und es somit bis morgen Zeit haben musste, ihn in alles einzuweihen.

Nachdem zwei Uniformierte Sahra Brandner mitgenommen hatten, fuhren Max und Bernd abermals zu Fred Fleischhauers Schwester.

»Wo ist Ihr Bruder, Frau Fleischhauer?«, fragte Max, nachdem sie ihnen geöffnet hatte.

»Das habe ich Ihnen schon gesagt: Ich weiß es nicht.« Sie sah ihn ausdruckslos an.

»Dürfen wir hereinkommen?«

»Nein.« Sie versuchte, ihm die Tür vor der Nase zuzuschlagen.

Max stellte jedoch seinen Fuß in den Spalt und drückte die Tür mit Gewalt auf.

»Das ist eigentlich mein Trick«, meinte Bernd.

»Was?« Max sah ihn fragend an.

»Nichts. Gehen wir rein.«

»Hau ab, Fredi, die Bullen sind da!«, rief Agathe in die Wohnung hinein, während sich Max und Bernd gewaltsam an ihr vorbeidrängten.

»Du die Zimmer rechts, ich links«, kommandierte Max und riss die erste Tür zu seiner Linken auf.

»Alles klar«, erwiderte Bernd.

Im Wohnzimmer angekommen, bemerkte Max, dass die Balkontür offen stand. Er trat hinaus und sah jemanden auf der großen Wiese vor dem Haus davonlaufen.

Da die Wohnung im ersten Stock war, sprang er hinunter, rollte sich ab und nahm die Verfolgung auf. Nach zwei Häuserecken war der Flüchtende allerdings verschwunden.

Max hielt schwer atmend an.

»Herrschaftszeiten, du warst auch schon mal fitter«, fluchte er.

Er ging zum Haus von Freds Schwester Agathe zurück, wo ihn Bernd schon in ihrer Wohnung im ersten Stock erwartete.

»Er ist mir entkommen«, sagte Max.

»Macht nichts, den kriegen wir schon«, erwiderte Bernd. »Dafür haben wir seine Schwester.«

»Scheiß Bullen!«, schrie Agathe, der Bernd inzwischen Handschellen angelegt hatte. »Wir machen euch alle fertig. Ihr werdet noch um euer Leben betteln.«

»Beleidigung und Bedrohung. Hast du es auch gehört, Max?«

»Sicher.« Max nickte. »Allein das ist Grund genug, sie aufs Revier mitzunehmen.«

»Mit einem Messer auf mich losgegangen ist sie auch noch«, fuhr Bernd fort.

»Auch noch? Also ein Mordversuch.«

»Eindeutig.« Bernd nickte.

»Dafür allein sitzt sie ein paar Jahre. Ich bin gespannt, was ihr krimineller Bruder dazu sagt.« Max schüttelte langsam den Kopf. Dann sah er Agathe in die Augen. »Wo ist Ihr Bruder hin?«

»Dir werde ich gar nichts erzählen, du verdammtes Bullenschwein.« Agathe spuckte in seine Richtung. »Der Teufel soll dich holen, du vermaledeiter Hund, du dreckiger.«

»Oha, da haben wir wohl das klassische Beispiel einer ganz üblen Dreckschleuder. Sollen wir sie knebeln, damit sie ihr Schandmaul hält?« Max sah Bernd fragend an.

»Von mir aus gern«, erwiderte der. »Ich hab aber nur ein gebrauchtes Taschentuch einstecken.«

»Passt doch.« Max zuckte die Achseln. »Hast du schon auf dem Revier angerufen, dass sie jemand abholt?«

»Logisch, ich bin ja vom Fach.« Bernd grinste.

»Und das im Zeitalter von Fachkräftemangel. Respekt.« Max grinste ebenfalls.

»Was seid ihr zwei denn für Clowns?«, fauchte Agathe. »Ehe ihr bis drei zählen könnt, bin ich wieder draußen. Ihr wisst ja gar nicht, mit wem ihr euch gerade anlegt.« Sie brütete wütend vor sich hin.

»Oh doch, das wissen wir«, erwiderte Max. »Mit einer Frau, die offenkundig keine Erziehung genossen hat und die jetzt ganz schön tief wegen ihrem Bruder und ihrer Zugehörigkeit zu einer terroristischen Vereinigung in der Patsche sitzt.«

»Ihr wisst rein gar nichts.« Sie betonte jedes der letzten drei Wörter extra stark. »Und wehe, ihr steckt mir das vollgerotzte Taschentuch von dem da in den Mund.« Sie zeigte mit dem Kopf auf Bernd. »Dann glaubt ihr ganz schnell dran. Das schwöre ich euch.«

»Hörst du die Sirene auch, Bernd?«, fragte Max.

»Ja.« Bernd nickte. »Lass uns rausgehen. Hier stinkt es, dass man es kaum aushält.«

»Nimmst du die Fluch- und Spuckmaschine mit?« Max zeigte auf Agathe.

»Logisch. Geh du ruhig voraus. Je eher wir die Dame hier auf Nummer sicher haben, umso besser.«

»Aber keine Watschn verteilen.« Max drohte Bernd mit dem erhobenen Zeigefinger.

»Bist du verrückt. Ich schlage doch keine Frauen.« Bernd schüttelte entsetzt den Kopf. »Nur wenn sie mit einem Messer oder sonstigen Waffen auf mich losgehen. Das ist dann aber die reine Notwehr. Außerdem war es ein fast liebevoller Klaps. Stimmt's, Frau Fleischhauer?«

»Wenn du mir noch mal eine schmierst, bringt dich mein Bruder persönlich um, du elender Wichser.« Zur Abwechslung spuckte Agathe jetzt in Bernds Richtung.

36

Raffi und seine drei Freunde waren direkt hinter dem Van, der vor Monikas Kneipe gestanden hatte, angekommen. Offenbar ahnten die Leute darin nicht, dass sie verfolgt wurden. Jedenfalls fuhren sie ohne große Hast mitten durch die Münchner Innenstadt. Raffi wartete, bis sich eine günstige Gelegenheit ergab, das Fahrzeug zu stoppen. Am besten an einer Kreuzung, wenn der Querverkehr bereits rollte.

Kurz hinter dem Stachus war es so weit. Der Van hatte in Fahrtrichtung Nord an einer Ampel angehalten. Raffi und seine Begleiter hatten daneben gestoppt und die Insassen mit der Pistole im Anschlag zum Aussteigen gezwungen.

»Was wollen Sie von uns?«, fragte einer der bärtigen Männer, die jetzt mit erhobenen Händen seitlich von ihrem Auto standen und unruhig von einem zum anderen blickten.

»Wie heißt du?« Raffi ließ die Kerle keine Sekunde lang aus den Augen.

»Achmed. Wieso? Ist das ein Verbrechen? Wir haben euch nichts getan. Wir sind harmlose Touristen.« Achmed schüttelte verständnislos den Kopf.

Raffi drehte sich von ihm weg und überließ seinen Freunden die Aufsicht. Er rief Monika an, die ihm kurz vor seiner Abfahrt noch ihre Handynummer gegeben hatte.

»Wir haben hier einen Achmed mit Bart in dem Van«, sagte er, nachdem sie abgehoben hatte.

»Mit einem Achmed mit Bart und seinen zwei bärtigen angeblichen Cousins hatten wir vorhin das Vergnügen am Viktualienmarkt«, erwiderte sie. »Wäre schon ein sehr krasser Zufall, wenn es sich bei deinem und bei meinem Achmed nicht um denselben handelte. Übergebt die Kerle auf jeden Fall der Polizei. Sie haben 100-prozentig Dreck am Stecken.«

»Es fragt sich wirklich, warum die vorhin ausgerechnet vor deinem Lokal standen.«

»Das ist wahr. Ich rufe einen Bekannten bei der Kripo an, dass er ein paar Uniformierte zu euch schickt. Und später schaue ich mir die Kerle höchstpersönlich an.«

»Geht klar.« Raffi nickte.

Er warf einen Blick in das Innere des Vans und entdeckte dabei fünf Maschinenpistolen und eine halb offene Kiste mit Handgranaten. Wahrscheinlich hätten die drei Kerle ihn und seine Freunde jeden Moment in die Luft gesprengt. Wie überaus hilfreich und lebensrettend, dass sie ihnen zuvorgekommen waren.

»Seit wann brauchen Touristen Maschinenpistolen und Handgranaten?«, fragte er Achmed.

»Die gehören uns nicht. Ich habe mir den Van von einem Bekannten geliehen.« Achmed schüttelte heftig den Kopf.

»Willst du uns verarschen?« Raffi sah ihn an und lachte laut los. »Für wie blöd hältst du uns eigentlich?«

»Wie meinen Sie das?« Achmed sah ihn fragend an.

»Ihr fahrt hier das Waffenarsenal einer Terrorgruppe spazieren und wollt nichts damit zu tun haben? Was meint ihr, Leute. Haben die Typen einen sauberen Sockenschuss oder nicht?« Raffi nahm sich eine Maschinenpistole, lud durch, drehte sich zu seinen Begleitern, dem dünnen Herbie, dem dicken Mick und dem jungen Karlo, um und sah sie fragend an.

»Die halten uns für blöd, Boss«, meinte Karlo.

Die anderen beiden nickten, dass ihre Bärte wackelten.

»Was haltet ihr davon, wenn wir uns eine weitere Maschinenpistole, Munition und ein paar Handgranaten klemmen, bevor die Bullen kommen?«, fragte Raffi weiter.

»Im Prinzip viel, aber wohin damit?« Mick sah Raffi erwartungsvoll an. »Wir haben nur Motorräder und warten auf die Bullen.«

»Herbie fährt damit und mit unseren eigenen Waffen in unser Klubhaus, und wir anderen warten hier weiter auf die Bullen.« Raffi nahm eine weitere Maschinenpistole und sechs Handgranaten aus dem Van und übergab sie Herbie, der die Handgranaten in seinen Satteltaschen zusammen mit ihren abgeschnittenen Schrotflinten und ihren eigenen Pistolen verstaute. Das Maschinengewehr hängte er sich um und zog seine Kutte drüber.

»Und die Munition?«, fragte er Raffi.

»Ich finde keine.« Raffi schüttelte den Kopf. »Aber das Ding, das ich in der Hand habe, ist auf jeden Fall geladen.«

»Egal«, erwiderte der rothaarige Herbie mit dem roten Vollbart. »Ich hau ab, bevor die Bullen da sind. Wir treffen uns nachher in der kleinen Kneipe wieder. Dieser Fischzug gehört gefeiert.«

»So machen wir es.« Raffi nickte grinsend. »Pass auf, dass dich kein Uniformierter anhält.«

»Logisch.« Herbie grinste ebenfalls.

Er legte den ersten Gang ein und fuhr davon.

Raffi und die anderen beiden mussten nicht lange auf die Polizei warten. Ein älterer grauhaariger und ein jüngerer blonder Beamter stiegen aus dem Streifenwagen, der mit laufendem Blaulicht neben ihnen hielt. Er setzte dazu an, ihnen die Sachlage zu erklären.

»Wir wissen Bescheid«, unterbrach ihn der ältere nach seinen ersten beiden Sätzen. »Danke für Ihre Zivilcourage.

Herr Müller von der Kripo hat uns beauftragt, die drei Burschen auf sein Revier im Westend zu bringen.«

Sie legten Achmed und seinen Freunden Handschellen an und verfrachteten sie erst mal in ihren Streifenwagen. Raffi übergab ihnen die Maschinenpistole, mit der er die drei in Schach gehalten hatte.

»Dann passt ja alles«, meinte Raffi. »Passt gut auf. Die Kerle sind sicher gefährlich.«

»Bei dem Waffenarsenal in ihrem Fahrzeug wäre das nicht verwunderlich«, meinte der Blonde, nachdem er sich genauer im Inneren des Vans umgeschaut hatte. »Aber keine Angst. Wir haben noch ein paar Leute zur Verstärkung gerufen.«

»Was für Waffen haben die denn alles?«, erkundigte sich Raffi scheinheilig, damit bloß nicht der Verdacht aufkam, dass er und seine Freunde sich bereits selbst bedient hatten.

»Maschinenpistolen, normale Pistolen, Gewehre mit Zielfernrohr, Granaten und Sprengstoff.« Der junge blonde Polizist pfiff leise durch die Zähne. »Auf jeden Fall genug, um eine Menge lebensgefährlichen Unsinn damit anzustellen.«

»Da schau her.« Raffi ärgerte sich, dass er die Pistolen und den Sprengstoff nicht gesehen hatte. Nicht dass er die Waffen wirklich einsetzen wollte. Aber bei der Vielzahl an Neidern und Feinden, die sie hatten, war es beruhigend zu wissen, dass sie sich angemessen zur Wehr setzen konnten, wenn es nötig war. »Ja gut, dann hätten wir es. Wir brechen wieder auf.«

Er nickte den Beamten zu und stieg auf seine Maschine. Seine Freunde taten es ihm gleich.

Während sie losbrausten, näherten sich hinter ihnen noch zwei Streifenwagen dem Van und dem ersten Streifenwagen.

Raffi, Mick und Karlo fuhren einmal um die Stadt-
mitte herum und bogen anschließend auf die Straße par-
allel zur Isar ein, die nach Süden zu *Monikas kleiner
Kneipe* führte.

200 Meter weiter wurden sie von der Besatzung eines
weiteren Streifenwagens gestoppt.

»Sind Sie die Motorradfahrer, die gerade am Stachus die
arabischen Terroristen gefasst haben?«, fragte der dunkelhaarige mittelalte Mann, der die rote Kelle in der Hand
hielt, mit der er sie gestoppt hatte.

»Ob es tatsächlich Terroristen sind, weiß, glaube ich,
bisher niemand«, erwiderte Raffi. »Aber ja, wir sind es.«
Er nickte. »Was gibt es? Warum halten Sie uns an?«

»Diese Araber haben ausgesagt, dass Sie ihnen Waffen
und Granaten gestohlen hätten. Jetzt sollen wir Sie danach
durchsuchen. Tut mir leid.« Der Polizist hob bedauernd
die Arme.

»Wir helfen euch dabei, gefährliche Gangster zu verhaften, und dann sollen wir auf einmal gestohlen haben?«,
echauffierte sich Raffi künstlich. »Die Kerle lügen doch
wie gedruckt. Die wollen nur ihren Hals retten.«

»Es tut mir wirklich leid«, meinte der Mann mit der
Kelle. »Vielleicht können wir diese unangenehme Situation ja so schnell wie möglich hinter uns bringen. Dann
dürfen Sie natürlich auch schon wieder weiterfahren.« Er
näherte sich den dreien.

»Na gut, von mir aus. Aber ganz schnell.« Raffi stieg von
seiner Maschine ab. Karlo und Mick taten es ihm gleich.
»Wir haben jedenfalls keine Waffen dabei. Wir sind fried-
liche Steuern zahlende deutsche Staatsbürger.«

»Alles in Ordnung.« Der Polizist nickte. Dann tasteten
er und sein Kollege die drei ab, stellten fest, dass sie nichts
weiter Gefährliches bei sich trugen, und verabschiedeten

sich unter nochmaligen Entschuldigungen und wiederholten Peinlichkeitsbekundungen. »Und vielen Dank für Ihre Zivilcourage.«

Darüber, wie es drei Motorradfahrer ohne Waffen geschafft hatten, eine schwerbewaffnete Gruppe von Terroristen zu überwältigen, dachten sie wohl gar nicht erst nach. Raffi sollte es recht sein.

Er, Karlo und Mick stiegen auf ihre Maschinen und fuhren weiter.

»So macht man das, Leute«, sagte Raffi grinsend, als sie bei der nächsten roten Ampel anhielten.

»Du bist die coolste Socke der Welt, Boss.« Mick grinste ebenfalls.

»Das kannst du laut sagen«, meinte Karlo. »Mann, ist mir der Stift gegangen. Ich hab in meiner Satteltasche doch diese illegale Pistole aus Rumänien versteckt und eine Familienpackung Koks. Wenn sie die gefunden hätten, hätte ich alt ausgesehen.«

»Immer frech bleiben. Damit kommst du meistens durch«, meinte Raffi. »Mit einem Haufen Koks und einer unangemeldeten Waffe durch die Gegend zu fahren, finde ich allerdings ein klein wenig dämlich, um mal ganz ehrlich zu sein.« Raffi tat sich schwer dabei, den vorwurfsvollen Unterton in seiner Stimme zu unterdrücken.

»Kommt nicht wieder vor, Boss.« Karlo errötete.

»Das will ich mal schwer hoffen. Du weißt doch, dass die Bullen uns Biker generell auf dem Kieker haben. Erst recht, wenn wir eine Kutte tragen.« Raffi versuchte, den Unmut, der in ihm aufzusteigen drohte, gleich im Keim zu ersticken. Er wusste, dass es sinnlos war, seinen Jungs mit zu vielen Vorwürfen und Verhaltensmaßregeln zu kommen. Im Grunde genommen war den meisten von ihnen sowieso klar, wann sie Mist gebaut hatten. Außerdem sah er sich nicht als Diktator, sondern, seiner früheren Hippiezeit geschuldet, eher als Chef zum Anfassen.

»Stimmt schon«, brummte Karlo. »Sorry.«

»Passt schon.« Raffi zeigte ihm seinen erhobenen Daumen.

Karlo war mit seinen gerade mal 20 Jahren noch jung und genoss deshalb so etwas wie Welpenschutz in ihrer Gruppe. Allerdings sollte er aufpassen, dass er den Bogen nicht überspannte.

Leichtsinnige Aktionen, die die ganze Gang in Gefahr oder Verruf brachten, waren gar nicht gern gesehen und zogen unwillkürlich Konsequenzen nach sich. Das ging manchmal bis zum Rauswurf. War der einmal beschlossene Sache, konnte er von niemandem mehr rückgängig gemacht werden.

Jedem musste klar sein, dass die Gruppe immer vor dem Einzelnen kam. Anders war ein fester Zusammenhalt nicht herzustellen und noch weniger aufrechtzuerhalten.

Karlo schien sich Raffis Rüge sehr zu Herzen zu nehmen. Seinen eigenen Worten nach liebte und verehrte er seinen Boss, wie es die meisten anderen Mitglieder auch taten.

Offensichtlich nicht ganz bei der Sache, fuhr er bei Dunkelgelb los und übersah dabei einen Sportwagen, der mit überhöhter Geschwindigkeit von rechts kam. Der Fahrer musste bei Rot über die Ampel gefahren sein.

Pass doch auf, Mann, dachte Raffi voller Panik. Er ahnte, dass gleich etwas Schreckliches passieren würde, und hielt sich vorsorglich schon mal in einem Reflex die Ohren zu.

37

Fred Fleischhauer hatte sich freiwillig gestellt und saß nun erneut mit Max und Bernd im Verhörzimmer.

»Ich habe wirklich nichts mit dem Tod von Herbert und Rosi Steininger zu tun«, sagte er. »Deshalb komme ich freiwillig. Sie müssen mir einfach glauben.«

»Warum wurden Sie dann bei Rosi Steininger daheim gesehen?«, wollte Max wissen.

»Ich war bei ihr, um ihr mein Beileid auszudrücken. Mehr nicht. Außerdem muss das einige Tage vor dem Mord an ihr gewesen sein, stimmt's?«

»Sonst nichts? Tatsächlich?« Max sah ihn gespannt an.

»Nein.« Fred schüttelte den Kopf.

»Wirklich nicht?« Max betrachtete ihn eindringlich.

»Na gut.« Fred atmete lange aus. »Ich wollte sie gestern früh auch ganz persönlich fragen, warum sie Franz Wurmdobler nicht weiter beschuldigen wolle. Sie hatte mir das so vorher am Telefon gesagt.«

»Und dann haben Sie sie umgebracht, weil Ihnen die Antwort nicht passte.« Max haute mit der flachen Hand auf den Tisch. Er wollte nicht wahrhaben, dass sie sich bezüglich Rosi Steiningers Tod die ganze Zeit über getäuscht haben sollten. Allerdings begann er in Betracht zu ziehen, dass es tatsächlich der Fall sein konnte.

»Nein, totaler Schmarrn.« Fred schüttelte vehement den Kopf. »Mir ging es nur um Franz Wurmdobler. Er hat mich damals in der Hauptsache ins Gefängnis gebracht, wegen dieser verlogenen Schlampe, die ich angeblich geschlagen haben soll.«

»Die Sie geschlagen *haben*! Ihre DNA-Spuren und Ihre Fingerabdrücke waren überall an ihr.«

»Ja, logisch!«, rief Fred genervt. »Weil ich vorher mit ihr gevögelt habe.«

»Das haben Sie damals aber nicht ausgesagt. Sie sagten, sie habe sich geziert, und deshalb sei Ihnen die Hand ausgerutscht.«

»Na ja, ich habe sie möglicherweise schon ein wenig dazu gedrängt. Ich wollte sie überreden und bin dabei wohl etwas übers Ziel hinausgeschossen.«

»Und haben sie dabei schwer verletzt.«

»Nein. Sie hat gelogen wie gedruckt. Ihr Zuhälter war es, der sie so zugerichtet hat. Ich habe ihr sogar noch mehr Geld geboten, als sie ursprünglich haben wollte.«

»Das mit dem Zuhälter hat sie aber im Prozess klar abgestritten, soweit ich mich erinnere.«

»Sie hatte Angst vor ihm. Ist doch sonnenklar.« Fred schlug sich mit der flachen Hand auf die Stirn, offenbar, um die Logik seiner Aussage zu unterstreichen oder um Max zu verdeutlichen, wie dämlich man sein musste, ihm nicht zu glauben. »Das wollte damals schon keiner kapieren, weil man sogar einer Prostituierten mehr glaubt als einem wie mir, der sich von ganz unten hochgearbeitet hat.«

»Mir kommen die Tränen.« Max schüttelte den Kopf. Herrschaftszeiten, jetzt wurde der unsympathische Kerl auch noch selbstmitleidig. Kaum auszuhalten so was.

»Sahra Brandner. Sagt Ihnen der Name etwas?«, fuhr er ungerührt fort. Er glaubte Fred nicht. Die Aussage der misshandelten Prostituierten damals war dagegen absolut glaubwürdig gewesen.

»Warum wollen Sie mir denn nicht mal heute glauben?« Fred hörte sich ehrlich verzweifelt an. »Ich sage die Wahrheit, das schwöre ich Ihnen. Beim Grab meiner Mutter.«

»Sahra Brandner beschuldigt Sie der Mitgliedschaft in einer kriminellen Vereinigung.« Max machte weiter. Irgendwann würde der Kerl vor ihm schon zusammenbrechen und endlich mit der ganzen Wahrheit herausrücken.

»Sahra hat sie nicht alle. Das weiß jeder im Verein.« Fred schnaubte ungehalten. »Sie ist ein Fall fürs Irrenhaus, aber keiner traut sich, sie dort unterzubringen, weil sie jahrelang sehr gute Arbeit geleistet hat. Außerdem war ihr Großvater einer der Gründer des Vereins. Tradition, Sie verstehen?«

»Es könnte aber auch stimmen, was sie sagte.« Max runzelte die Stirn.

»Dann ist es mit Ihnen als Ermittler aber nicht weit her«, spöttelte Fred. »Hat sie Ihnen etwa auch ihre abenteuerliche Verschwörungstheorie mit irgendwelchen chinesischen Pillen, die willenlos machen sollen, erzählt?«

»Was hat es damit auf sich?«, fragte Max.

»Nichts als ein einziger riesiger erfundener Schmarrn.« Fred schüttelte vehement den Kopf. »Sie erzählt den Mist jedem, der ihr begegnet, und dann meint sie am Ende auch noch, dass sie in Lebensgefahr ist. Die ganze Welt wäre hinter ihr her.«

»Tatsächlich?«

»Sie hängt einer Verschwörungstheorie an. Glauben Sie den Schmarrn etwa?«

»Was wir glauben, tut nichts zur Sache. Reden Sie weiter.« Max wusste natürlich seit seiner Ausbildungszeit zum Kriminalbeamten, dass es bei einem Verhör darum ging, Fragen zu stellen, und nicht darum, die Fragen der Verdächtigen zu beantworten.

»Sie kam einmal zu mir und meinte, dass ich der Chef einer Gang wäre, die die ganze Welt unterjochen will. Ich sagte ihr, dass sie nicht alle Tassen im Schrank hätte und ihren absurden Schmarrn gefälligst für sich behalten solle.« Fred kam aus dem Kopfschütteln nicht mehr heraus. Er wirkte so ehrlich empört, dass Max fast schon geneigt war, ihm möglicherweise doch Glauben zu schenken. Zumindest teilweise. Die Sache mit Herbert und Rosi Steininger war aber noch nicht vom Tisch.

»Sie sagte uns, dass Sie auf der ganzen Welt Verbindungen zu einflussreichen Leuten hätten. Ein kriminelles Netzwerk sozusagen. Angefangen in Frankfurt.«

»Ich? Natürlich. Und deshalb hab ich auch nichts Besseres zu tun, als in München zu hocken, mich verhaften zu lassen und mich tödlich zu langweilen. Mann, die Frau spinnt. Glauben Sie es mir einfach. Das muss Ihnen doch schon Ihr gesunder Menschenverstand sagen.«

»Was hat es mit den Leuten in Frankfurt auf sich?«

»Geschäftsfreunde und Bekannte, sonst nichts.« Fred stöhnte genervt. Das Verhör schien ihn langsam tatsächlich an seine psychischen Grenzen zu bringen.

»Darf man fragen, welchen Geschäften Sie nachgehen?« Bernd grinste spöttisch.

»Außer meinem Job im Trachtenverein vermittle ich gesuchte Führungskräfte an Hightech-Firmen. Ganz seriös als offizieller Headhunter. Außerdem arbeite ich als Finanzberater.«

»Tatsächlich?« Bernd hörte nicht auf zu grinsen.

»Tatsächlich.« Fred verging das Grinsen gerade. »Hören Sie sich ruhig in der Branche um. Man kennt mich, und ich kann mich nicht einmal seit meinem Urlaub im Gefängnis über mangelnde Kundschaft beklagen.«

»Einer Ihrer Freunde sagte aus, dass Sie am Sonntag, als Rosi Steininger in der Früh umgebracht wurde, sehr früh von Frankfurt nach München gefahren seien«, sagte

Bernd, der sich bisher zurückgehalten hatte. »Warum? Damit Sie pünktlich zum Mord an Frau Steininger wieder hier waren?«

»Nein.« Fred schüttelte abermals den Kopf. »Ich bin deshalb so früh nach München zurückgefahren, weil ich einen Termin mit meinem Bewährungshelfer hatte.«

»Am Sonntag in der Früh?« Max sah ihn verblüfft an.

»Ja, weil ich meinen ersten Termin wegen zu viel Bier verpasst hatte, wollte er unbedingt, dass ich am Sonntag gleich in der Früh zu ihm komme. Er hat mir sogar einen Kaffee gemacht. Sie können ihn gern anrufen. Er wird Ihnen das gerne bestätigen.«

»Das werde ich gleich mal tun, damit wir hier vorankommen«, meinte Bernd und verließ den Raum, nicht ohne sich vorher von Fred die Telefonnummer seines Bewährungshelfers geben zu lassen.

Kurze Zeit später war er zurück und setzte sich wieder.

»Stimmt«, sagte er. »Sie waren zur Tatzeit bei Ihrem Bewährungshelfer. Da ist sich der Mann ganz sicher. Reden Sie weiter, Herr Fleischhauer.«

»Warum haben Sie uns das denn letztes Mal nicht gesagt?«, wollte Max vorher noch wissen.

»Damit ich euch zwei Komikern die Arbeit leichter mache? Geht's noch?«

»Jetzt aber ganz langsam, Fleischhauer«, sagte Bernd. »Beleidigen lassen wir uns nicht.«

»Jaja, schon recht. Ich weiß nur noch, dass meine Schwester ebenfalls nichts mit der angeblichen Verschwörung, die Sahra verbreitet, zu tun hat und schon gleich dreimal nicht mit dem Mord an Rosi.« Fred nickte bekräftigend. »Mit uns beiden hat das Schicksal der Familie Steininger nichts zu tun. Da gibt es ganz andere, die verdächtig wären.«

»Wer sollte das Ihrer Meinung nach sein?« Max lehnte sich in seinem Stuhl zurück. Ihr Hauptverdächtiger hatte also ein Alibi für die Tatzeit. Jetzt ging alles von vorne los.

»Ich möchte da nichts Falsches sagen. Sie sehen ja selbst, wie schnell man bei Ihnen als Unschuldiger in die Mühlen der Justiz gerät.«

»Ich fange langsam an zu glauben, dass ein Heiliger vor uns sitzt«, sagte Max zu Bernd. »Ein von Grund auf unschuldiger und anständiger Mensch, der nur ab und zu mal einer Prostituierten einen kleinen Schubser gibt.«

»Sehr witzig«, erwiderte Fred. »Übrigens hat auch unser Geschäftsführer von *Rausch und Wandern*, Hans Schneider, nichts mit alledem, was Sahra daherfaselt, zu tun. Das gebe ich Ihnen auch gerne schriftlich.«

»Auch einer Ihrer engen Freunde?«

»Selbstverständlich.« Fred nickte. »Einen zuverlässigeren und treueren Menschen als den Hansi finden Sie nirgends.«

»Gehen wir mal kurz vor die Tür?«, fragte Max Bernd.

»Sicher.« Bernd nickte, und sie ließen Fred Fleischhauer allein mit dem uniformierten Beamten im Zimmer, der bereits die ganze Zeit über neben der Tür gestanden hatte.

38

»Ich weiß, dass ich wahrscheinlich unschuldig bin, und Rosi Steininger hat es ja sogar auch zu Max gesagt, bevor sie starb«, meinte Franz zu Josef. Er tat sich schwer, nicht zu lallen, da sie inzwischen einiges getrunken hatten. Normalerweise trank er seit einigen Jahren nicht mehr so viel wie früher, aber wenn ihn der Durscht einmal so richtig packte, war er wie gehabt kaum noch zu bremsen, bis ihn sein Magen oder sein duseliger Kopf von selbst bremsten.

Sie hatten es sich gleich bei der Isar auf einer Parkbank im Schatten eines Ahorns gemütlich gemacht. Josef war in einem Supermarkt ums Eck gewesen und hatte ihnen zwei Flaschen Bier geholt, die sie jetzt in aller Seelenruhe austranken.

»Weiß ich doch. Ich bin mir auch nach wie vor absolut sicher, dass du unschuldig bist«, sagte Josef. »Aber was ich nicht verstehe, ist, dass dein Chef immer noch so tut, als hättest du Rosi Steininger tatsächlich vergewaltigt.«

»Der Rieker ist ein Depp. Auf die Gefahr hin, dass ich mich da wiederhole.«

»Scheint so.«

»Ich habe einen Haufen Deppen im Laufe meiner Karriere kennengelernt«, fuhr Franz fort. »Neider, Arrogante, Eingebildete, Rücksichtslose, Gewalttätige, Ungerechte und so weiter. Such dir irgendeine negative Eigenschaft aus, und ich zeige dir den oder die entsprechenden Menschen dazu.«

»Aber es gibt auch immer noch ein paar Nette.« Josef trank sein Bier aus. Er schüttelte sich. »Pfui Deifi, am

Schluss schmeckt das Bier immer schrecklich. Wie Kuh-pisse.«

»Woher willst du denn wissen, wie Kuhpisse schmeckt?« Franz sah ihn mit großen Augen an.

»Ich denke es mir halt.« Josef stellte die Flasche auf dem Boden ab. »Wie lauwarmes Bier.«

»Aha. Interessant.«

»Wieso?«

»Nur so.« Franz schaute auf das glänzende Wasser der Isar. »Natürlich gibt es auch nette Menschen«, fuhr er fort. »Aber die meisten sind eben Deppen.«

»Wie der Rieker.«

»Genau. Der gehört wegen chronischer Blödheit in den Bau gesteckt.« Franz trank sein Bier ebenfalls aus. Allerdings beschwerte er sich im Gegensatz zu Josef nicht darüber, dass der letzte Schluck nicht besonders gut war. Er war sich sicher, dass er sogar gekochtes Bier trinken könnte und es würde ihm immer noch schmecken.

»Und wenn du ihn an höherer Stelle hinhängst?« Josef machte ein Gesicht, als hätte er gerade eine göttliche Eingebung gehabt.

»Aufhängen? Spinnst du? Ich bin doch kein Krimineller.«

»Hinhängen, anschwärzen, Lügen über ihn erzählen, so wie er es mit anderen macht. Das meine ich damit.«

»Ach so. Ja, das könnte ich wohl machen.« Franz klang unentschlossen.

»Ist bei euch noch ein Platz frei?« Ein Mann im leicht abgerissenen Jeansanzug sah sie neugierig an. »Ich bin der Georg Steiger, von Beruf Obdachloser.«

»Setz dich her, Georg«, sagte Franz. »Holst du uns noch ein Bier, Josef?«

»Logisch.« Josef nickte.

»Willst du auch ein Bier, Georg?«, fragte Franz.

»Da sag ich nicht nein.« Georg nickte erfreut. »Vielen Dank, sehr großzügig.«

Josef schnappte sich ihre leeren Flaschen und machte sich auf den Weg zum Supermarkt.

»Wir hatten es gerade mit den vielen Deppen, die es auf dieser Welt gibt.«

»Da kann ich ein Lied von singen.« Georg winkte ab. »Lohnt sich aber nicht. Ich habe die Erfahrung gemacht, dass es besser ist, negative Menschen möglichst schnell zu vergessen und sich auf die wenigen netten zu konzentrieren.«

»Da ist was dran.« Franz nickte. »Aber was machst du, wenn sich die Deppen dir regelrecht aufdrängen?«

»Schwierig.« Georg legte seine Stirn in Falten. »Weglaufen?«

»Und wenn das nicht geht?«

»Tja, ich kann nur sagen, dass mir neulich Abend ein Pärchen einen Haufen Geld geschenkt hat. Einfach so. Mir sind fast die Tränen gekommen. Da, jetzt schon wieder.« Georg wischte sich die Augen aus.

»Solche Leute gibt es natürlich auch.« Franz nickte. »Lass mich mal schauen, wie viel Geld ich noch dabei habe.« Er holte seine Brieftasche hervor und begann zu zählen. Dann nahm er einen Hunderteuroschein und hielt ihn Georg hin. »Hier. Das andere brauche ich noch«, sagte er und grinste schief.

»Aber das ist wirklich nicht nötig. Ich habe das nur als Beispiel erzählt.« Georg hob abwehrend die Hände.

»Nimm es. Ich will es dir geben. Ist eh nicht viel.« Franz steckte Georg den Geldschein in die Brusttasche seiner Jeansjacke.

»Ich will das aber nicht annehmen«, sagte Georg, was in

Franz' Augen charakterlich für ihn sprach, aber im Moment nicht angebracht, weil in seinen Augen überflüssig. Wenn er sich einmal dafür entschieden hatte, großzügig zu sein, ließ sich das nicht mehr rückgängig machen. Schon gar nicht nach fünf Halben Bier.

»Du musst. Ich will es so.« Franz schaute Georg direkt in die Augen. »Es kann jeden von uns eines Tages kalt erwischen, verstehst du?«

»Aber du kannst dich nicht davon freikaufen.«

»Das weiß ich«, sagte Franz. »Aber ich kann dir und mir einen guten Moment geben und mich daran erinnern, wenn es mir mal selbst beschissen geht.« Er hatte das Gefühl, dass er sich entweder immer mehr an seinen Rausch gewöhnte oder langsam wieder nüchtern wurde. Höchste Zeit, dass Josef mit dem Nachschub kam.

»Na gut. Vielen lieben Dank.« Georg schloss den Knopf seiner Brusttasche. »Ich kann ein paar Euro immer gut gebrauchen. Bist du von der Polizei?«

»Wie kommst du darauf?« Franz sah ihn erstaunt an. Anscheinend wurde die Menschenkenntnis nicht schlechter, wenn man auf der Straße lebte.

»Nur so ein Gefühl.«

»Richtiges Gefühl. Aber ich bin eigentlich so gut wie pensioniert.«

»Dann sieht man sich in Zukunft vielleicht öfter an der Isar?« Georg grinste.

»Wer weiß, Georg, wer weiß.« Franz starrte nachdenklich auf das Wasser.

Eine Familie in legerer Sommerkleidung kam an ihnen vorbei. Sie sahen aus wie Touristen, die sich die *Weltstadt mit Herz* anschauen wollten. Die Mutter verbot ihren zwei Kindern, zu ihnen herüberzuschauen.

»Das sind keine guten Menschen«, sagte sie und zeigte

auf Franz und Georg. »Mit so jemandem dürft ihr niemals mitgehen, verstanden? Diese Leute sind schmutzig und trinken ganz viel Alkohol.«

»Ja, Mami«, antwortete das kleine Mädchen und drückte sich enger an sie.

Der Bub lief ein paare Schritte weit schneller, bis er sich in einem ausreichenden Abstand wähnte, um ihnen die Zunge herauszustrecken.

»Sag ich doch, überall nur Deppen«, sagte Franz zu Georg und schüttelte den Kopf. »Hey, Mutti, mein Anzug hat 800 Euro gekostet«, rief er. »Da staunst du, was?«

Die Frau erwiderte nichts und trieb ihre Kinder noch mehr zur Eile an.

»Er hat aber recht«, meinte ihr Begleiter. »Das ist ein Designerstück.«

»Still, Rudolf.« Ihre Miene verfinsterte sich. »Du immer mit deinem Unsinn.«

»Die Kinder werden mal genau die gleichen Deppen wie die Eltern«, meinte Franz kopfschüttelnd.

»Na ja, hm.« Georg schien nicht so recht zu wissen, was er darauf antworten sollte. »Bestimmt war es auch kein leichtes Leben als Polizist«, meinte er schließlich.

»Mal so, mal so«, erwiderte Franz. »Einerseits war es spannend, aber andererseits auch immens gefährlich und belastend. Dann kamen auch noch unregelmäßige Mahlzeiten dazu, was eine zusätzliche Erschwernis darstellte.«

»Kann ich verstehen. Der Magen kennt seine Uhrzeit, sage ich immer.« Georg schaute der unfreundlichen Familie lange nach. »Hätte ich aber auch immer gerne gehabt.«

»Familie?« Franz sah ihn überrascht an. Wie hätte einer wie Georg Kinder großziehen sollen? Obwohl – Moment. Warum eigentlich nicht? Er war ja bestimmt nicht schon

immer von Beruf Obdachloser. Niemand kam als Obdachloser auf die Welt. Da musste schon etwas Krasses passieren, dass es bei ihm so weit kam. Jobverlust, Scheidung,
Alkoholismus, Krankheit und so weiter.

»Nein, einen Beruf als Polizist.« Georg bekam erneut
Tränen in den Augen.

»Sei froh, dass dieser Kelch an dir vorübergegangen ist.«

»So, da bin ich wieder.« Josef stellte freudestrahlend
einen vollen Kasten Bier vor der Bank ab. »Ich dachte,
ich bring gleich mal ein paar Flaschen mehr mit«, sagte er.
»Es ist schließlich ganz schön warm heute. Oder habt ihr
keinen Durscht mehr?«

»Davon kann keine Rede sein, mein treuer Freund«,
sagte Franz und zog voller Vorfreude eine eisgekühlte Flasche aus dem Kasten.

Georg bediente sich ebenfalls mit einem dankbaren
Lächeln im Gesicht. Dann tranken sie alle drei.

Jeder Moment ist wichtig, dachte Franz. Das zeigte sich
gerade wieder mal auf die beste Weise. Er hätte Sandra ruhig
auch öfter mal zeigen oder sagen sollen, wie wichtig ihm
die Momente mit ihr waren. Denn er liebte sie über alles.
Aber da bekam er im Alltagsgehässel meistens den Mund
nicht auf. Ein Wunder wäre es nicht gewesen, wenn sie
irgendwann einmal fremdgehen oder ihn verlassen würde
bei seiner ganzen Grantelei, seinem andauernden Fernseh-
schauen und den nächtelangen Sauftouren.

»Auf die glücklichen Momente im Leben«, sagte er laut,
stand auf, stellte sich auf die Bank und hob seine Flasche
hoch in die Luft.

»Auf die glücklichen Momente im Leben«, wiederholte
Josef.

»Es lebe die Polizei«, meinte Georg und erhob sich ebenfalls.

»Ich hoffe nur, dass Max bald anruft und uns sagt, dass er den wahren Täter gefasst hat.« Franz schaute Josef lange an.

Der nickte nur.

39

»Stopp, Karlo!«, schrie Raffi so laut er konnte und hatte Gott sei Dank Erfolg damit. Karlo hielt auf den Schlag an, und der Sportwagen, der von rechts angerast kam, verfehlte ihn um einen guten halben Meter.

»Hinterher!«, rief Raffi und machte sich an die Verfolgung des rücksichtslosen Idioten, der gerade fast seinen Freund umgebracht hätte. Karlo und Mick folgten ihm.

Drei Ampeln weiter stellten sie den teuer gekleideten Mann, neben dem eine auffällige langbeinige Blondine im Mikrorock saß und an einer Flasche Champagner herumhantierte.

»Hey, Arschloch, bist du nicht ganz dicht?«, herrschte Raffi den geschniegelten Yuppie an.

»Was wollen Sie von mir?«, erwiderte der Jungspund und bedachte Raffi mit einem arroganten Blick.

»Merkst du noch was? Du hast gerade fast ein Motorrad überfahren, weil du bei Rot über die Kreuzung gerast bist.«

»Ich seh hier nur eine Kreuzung, und die ist vor uns. Tschau, ihr komischen Vögel.« Der junge Mann legte den ersten Gang ein und gab Vollgas.

Raffi, Mike und Karlo fuhren ihm hinterher.

An der nächsten roten Ampel hielt Raffi direkt neben ihm, stieg von seinem Motorrad, zog den arroganten Jungdeppen aus seinem Auto und schüttelte ihn.

»Das dürfen Sie nicht! Hilfe, Polizei!«, rief der Möchtegernrennfahrer, der eine ausgeprägte Alkoholfahne hatte und jetzt am ganzen Leib vor Angst zitterte. Offenbar hatte er nicht damit gerechnet, dass er jemals von irgendwem für irgendetwas zur Rechenschaft gezogen wurde.

»Wirst du in Zukunft besser aufpassen, Arschloch?« Raffi sah ihn erwartungsvoll an.

»Ja.« Der junge Mann schlug die Augen nieder.

»Dann fahr rechts ran und steig aus. Deinen Wagen kannst du dir morgen abholen, wenn du wieder nüchtern bist.«

»Och ne, echt, Manfred?«, beschwerte sich die Blondine. »Wie soll ich denn in meinen High Heels laufen?«

»Sei still, Isabelle.«

Er tat, was Raffi ihm angeschafft hatte. Isabelle stieg aus und winkte sich ein Taxi herbei. Kurz darauf war sie verschwunden.

»Danke, das hätte ich selbst nicht besser regeln können, Chef«, meinte Karlo derweil.

»Pass das nächste Mal lieber besser auf«, herrschte ihn Raffi an. »Du bewegst dich gerade auf ganz dünnem Eis.«

»Geht klar, Boss. Ich hab den Idioten einfach übersehen.«

»Und du hattest noch nicht Grün.«

»Echt? Ich dachte.«

»Falsch gedacht.«

Wenig später fuhren Raffi, Karlo und Mick auf den Parkplatz vor Monikas Haus und stellten ihre Motorräder ab.

Monika hatte sie schon von weitem gesehen und war gespannt darauf, was sie zu berichten hatten.

»Ich glaube, wir brauchen jetzt erst mal ein Bier«, meinte Raffi, als er sich mit seinen beiden Kumpels zu Monika, Sandra, Marion, Marko, Jürgen und Melanie an den Tisch setzte. »Und für Karlo ein Wasser.«

»Geht klar. Bin sofort wieder da.«

Monika verschwand im Inneren ihrer Kneipe und war kurze Zeit später mit den Getränken zurück.

»Erzähl schon, Raffi, was ist passiert?«, fragte sie gespannt.

»Vorneweg, die Gefahr ist gebannt. Die Araber aus dem Van sitzen im Knast.« Er trank einen kräftigen Schluck.

»Araber? Also waren es die gleichen wie am Viktualienmarkt? Hatte ich doch recht.« Monika sah nachdenklich von einem zum anderen.

»Keine Ahnung.« Raffi zuckte die Schultern.

»Hatten sie Bärte?«

»Ja, alle drei.« Er nickte. »Und sie waren bis an die Zähne bewaffnet. Die wollten sich hier ganz bestimmt nicht nur freundlich unterhalten.«

»Das müssen ja dann genau die Kerle sein, mit denen wir ins Separee gegangen sind«, sagte Monika zu Sandra. »Mann, hatten wir ein Riesenglück, dass wir ihnen entkommen sind.« Sie bekreuzigte sich zweimal, obwohl sie vor Jahren gemeinsam mit Max aus der katholischen Kirche ausgetreten war. Zu viel Kindesmissbrauch, das mehr als altmodische Zölibat und zu hohe Kirchensteuern hatten sie damals zu diesem Schritt motiviert.

»Es wäre einfacher, wenn wir die Kerle sehen könnten«, erwiderte Sandra. »Ich kann mich noch sehr gut an sie erinnern.«

»Dann müsst ihr zu einem Herrn Müller ins Revier im Westend fahren«, meinte Raffi. »Die Uniformierten hatten diesen Namen erwähnt.« Er wischte sich den Schweiß von der Stirn. Offensichtlich hatte ihn die Verfolgungsjagd ziemlich angestrengt.

»Sie sind tatsächlich im Westend bei Bernd und Max?« Monika sah Raffi fragend an.

»Ich denke schon. Wenn du diesen Bernd und diesen Max kennst, ruf sie doch einfach an.« Raffi musste blinzeln, da ihm die Sonne genau in die Augen schien.

»Ich ruf den Max an, im Übrigen mein Bräutigam. Hab ich das noch nicht erwähnt?«

»Wenn, dann hab ich es bestimmt verdrängt, schöne Frau.« Raffi grinste.

»Geh, Schmarrn.«

Monika holte ihr Handy aus der Küche, wo sie es vorhin beim Würschtelbraten liegen lassen hatte, und wählte Max' Nummer.

»Ihr müsstet drei Araber bei euch haben«, sagte sie aufgeregt, als er abgehoben hatte. »Ich glaube, das sind die Kerle, mit denen wir es in der Kneipe am Viktualienmarkt zu tun hatten. Sie standen schwer bewaffnet in einem Van hier vor meiner Kneipe. Sieht so aus, als wollten sie eine von uns umbringen.«

»Wen wollten sie umbringen?«

»Keine Ahnung. Uns alle vielleicht?« Sie zuckte unwillkürlich die Achseln.

»Und warum?«

»Was weiß denn ich. Du bist der Ex-Polizist.«

»Okay, wir machen es so, Moni: Ihr kommt nachher alle hierher und schaut euch die Burschen ganz genau an.

Es könnte nämlich gut sein, dass es Terroristen sind, so schwer bewaffnet, wie die waren.«

»Terroristen? Dein Ernst?«

Max versteht es immer wieder, dir Hoffnung zu machen, dachte sie. Wenn die drei Kerle tatsächlich Terroristen waren, wusste ihre Organisation doch sicher längst, dass sie verhaftet wurden und dass andere Killer geschickt werden mussten. Ein Irrsinn ohne Ende.

»Gut möglich«, sagte er.

»Oder Auftragskiller? Das würde mir gerade ein besseres Gefühl geben. Weiß auch nicht, warum. Den Auftraggeber müsste man halt ebenfalls fassen, stimmt's?« Sie begann leicht zu zittern. Mein Gott, was war das nur für ein Tag?

»Richtig.«

»Gut, Max. Wir machen es so, wie du gesagt hast. Bis später.«

Sie legten auf.

»Wir fahren nachher alle vier aufs Revier, um die Kerle zu identifizieren«, sagte Monika zu Sandra. »Du, Anneliese, Marion und ich.«

»Machen wir.« Sandra nickte. »Tut mir leid, Marko«, sagte sie zu ihrem feschen jungen Verehrer. »Aber das mit uns wäre sowieso nichts geworden. Ich bin mit einem sehr netten Mann verheiratet, den ich nie im Leben betrügen würde.«

»Das hättest du aber auch gleich sagen können«, meinte er mit vorwurfsvollem Unterton in der Stimme und fuhr sich mit der Hand durch die gegelten dunklen Schmalzlocken.

»Sorry, ist mir gerade erst wieder eingefallen. Auf den Franzi.« Sandra hob ihr Glas und trank es auf Ex aus.

Monika konnte nicht umhin, breit zu grinsen. Sie fand es absolut in Ordnung, dass Sandra flirtete und trank, was das Zeug hielt, um am Ende zu ihrem Franz zurückzukehren. Möglicherweise war das das Erfolgsrezept lang anhaltender Ehen. Sie versprach sich selbst, bei passender Gelegenheit auf diese Erkenntnis zurückzugreifen.

»Ich ruf ihn gleich mal an, meinen Göttergatten«, sagte Sandra. »Bestimmt haben er und Josef schon einen Fetzen Rausch beieinander.«

Sie wählte seine Nummer und wartete.

»Er geht nicht ran«, sagte sie zu Monika und zuckte die Achseln. »Da wird doch wohl hoffentlich nichts passiert sein. Stell dir bloß vor, er läuft betrunken vor ein Auto, und alles ist vorbei. Es kann so schnell gehen mit dem Sterben.«

»Ist er nicht mit Josef zusammen?«, wollte Marion wissen, die die ganze Zeit über gespannt zugehört hatte.

»Ja.« Sandra nickte. »Ich glaube schon.«

»Oh Gott.« Marion bekreuzigte sich, wie Monika es zuvor getan hatte, nur mit dem einen kleinen Unterschied, dass sie immer noch in der katholischen Kirche war und Josef kirchlich heiraten wollte.

40

Max und Bernd kamen wieder in den Verhörraum zurück, nachdem sie sich vor der Tür darüber beraten hatten, Fred und seine Schwester gehen zu lassen, weil sie nach der Aussage des Bewährungshelfers nichts Überzeugendes mehr gegen ihn in der Hand hatten und seine Schwester ohnehin nur eine Randfigur zu sein schien. Aber vorher wollten sie doch noch ein wenig mehr wissen. Sicherheitshalber und weil sie ihn sowieso schon mal hier hatten.

»Wollen Sie Ihren Anwalt dabeihaben?«, fragte ihn Max, nachdem er und Bernd sich wieder gesetzt hatten.

»Nein.« Fred schüttelte den Kopf. »Wer die Wahrheit sagt, braucht keinen Anwalt.«

»Wie Sie meinen.«

Max dachte an die vielen Unschuldigen, die immer wieder hinter Gittern saßen. Möglicherweise hatte der eine oder andere von ihnen ebenfalls gemeint, dass er keinen Anwalt brauchte.

»Ich bin unschuldig«, sagte Fred. »Aber haben Sie schon einmal darüber nachgedacht, dass irgendwelche Auftragskiller Rosi und Herbert umgebracht haben?«

»Kennen Sie etwa den Auftraggeber?«, fragte Max.

»Möglich.« Fred sah ihm lange in die Augen.

Es sieht so aus, als wollte er unbedingt etwas loswerden, dachte Max.

»Dann sagen Sie uns doch, was Sie wissen«, sagte er.

»Ist der Wurmdobler suspendiert?«, wollte Fred wissen.

»Sicher.« Max nickte. »Ihr Medienspektakel hat seinen Vorgesetzten keine andere Wahl gelassen.« Max wusste natürlich, dass das letzte Wort in der Sache noch nicht gesprochen war, schließlich waren sie auf dem besten Weg zu beweisen, dass Franz nichts mit Rosi Steiningers Beschuldigungen zu tun hatte. Mit ihrem Tod erst recht nicht. Trotzdem verkaufte er die Sache mit Franz dem Fred Fleischhauer so, als habe er seinen ersehnten Triumph endlich eingefahren.

»Sehr gut.« Fred rieb sich die Hände. »Also ich sehe das so.«

»Wie?«

»Nur Geduld.« Fred hob die Hand wie ein Verkehrspolizist. »Rosi und Herbert hatten eine sehr reiche Freundin.«

»Das wundert mich jetzt aber. Die beiden waren doch arm wie Kirchenmäuse.« Bernd schüttelte ungläubig den Kopf.

»Sparen Sie sich doch einmal Ihre Ironie und lassen Sie mich ausreden.«

»Na gut, weiter.« Bernd nickte ihm auffordernd zu.

»Herbert hatte etwas mit dieser Frau. Rosi hat mir das damals genauso erzählt.«

»Das ist aber noch lang kein Grund für einen Mord.« Max schaute genervt zur Decke hinauf. Fred Fleischhauer kostete ihn gerade den letzten Nerv. Man wusste nie, wie man bei dem Kerl dran war, ob er gerade log oder tatsächlich die Wahrheit sagte.

»Moment«, sagte Fred. »Herbert hatte also etwas mit dieser reichen Frau und kehrte aber nach einiger Zeit zu Rosi zurück, weil er sich mit ihr besser verstand. Alles das kam nie an die Öffentlichkeit.«

»Was geschah dann?«, wollte Max wissen.

»Die fremde Frau war stinksauer auf Herbert, sagte mir Rosi einmal, als ich sie besuchte.«

»Und dann hat sie ihn umgebracht, weil er wieder zu seiner Frau zurückging?« Max sah abwechselnd Fred und Bernd zweifelnd an.

»Das war sie natürlich nicht selbst, denke ich mal, sondern sie hat Auftragskiller damit beauftragt, die das Ganze wie einen Unfall aussehen ließen. Die haben Herbert und Rosi auf dem Gewissen.«

»Hatten Sie einmal etwas mit Rosi Steininger?« Max dachte an Sahra Brandner. Hatte sie nicht ebenfalls von einem Autounfall von Herbert Steininger gesprochen, der angeblich gar keiner war?

»Nur kurz.«

»Aha.« Max blickte bewusst ausdruckslos drein. »Wenn Sie uns jetzt noch sagen, wer diese Auftragskiller und die Auftraggeberin waren, machen Sie uns richtiggehend glücklich, Herr Fleischhauer.«

»Den Namen der Frau hat Rosi nicht erwähnt. Nur dass sie sehr wohlhabend und herrisch wäre und dass sie Angst vor ihr habe. Offenbar spielt sie auch Tennis.«

»Annegret«, rutschte es Max heraus.

»Wie bitte?«, fragte Fred.

»Nichts, schon gut.«

»Nein, der Name. Wie war der noch mal?«

»Annegret?«

»Ich meine, dass Herbert einmal eine Annegret in diesem Zusammenhang erwähnte.« Fred blickte nachdenklich drein. »Aber ich lege dafür nicht meine Hand ins Feuer.«

»Na dann. Danke, Herr Fleischhauer.« Max stand auf. »Sie können im Übrigen gehen. Und nehmen Sie Ihre Schwester gleich mit.«

»Danke. Sagen Sie dem Herrn Wurmdobler bitte, dass er mich ein für alle Mal am Arsch lecken kann.« Fred grinste dreckfrech.

»Das werde ich sicher nicht tun. Und der Kollege Müller ganz sicher auch nicht, und jetzt raus mit Ihnen, bevor hier noch jemand ungemütlich wird. Hamma uns?« Max und Fred standen gleichzeitig auf. Grund genug für Fred, den Raum so schnell wie möglich zu verlassen. Sicher hatte er Bernds Watschn noch gut im Gedächtnis.

41

Bernd hatte einen Streifenwagen zu Annegret Bacher geschickt, um sie noch einmal ins Revier zu holen. Bereits wenig später wurde sie von zwei Beamten in Uniform hergebracht. Bernd bat sie direkt in den Verhörraum, wo er sie mit Max befragen wollte.

»Ich meine, ich hätte Ihnen alles gesagt. Haben Sie Ihren Täter immer noch nicht?« Sie schaute leicht ungeduldig von einem zum anderen. Dann blieb ihr Blick an Max hängen. »Lieber Herr Raintaler, wollen Sie mir vielleicht verraten, warum Sie mich erneut hergebeten haben?«

»Wir haben neue Erkenntnisse«, erwiderte Bernd.

Max schwieg.

»Und wie sehen die aus, Ihre neuen Erkenntnisse?«

Annegret sah Bernd nicht an. Sie tat so, als sei er gar nicht anwesend, und konzentrierte ihre Blicke ganz auf Max.

»Sagt Ihnen der Name Achmed Ali Ben etwas?«

»Nie gehört.« Sie schüttelte den Kopf. »Was sollte ich mit arabischen Killern zu tun haben?«

»Niemand hat gesagt, dass er ein Killer oder Araber ist«, erwiderte Bernd.

»Sind diese Kerle das nicht alle? Terroristen und Mörder?« Sie sah immer noch Max an.

»Sicher nicht.« Bernd ignorierte, dass sie ihn ignorierte, und machte unverdrossen weiter. »Herbert und Rosi Steininger kannten Sie aber, richtig?«

»Fragen Sie doch Herrn Raintaler, dem habe ich vorhin bereits alles erzählt, was ich weiß.« Sie lächelte Max liebenswürdig an.

»Hatten Sie einmal ein Verhältnis mit Herbert Steininger?«, fragte Bernd.

»Wie kommen Sie denn auf so was?« Annegret schüttelte vehement den Kopf. »Sie sind wohl verrückt geworden.«

»Wir haben unsere Quellen, und eine davon behauptet, dass Sie einmal mit Herbert Steininger zusammen waren.«

»Ich und Herbert? Lächerlich.« Sie schüttelte erneut den Kopf. »Rosi ist meine beste Freundin gewesen. Der hätte ich so etwas niemals angetan. Ihre Quelle scheint nicht sonderlich gut informiert zu sein.«

»Frau Bacher«, meldete sich jetzt Max zu Wort. »Sie werden ganz konkret beschuldigt, ein Verhältnis mit Herbert Steininger gehabt zu haben.«

»Und wenn es so gewesen wäre, das ist doch nicht verboten, oder? Wir leben in einem freien Land.«

»Also hatten Sie nun ein Verhältnis mit ihm oder nicht?«, wollte Bernd wissen.

»Könnten Sie Ihrem Kollegen bitte sagen, dass ich nicht mit ihm reden möchte, sondern mit Ihnen.« Annegret schenkte Max einen verliebten Blick.

»Wir haben die drei Araber inzwischen verhört, von denen Sie nichts gehört haben wollen.« Bernd ließ sich nicht davon abbringen weiterzufragen.

»Das ist Ihr gutes Recht«, sagte Annegret.

»Sie wollen alle drei einen Deal mit dem Staatsanwalt.«

»Wie schön für sie.« Sie lachte leise.

»Und weil sie den wollen, haben sie uns verraten, dass sie sowohl Herbert Steininger als auch Rosi Steininger umgebracht haben. Herberts Tod hatten sie als Unfall aussehen lassen, und der Mord an Rosi sollte nach einem Raubmord ausschauen.«

»Klingt abenteuerlich. Aber was hat das mit mir zu tun?«

»Die drei sagen, dass Sie den Auftrag zu den Morden gegeben hätten. Sie hätten außerordentlich gut dafür bezahlt.«

»Hören Sie schon auf.« Annegret sah Bernd zum ersten Mal ins Gesicht. »Wir sind doch hier nicht in Chicago oder in Palermo.«

»Haben Sie die Morde an den beiden in Auftrag gegeben?«

»Herbert und Rosi waren meine Freunde. Warum hätte ich die beiden denn töten lassen sollen? Langsam wird mir das Ganze hier zu bunt.« Annegret begann, sich zusehends unwohler in ihrer Haut zu fühlen.

»Wissen Sie, was merkwürdig ist?«, sprach Bernd weiter.

»Sie werden es mir sicher gleich sagen.«

»Wir haben die drei am Stachus verhaftet. Raten Sie mal, wo die Burschen vorher waren.«

»Ist das hier eine Quizshow oder eine Zeugenbefragung?« Annegret erhob sich von ihrem Stuhl. »Wenn Sie weiter nichts vorzubringen haben, würde ich gerne wieder gehen.«

»Setzen Sie sich!«, befahl Bernd barsch.

»Was soll denn dieser unhöfliche Ton«, empörte sich Annegret. »So können Sie vielleicht mit den Asozialen reden, die Sie für gewöhnlich festnehmen, aber nicht mit mir, verstanden?« Trotz ihres Protestes setzte sie sich wieder.

»Die drei waren vor dem Lokal von Herrn Raintalers Braut.«

»Was habe ich damit zu tun?«

»Haben Sie die Morde an Herbert und Rosi Steininger in Auftrag gegeben, ja oder nein?« Bernds Ton wurde jetzt immer eisiger.

»Nein.« Annegret schüttelte den Kopf. »Wie oft denn noch? Außerdem werde ich ab sofort nichts mehr ohne meinen Anwalt sagen.«

»Stimmt es wirklich, dass Sie meine Verlobte töten lassen wollten?«, fragte Max und sah ihr tief in die Augen.

»Auf gar keinen Fall, Herr Raintaler. Ich würde nie etwas tun, das Sie verletzen könnte.«

»Wissen Sie was, Frau Bacher«, fuhr Max fort, der genau spürte, dass sie log. »Das ist mir so was von egal. Ich würde nie im Leben etwas mit Ihnen anfangen. Sie sind mir zu hässlich und zu skrupellos.« Eine gezielte Provokation hatte schon manche Verdächtige aus dem Konzept gebracht, wusste er. »Außerdem sagten die drei Auftragskiller, dass sie von Ihnen die Ansage bekommen hätten, dass sie mich ebenfalls töten sollten.«

»Was sagen Sie da? Sind Sie verrückt geworden?« Annegrets Gesicht wurde puterrot vor Zorn und Verlegenheit.

»Sie wollten mich wirklich ebenfalls umbringen lassen?«

»Aber das war doch nur in der ersten Wut, nachdem Sie das erste Mal bei mir waren und mir von Ihrer bevorstehenden Hochzeit erzählten. Ich hatte den Auftrag aber gleich darauf wieder storniert. Außerdem gab es da noch ganz andere.«

»Wie meinen Sie das?«

»Gehen Sie auf den Ostfriedhof, dann wissen Sie es.«

»Was ist dort?«

»Das müssen Sie schon selbst herausfinden.«

»Na gut. Das werden wir.« Max verlor für einen Moment die Fassung. »Wissen Sie was? Sie sind eine hässliche, arrogante Pute«, sagte er, weil er merkte, dass sie so besser weiterkamen als in Bernds rein sachlichem Tonfall. »Aber was rede ich da. Das wissen Sie sicher seit langem. Nicht einmal der Herbert Steininger wollte bei Ihnen bleiben und ist lieber zu seiner Frau zurückgegangen.«

»Herbert, dieses Schwein. Er hat mir versprochen, sich von ihr zu trennen und bei mir zu bleiben«, platzte es unvermittelt aus ihr heraus. »Und die anderen waren genauso unverschämt.«

»Dass ich nicht lache.« Max war sich nicht sicher, ob er den Bogen gerade nicht überspannte.

»Ihre dämliche Verlobte, diese Schindler, hat fast ebenfalls dran glauben müssen. Seien Sie bloß nicht so selbstsicher, Herr Raintaler. Sie kann immer noch sterben.«

»Sie geben also zu, die Morde am Ehepaar Steininger und den Mordversuch an mir und meiner Verlobten in Auftrag gegeben zu haben?« Max sah ihr tief in die Augen.

»Für einen Kuss sage ich Ihnen die ganze Wahrheit.« Annegret schmachtete ihn mit lasziven Blicken an.

»Warum wollten Sie meine Freundin denn töten?«

»Wenn ich Sie nicht haben kann, soll sie Sie auch nicht

haben, ganz einfach. Niemand soll Sie haben.« Sie zuckte die Achseln. »Das habe ich bisher immer so gehalten.«

»Sie sind krank, Frau Bacher.« Max schüttelte mitleidig den Kopf. »Ich frage Sie hiermit noch einmal: Haben Sie die Morde am Ehepaar Steininger und den Mordversuch an mir und meiner Verlobten in Auftrag gegeben oder nicht?«

»Können diese verdammten Killer nicht einfach ihren Mund halten?« Annegret schüttelte unwillig den Kopf. »Da zahlt man Unsummen und bekommt nichts als unprofessionelle Arbeit dafür«, empörte sie sich.

»Wenn Sie jetzt gestehen, könnte sich das positiv auf Ihr Strafmaß auswirken«, meinte Bernd, der Max das Terrain bisher überlassen hatte. »Immerhin haben Sie niemanden persönlich getötet.«

»Na gut.« Sie schaute immer noch Max an.

»Wie – na gut?« Bernd zog fragend die Brauen nach oben.

»Ich war's. Eine Annegret Bacher verlässt man nicht und ignorieren tut man sie gleich dreimal nicht.« Sie schaute unverwandt von einem zum anderen. »Sind Sie jetzt zufrieden?«

»Sicher.« Bernd nickte.

Max nickte ebenfalls. Das ging leichter als erwartet, dachte er. Aber dass sie derartig durchgeknallt war, hätte er gar nicht vermutet, als er bei ihr war.

»Eine Frage hätte ich noch«, sagte er. »Warum haben Sie sich überhaupt ins Spiel gebracht und bei mir angerufen, um Fred Fleischhauer anzuschwärzen?«

»Natürlich wollte ich von mir ablenken, Sie Schlaumeier. Ist doch klar.«

»Wenn Sie mich nicht angerufen hätten, wäre wahrscheinlich gar niemand auf Sie gekommen.« Das kam davon, wenn man sich selbst so gnadenlos überschätzte. Es brachte einen früher oder später immer auf die eine oder andere Weise zu Fall.

»Blödsinn.« Annegret schüttelte den Kopf.

»Abführen«, sagte Bernd zu dem Uniformierten, der immer noch neben der Tür stand. Annegret schaute er dabei nicht an.

Max und Bernd klatschten sich ab. Fall gelöst. Ab sofort würden sich der Staatsanwalt und die Gerichte um das weitere Verfahren kümmern.

Eine halbe Stunde später rückten Monika, Anneliese, Marion und Sandra an. Dank ihres immer noch gut angetrunkenen Zustandes verwandelte sich das Revier im Nu in einen Hort der guten Laune.

Sie identifizierten die drei Verhafteten als die angeblichen Scheichs vom Viktualienmarkt, womit gesichert war, dass diese tatsächlich den Auftrag von Annegret Bacher bekommen hatten, auch Monika und Max zu töten. Dass Monika und ihre Freundinnen ihnen in Giovannis *Komm Rein* regelrecht in die Arme gelaufen waren, stellte sich als reiner Zufall heraus, der sich wiederum zunächst als ein wenig glücklicher für die Araber als für Monika und ihre Freundinnen erwies.

Fred Fleischhauer und seine Schwester wurden, wie versprochen, freigelassen. Allerdings nicht, ohne ihnen je einen Hinweis mit auf den Weg zu geben. Fred würde sich wegen der öffentlichen Verleumdung und Rufschädigung von Franz Wurmdobler verantworten müssen und seine Schwester Agathe wegen Beamtenbeleidigung und Widerstandes gegen die Staatsgewalt.

Sahra Brandner wurde in eine Nervenklinik überführt, wo man sich professionell um ihre aberwitzigen Wahnvorstellungen kümmern konnte. Ob ihr Annegret Bacher dorthin folgen sollte, würde sich erst in der Verhandlung herausstellen. Auf Max und Bernd hatte sie jedenfalls geistig nicht sonderlich stabil gewirkt, um es höflich zu umschreiben.

Franz war also rehabilitiert. Zumindest was den Mord an Rosi Steininger betraf. Ihre damalige angebliche Vergewaltigung betreffend, würde man sich auf Max' und Harry Meisers Aussage Bernd gegenüber verlassen, die natürlich noch offiziell aufgenommen werden würde. Jetzt konnte die Hochzeitsvorfreude wieder verschärft aufleben.

Als Sandra an diesem Abend sehr spät nach Hause kam, fand sie Franz und Josef angezogen in ihrem Ehebett vor. Beide schnarchten laut. Sie nahm Abstand davon, sich zu ihnen zu legen, sondern nächtigte lieber auf der Wohnzimmercouch. Allerdings erst, nachdem sie sich einen kräftigen Gute-Nacht-Schluck aus Franz' erlesener Single-Malt-Whiskey-Sammlung gegönnt hatte.

42

Drei Wochen später war es dann so weit. Max und Monika sowie Anneliese und Bernd hatten auf dem Standesamt geheiratet und waren dann mit ihren Trauzeugen Josef, Marion, Franz und Sandra im Konvoi zur großen Feier ins *Hofbräuhaus* gefahren.

Die Eventmanagerin Rebekka Hirschberg hatte dort alles bestens vorbereitet. Im Hintergrund lief Musik aus den 60er-Jahren, so wie Max sie bestellt hatte. Der Saal war flippig im Hippiestil bunt geschmückt, und sogar der Sekt für den Empfang der Gäste stand schon bereit.

Langsam trudelten diese auch ein, und die Party nahm Fahrt auf. Alle waren sie gekommen, alte und neue Freunde, gute und weniger gute. Auch Jürgen mit seiner Frau Melanie, Raffi mit seiner Frau und der syrische Taxifahrer Yusuf vom Viktualienmarkt mit seiner Band. Franz hatte auch noch den Berufsobdachlosen Georg vom Isarufer eingeladen, und Max und Monika freuten sich besonders darüber, dass er ihr Gast war. Monika kümmerte sich besonders rührend um ihn.

Kurz nach Beginn der Feier drohte der Saal aus allen Nähten zu platzen, und man war gezwungen, auf die Vorräume, Treppen und Flure auszuweichen.

Franz war übrigens nun offiziell und vollständig rehabilitiert und mit allen Ehren und vollen Bezügen in die Pension entlassen worden.

Harry Meiser hatte ausgesagt, was ihm Rosi am Telefon bezüglich Franz' Unschuld erzählt hatte, aber nur einen halbherzigen Widerruf geschrieben, was wohl daran lag, dass er nicht ganz blöd dastehen wollte. Bernd hatte sich vorgenommen, ihn sich deshalb in den nächsten Tagen noch einmal gründlich vorzuknöpfen. Wenn er ganz ehrlich zu sich selbst war, freute er sich jetzt schon darauf.

»Aber nicht, dass du ihm wieder ein paar Watschn einschenkst«, meinte Max. »Ich fand das mit Fred Fleischhauer schon grenzwertig. Da kannst du froh sein, dass er dich nicht angezeigt hat. So eine Dienstaufsichtsbeschwerde kann böse für dich ausgehen, wenn es schlecht läuft.«

»Aber ich schlage doch niemanden«, erwiderte Bernd gut gelaunt. »Ich verschärfe nur gelegentlich meinen Ton.«

»Dir ist nicht zu helfen.« Max winkte lachend ab.

Er ging zu Franz hinüber, der sich gerade am Bierbuffet bediente. Biere aller Art, so wie es sich Max für sich und seine Gäste gewünscht hatte. Dazu gab es Weißwürste, Hochzeitssuppe, Schweinsbraten, Rinderbraten, Knödel, Kraut, Obatztn, Brezn, Radieserlsalat, Kartoffelsalat, Bayerische Creme und so weiter und so fort.

»Ich bin so froh, dass ich jetzt wie du in Pension bin«, sagte Franz, als Max neben ihm angekommen war. »Am schönsten war es immer mit dir, Max.«

»Dieses Kompliment kann ich nur zu gerne zurückgeben, oida Spezi.«

Sie umarmten sich lange und klopften sich gegenseitig auf Rücken und Schultern, wie es echte Freunde nun mal taten. Dann feierten sie mit allen anderen weiter bis in die Morgenstunden. Dass dabei kein Auge trocken blieb, war natürlich reine Ehrensache.

ENDE

Alle Bücher von Michael Gerwien:

SPANNUNG

GMEINER

WWW.GMEINER-VERLAG.DE
Wir machen's spannend

Lutz Kreutzer
Schaurige Orte in Bayern
Kriminalroman
288 Seiten, 12,5 x 20,5 cm,
Paperback
ISBN 978-3-8392-0642-3

Zwölf schaurige Geschichten von zwölf Autorinnen
und Autoren über zwölf reale Orte in Bayern, ange-
lehnt an Legenden und Ereignisse von der Römer-
zeit bis in die Gegenwart: von Kelten, Römern und
einer geheimnisvollen Toten am Bodenlosen See. Wie
eine bettelarme Bauernmagd mit dem Herrgott von
Tann haderte und bittere Rache übte. Als ein junger
Mann im Angesicht des Todes das wahre Gesicht
des grausamen Königs Watzmann zu sehen glaubte.
Warum sich zwei Schwestern im Schatten der König-
lichen Villa in Regensburg zu Rivalen bis aufs Blut
entwickelten.

GMEINER SPANNUNG

WWW.GMEINER-VERLAG.DE
Wir machen's spannend